空之境界
下

KARA NO KYOUKAI

〔日〕奈须蘑菇　著
郑翠婷　译

上海文艺出版社

6/ 忘却录音　　KUROGIRI SATUKI

境界式

7/ 杀人考察（后）　　SIRAZUMI RIO

空之境界

解说 笠井洁
……is nothing id,nothing cosmos

Kinoko Nasu

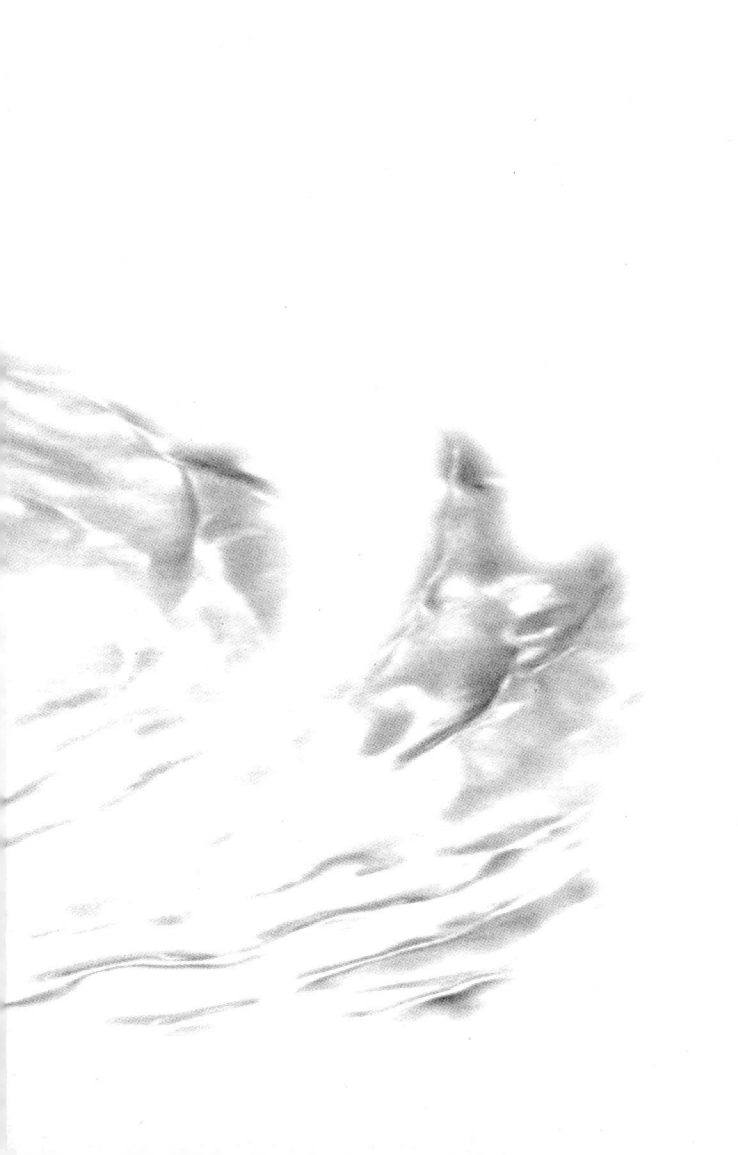

6 / 忘却录音

fairy Tale.

浓雾弥漫的森林深处，
绿草芬芳与虫儿鸣啼。
我一路前往远方。
我一路走向远方。

在没有太阳的草原上，
我和美丽的小家伙们邂逅。

就快接近中午时分，
我必须赶快回家。

"不用回去，这里一直是永恒。"

孩子们开始唱起歌来。
不过，永恒到底是什么？

"就是一直留在这里。"
"就是一直没有改变。"

摇篮曲般的合唱。
星空下的小山丘。
牛奶般的雾气逐渐消散，
回家之路消失无踪。

我不了解永恒。
我必须尽快回家。

遥远的彼方有我的家。
遥远的彼方是我的家。
绿草芬芳与虫儿鸣啼，
浓雾弥漫的森林深处。

我一定，永远回不去了。

/忘却录音

◆──忘却录音──◆
1

天气不是很冷的十二月过去了,我也迎接了生平第十六次的新年。

"新年快乐"这句话所代表的新年温情,让我无论听几遍都不厌倦,感到愉快。

话虽如此,我却无法享受这个新年。

因为我的心情低落到只能想着"啊——可恶!我到底是怎么了!"我甚至开始认真思考,干脆忘掉有关新年的记忆。但人心没可这么方便,到头来我的问题还是没有解决。

即使待在房间里,心情也好不起来,我忍住摔枕头、踢枕头发泄的冲动,出门前往橙子老师的事务所。

我家的家境明明只是小康,却又大费周章地准备新年这种节日。虽然家里替我准备了新年参拜时穿的和服,我却没有穿上它的心情,所以还是穿上平常穿的服装出门。

"哎呀,鲜花,你要出门吗?"

"嗯,我打算去向平日照顾我的人拜年,傍晚之前会回来。"我笑着说完之后,便离开了黑桐家。

一月一日午后,天际一片阴暗。

我总觉得那正代表我现在心情,脚步下的步伐变得轻快了些。

我原本也是很喜欢新年的。

我会变得憎恨新年,是因为三年前难忘的一月一日,在迈入一九九六年的那一天，我从乡下的亲戚家搬回老家。

……我，黑桐鲜花，身子相当虚弱，虽然我体育课从没拿过A以外的成绩，但身边的人对我的印象就是如此。

在十岁的时候，我因为"不适应都市空气"的理由被寄放在乡下叔叔家，从此之后，我只有在寒暑假才会回老家住几天，但其实我不想回家。

因为我有我自己的目的，才会接受叔叔把我收为养女的提议，并且到乡下居住。我不惜谎称身体虚弱也要离开家里，原因出在我哥哥——黑桐干也身上。

没错，如果想向哥哥告白，我就得这么做。

我不知为什么喜欢上不出色的哥哥。麻烦的是，这并不是兄妹之间的喜欢，而是把他当成异性喜欢，所以事情才会很棘手。虽然当时的我才就读小学中年级，不过早已发现自己的精神年龄比同年龄的人高。我不清楚是因为容貌、成绩等等都比他人出色，或者是我天生就很冷漠。现在回想起来，说不定那只是一种错觉。

可是，我对干也的感情是真的。

那不是"喜欢你"、"想和你在一起"这种程度的情感。我的认真程度已经严重到"想让他只属于我自己"、"可以的话想把他藏起来不给别人看"。

嗯，到现在我还是认真的，只是因为现在长大了，已经不能像小时候一样扑向哥哥。

这本来就是无法对人说的恋慕之情，所以我现在干脆乖乖等待反击的机会到来。

……反击，对，就是反击。

我之所以搬到乡下去，说起来都是因为要离开干也。如果我们继续住在一起，干也一定只会把我当成妹妹看。我不在乎户籍登记上的事实，只是，让干也在无意识的状态下认定我是妹妹，那可就糟糕了。所以我使用装病的手段离家出走，之后只要等干也忘掉我是他妹妹的之后，再突然回到家里去就行了。

于是，我开始过着再淑女也不过的生活。然而，比起爱人，被爱还是比较好的，我彻底分析过干也的喜好，要让他爱上我，就像折断竹筷那么简单。

——你看，我的计划很完美吧。

明明是这样，却出现一个不得了的家伙来搅局。

……唉，出现了。

这件事要回溯到三年前的新年。当我升上初中，终于到了可以谈情说爱的年纪，因此我为了打探情况回老家一趟。就在那个时候，干也居然带了一个高中同学回家。

那个名叫两仪式的少女，显然正在和干也交往。

所谓"煮熟的鸭子飞了"就是这么回事。我真没想到，居然会有女孩愿意和干也这种看上去靠不住的男人交往，说真的，和这种男人交往实在太没眼光了！

总之，那天我因为太过惊讶，脑袋一片空白，在失魂落魄的情况之下回到了乡下。

但在我烦恼接下来该怎么办时，我收到两仪式的坏消息。她发生交通意外不幸昏迷不醒，干也又变成孤单一人了。

当时我有点同情式，虽然我只见过她一面，却一直记得她一脸开心的灿烂笑靥。

不过，这样一来我就安心了，像式那种眼光特殊的人，应该不会再有第二个。接下来，我只要顺利从高中毕业，然后去读老家那边的大学就好。如此便只差临门一脚，经过八年之后，干也应该就不会把我当妹妹看了。

……就这样，在叔叔家的阳台上啜饮着红茶的我，露出了得意的笑容。

虽然如此，敌人可不是简单的角色，式那个家伙，去年夏天恢复了意识。干也特地打电话告诉我这件事之后，我暗自下定决心。

我现在已经无法等到高中毕业了，我决定诚实地面对自己。打定主意之后，手脚就得快，我立刻在市中心找到一所名校，而且是全校住宿制的高中，然后办好转学手续。

幸好叔叔和爸爸不同，他是个著名的画家，加上我成绩优秀，又拥有无可挑剔的富家千金美貌，于是我很顺利转入这间重视父母财产甚于学生成绩的礼园女子学院。

之后又过了半年，时序来到我现在觉得讨厌的新年。本来今天准备和干也去参拜，但昨天晚上式却来把干也带走了。

……真是的。

事情已经发展成不容片刻犹豫的状态。

◇

我的魔术老师苍崎橙子的工房，位于工业区的正中央。

这栋奇怪的建筑物，乍看之下虽然像是废弃大楼，但里头却有设施完善的事务所。

一楼是车库，二、三楼功能不明，四楼是干也受雇的事务所。对了，哥哥事务所的所长，也变成了我的老师。

"祝您新年快乐。"

"啊，新年快乐。"我走进事务所打完招呼之后，橙子老师以慵懒的表情看着我。

苍崎橙子的年龄约莫二十几岁后半，是个英气凛然型的美女。

她身为所长，所以在职场上总是以身作则穿着正式套装，今天还拿下了眼镜，看上去更有压迫感。

"怎么了鲜花,你今天不是要跟黑桐一起出门吗?"

橙子老师坐在所长座位上提出犀利的疑问。

"式过来把他带走了。虽然是我自己说要逃课的,不过恢复原本的计划也可以。"

"正好,我也有话对你说。"

……?橙子老师有话对我说,真是稀奇。

我替她泡了杯咖啡,给自己泡了杯日本茶之后,坐回了自己的座位上。

"那么,有什么事呢?"

"啊,我在想,鲜花是不是已经向黑桐告白了?"

老师这个人也真是的,居然用开玩笑的口吻问人家这种问题。

"没有,因为我不打算让哥哥发现。怎么了吗?"

"真无趣。如果是黑桐的秘密被看穿了,他一定会感到很慌张。可是你却是眉头动也不动立刻回答,兄妹俩居然不像到这种程度也算少见。鲜花,你怀疑过你们不是亲兄妹吗?"

"如果不是亲兄妹,就不会有问题存在了。"

我有点别扭地回答之后,橙子老师露出了微笑。

"哎呀,你还真单纯。抱歉,我问了个无聊的问题,就算是我,一年至少也会说错一次话,你原谅我吧。"

"把一年一次的口误,在新年当天就用掉用,这种起跑点冲刺真了不起。对了,您要跟我说什么?"

"和你学校的事有关。鲜花,你就读的是私立礼园女子学院一年级吧?有关一年四班的事件,你曾经听说过吗?"

一年四班?莫非是——

"是橘佳织她们班吧?我读的是A班,所以我不太清楚D班的事。"

"橘佳织?那个人是谁?名单里没有她这个人耶。"

橙子老师不悦地蹙起眉头。我也同样偏着头一脸疑惑。

我和橙子老师之间似乎有很大的代沟。

"……那个……老师说的是哪件事？"

"这样啊，原来鲜花你不知道啊。也是，班级不一样，所以没有成为话题。因为礼园分班上课，所以那件事也只有四班的学生才知道吧？"

橙子老师一个人若有所思，说起了事件的详细经过。

事件是在两星期前开始，在寒假前夕，礼园女子学院高中部一年四班教室里，两名学生在吵架之后拿美工刀互刺。

……在礼园这种封闭的异世界，居然会发生这种伤害事件，真是让人感到难以置信。

礼园这所学校如同收容所般，入学后没有相当的特权，就无法出来。校内气氛安静、停滞得像是骗人似的，明明是个不可能有暴力事件发生，干净到有些病态的异世界。

"——那两个人伤势如何？"

"伤势倒是还好，问题在别的地方。这两名学生都受伤了。鲜花，你知道这表示什么吗？"

"……这表示两人吵完架之后，同时拿刀互刺对吧？换句话说，那两个人没有谁吵赢了，而且是在沟通毫无交集的情况之下，得出了相同的结论。"

"没错，吵架的内容之后再和你说，问题还在持续当中，这个事件发生之后，并没有被立刻呈报给校方，是修女校长在寒假翻阅保健室记录的时候，看到两个人受伤的报告，这个事件才会爆发出来。四班的导师似乎想要隐瞒这件事。"

四班——D班的导师，名字叫做叶山英雄，是礼园唯二的男老师之一。不过他在去年十一月，因为学生宿舍发生火灾，被追究责任之后消失了。接任他工作的人不是修女，我记得是……

"我觉得玄雾老师不像是那种人。"

我终于脱口说出自己的想法。橙子老师也点头同意。

"修女校长也这么说,一年四班的导师玄雾似乎非常受信任,当修女校长质问他的时候,发现玄雾皋月好像不记得这件事。在修女校长点出来之后,他才突然回想起来。虽然看起来好像骗人的,但是根据修女校长的说法,玄雾皋月不像是在说谎,他好像真的忘了那件事。"

……怎么可能会有这种事?

怎么可能会把两个星期前发生的事忘得一乾二净?不过我心里想……如果是玄雾老师搞不好真的有可能。

"回归正题,我来说说两个学生吵架的内容。因为这两人是在下课后还有其他学生在的情况下争吵,所以其中有些内容被别的学生听到,好像是因为自己的秘密被人说了出来,而且那不是一般的秘密,而是自己已经遗忘的秘密被他人揭露出来。"

"——咦?"

"也就是说,连本人都已经忘却的儿时秘密,却被对方说了出来。听说最近一个月以来,她们一直收到诡异的信件,信里头写着连本人都不记得的事。刚开始,她们并不知道信的内容指的是什么,等回想起那是自己过去发生过的事之后,不由得感到毛骨悚然。在感觉不对的情况下跑去质问对方,对方却说自己也收到了一样的信件,这两人自小一起长大,要说谁能记得自己已经遗忘的事,那么大概只有一起长大的彼此了。因此那两个学生都认定对方是犯人,于是拿刀刺伤了对方。"

听完故事后,我一时间说不出话来。

连本人都已经忘却的回忆,竟然有人写在信里寄了过来?连本人应该都不知道的秘密,在某处的某人竟能写在信上寄给本人。

"这该不会是什么新的恐吓手法吧,橙子老师。"

"不，因为信里只写着已经遗忘的往事，没有威胁恐吓的打算。即使对方像跟踪狂一样整天监视，也不可能得知以前曾经发生过、连本人都已经遗忘的事。若要说让人毛骨悚然，这件事确实让人毛骨悚然没错。"

我觉得这不仅是毛骨悚然而已了。

一开始看到这种信件，或许会觉得很有趣，但如果连续一个月都收到，那又会如何呢？知道连自己都不知道的秘密，却有某个不是自己的人一清二楚，一天接着一天看着神秘的监视者寄过来的信，她们受到的精神压力一定会越来越大。

……只发生拿美工刀互刺这种结果，或许也算是很幸运了。

"橙子老师，已经找到发件人了吗？"

"嗯，犯人是妖精。"橙子老师以笃定的口吻说。

她的回答让我诧异得叫了出来。

"——抱歉，可以请您再说一次吗？"

"我说，这是妖精做的。怎么了，鲜花，难道你没听过这件事吗？听说在礼园里有很多通灵能力很强的女孩，因此有很多人亲眼目睹。你大概是因为眼睛的焦距没对上灵体，所以你才会看不见，不过，这件事在住宿生之间传得沸沸扬扬。晚上会有妖精飞到枕头旁边，等到隔天醒来，就记不得过去几天发生过的事。采集记忆似乎是妖精的工作之一，所以这恐怕是妖精做的。一年四班的事件，多半和妖精有关。"

橙子老师以平淡的语气说。我虽然拜在这个人门下学习魔术，却无法认同她的说法。

"橙子老师，您真的相信吗？那些妖精的故事。"

"我没亲眼看过，所以不便多说，不过礼园里应该有妖精存在。因为那里具有那种气氛，礼园与世隔绝，校内甚至连车声都听不到，在严格校规以及安静的修女支配下，年轻男女之间流行的事物都无法进入校内。而占据了大部分校地的树林,有如深邃森林一样,如果在里面迷路,可能大半天都走不出来吧。空气里飘着香甜的气味,时间的指针就像老太婆的毛线棒针一样缓慢前进着……你看,这不像位于市中心的妖精故乡吗?"

"橙子老师,您还真清楚,听您的口气好像对学校很熟的样子。"

"当然啰,我可是那里的毕业生。"

——这次又让我吓到叫出声来。

"干嘛那样看我。你认为莉兹拜斐修女校长,她会找外人商量学校的丑闻吗?昨晚修女校长来委托我,希望我可以查明事件的原因。我开的虽然不是侦探社,但这毕竟是校长的请求,不能推托。不过,我亲自潜进校内未免也太招摇了,真不知道该怎么办——鲜花,你说呢?"

我把头别向一边,露出一副不想再听的表情。

橙子老师不带情感地盯着我好一会儿,然后她突然换了个话题。

"那么,一听到妖精,你会联想到什么?"

"——妖精吗?嗯,像是长了翅膀的小女孩吧。"

我毫无自信地回答。橙子老师别具深意地露出"有梦想是好事"的笑容。

"妖精也分很多种,或许真的有那种妖精存在。不过那些都是魔术师创造出来当使魔的妖精。妖精和恶魔不同,妖精并不是从想象幻化成型的实体,而是确实被列在生物系之中,因此身体构造不可能会违反生物学。像哥布尔和红帽子,从某方面来说是纯种的妖精。

妖精和龙是具代表性的幻想种族,纯粹的日本鬼也属于其中一种,他们经常会和我们进行接触。他们不像恶魔是因为人的欲念而生、而是让人召唤的被动者，是拥有自己主观意识的存在。

听说现今苏格兰一带还有妖精恶作剧的事件发生，其中有一种恶作剧会让人失去记忆。

另外像是引诱小孩进入森林一个星期左右不让他们回家，把刚出生的婴儿换成妖精的小孩、在家门口置放兔子尸体，净是做些和孩子恶作剧一样的可笑之事。

在那些不具相关性的恶作剧当中，有一个共通点存在，那就是妖精没有得失之心。他们纯粹为了享乐去做，并非企求在事后得到成果。但是，礼园发生的事件不一样，将夺走的记忆写在信上，不论怎么想都具有恶意吧？加上在礼园现身的妖精，就和鲜花你刚才想象的一样，有很可爱的外型。"

……原来如此。真不愧是橙子老师，我完全没想到这个层面。好不甘心。

为了自尊，我自己先开口说了。

"换句话说，在礼园出现的妖精是人造使魔。之所以带有恶意，也是因为背后有操纵的魔术师存在，应该是这么回事吧？"

"嗯嗯。"橙子老师开心地点了点头。

"以前我说明过使魔，可以分别为魔术师提供自己部分肉体创造出来的分身类型，以及使用其他动物作为材料替自己办事的类型，这次的事件，一定是那种替自己办事的使魔干的，因为它只有窃取人类记忆的单项能力，居然有人去做这种像小孩一样的恶作剧，真是无聊。"

……老师也没替我想想被强迫处理这种无聊事的心情，兀自继续说了下去。

"不过，这也是没办法的事，妖精很不容易控制，主人经常会发现到，在不知不觉间，本来是要妖精们替自己办事，结果却变成自己在替它们办事。这是因为妖精老是会提出无理的要求。

因此以前以妖精当使魔的魔术师就不多，如果有，也是第一流的高手。但这次不一样，因为对方是一个只能使唤类似妖精使魔的初学者，因此你就想成是修练吧。所以，鲜花，我以老师的身份下达命令，目的是要你查明真相，期限是到寒假结束之前，虽然我不期待你连事件的发生原因也一并解决，不过你就尽力试试吧。"

……果然是这么回事。

我不禁有些恼怒，不过还是努力冷静下来，点头答应。

"——如果这是修练的一环，那也是没办法。"

橙子老师站起来说着"那么，我现就在拿详细资料给你"。而在那之前，我提出唯一令我不安的问题。

"不过，橙子老师，我看不见妖精啊，我又不像老师您有那样的魔眼。"

听了我的问题之后，橙子老师不禁窃笑。

那是我从未感觉过，甚至想一脚踹飞的不祥笑容。

"哎呀，这个你就不用担心了，我已经想好可以取代魔眼的方法。"

老师一边忍着笑一边说，但到最后她还是没说到底是什么方法。

◆——忘却录音——◆
2

　　我和她两个人,一起从礼园女子学院高中部的教职员办公室离开。

◇

　　"从以前我就一直在怀疑橙子脑袋有没有问题。"
　　一月四日,星期一,阴天午后。
　　在我旁边那个负责"代替眼睛"的家伙恨恨地低声说着。我则是把视这家伙为敌的事暂时搁在一旁,并打从心底同意她说的话。
　　"对啊,谁不好找,竟然找你来潜入我们学校,实在让人怀疑她是不是脑筋不正常。"
　　"你真过分,要说这次的牺牲者肯定是我啊。明明没有转学的打算,却被强迫演一出第三学期才转学的戏码。"
　　我们两人走在高中部校舍的走廊上,没看对方的脸彼此交谈。
　　……现在走在我身边的人,正是那个名叫两仪式的少女。
　　礼园女子学院的学校制服,设计得像是修女参加弥撒时穿的服装。虽然像是具有黑色礼服风格的学生服,却不是适合日本人穿的制服。
　　即使如此,这套制服穿在两仪式身上,却完全不让人觉得不合适。

她的发丝比制服更加漆黑,却没融入身上那袭黑色衣装,纤细的肩膀与脖子,因而看起来更白皙。连我也不得不承认,她给人的印象是如此强烈。

式的年纪明明比我大,为何看起来却比我年幼?

即使身高和我差不多,身形却非常端正,犹如一名沉静的基督教少女。

……总觉得非常无趣。

"鲜花,那边那两个人一直盯着我们看。"

式看着刚才与我们擦身而过的学姐。

那两个盯着我们看的学生会讨论什么,其实可以轻易地推敲出来……礼园是一所女校,学生之间不会为了男性而有利害冲突,虽然如此,她们毕竟还是对男性抱持憧憬,因此,具有中性气质的美女,不论在哪个年级都是大受欢迎。

具有这种气质的人,在礼园里并不多,要是式真的转学进来就读,一定会变成校内的风云人物。和我们擦身而过的学生们,必定是因为式具有男性英气的容貌,因此才会窃窃私语,讨论起内心的这份期待。

"她们只是觉得转学生很少见罢了,和这次的事件无关。"

"哦,明明学校在放寒假,居然还有学生在学校啊。"

"因为我们学校采取全校住宿制,所以寒假留在宿舍的学生也意外的多。虽然校舍图书馆一楼和四楼都有开,不过宿舍本身就有代用图书馆,因此来校舍的人其实不多,不过,如果是违犯校规,被修女叫过来,那就另当别论了。"

如果被那位修女连续叫去三次就会被校方退学。老实说,我也曾经被叫去过几次。

不论有什么理由,这所学校不容许有学生随意外出,即使是探望父母这种理由也不会被校方接受。来礼园这所学校就读就是这样，学生家长也是因为欣赏校方管理严格，才会让自己的女儿入校就读。

像我或者好友藤乃，虽然屡次外出，却没被校方退学，是因为我们有各自的背景。

藤乃没被退学，因为这间学校的捐款有三成是她爸爸捐的，换句话说，她不可能被校方退学。

至于我呢……嗯，画家叔叔也可以替我撑腰，不过说穿了，我是礼园校方为了学校升学率雇来的佣兵，因此校方对我外出的事，也是睁一只眼闭一只眼不会过问。毕竟礼园是一间学校，如果学生能考上好大学总是件好事。礼园之所以会让我进来就读，就是因为我拥有只要报考T大就一定会合格的条件。

……的确，念书这件事不是只有向神祈祷就能解决。礼园经营者的想法虽然势利，但我并不会觉得不满。至少我就是拜此原因所赐能够自由外出。

在我独自思考这些事的时候，身旁的少女一脸不感兴趣、用倦怠的眼神观察周围的校舍。而她似乎很快就感到厌烦，开始玩弄起胸前挂的十字架。

"真是个诡异的学校，不知道是老师去当修女，或者是修女来当老师。说到这个，刚才我看到了教堂，那里会举办弥撒之类的仪式吗？就是'蒙上天召唤的天父啊……'那种仪式。"

式提出了一个很单纯的问题。

不过她这个笨蛋，哪可能真的被上天召唤啊？

"——礼拜仪式早晚都有，弥撒则是每周日举行一次，学生有义务参与的只有礼拜，弥撒可以自由前往。像我这种高中才进礼园就读的人，因为不是基督教徒，所以并不会参加弥撒。虽然这样会给修女不同的印象，但信仰是自由的，所以也没有特别的强制规定。礼园本身虽是历史悠久的学校，不过在几年前变成千金养成学校后，对基督教不感兴趣的女孩也不少。因为只要从礼园毕业，不管是品行多糟的女孩，介绍相亲的邀请也会随之增加。为此目的让女儿前来就读的父母应该就占了一大半，换句话说，真正为了信仰来就读的人数变少了。我想，在现在的日本，应该也不会有家长为了让女儿信基督教而让她来这里就读吧？话虽如此，学校里确实有真正的基督徒存在就是了。"

"神吗？真要说起来，那种东西或许存在吧。"

……总觉得有严重的不协调感。

虽说我早已习惯式的男性口吻，可是她现在这副清纯修女的模样，实在让我感到很混乱。

"有没有神我不知道，但是其他的呢？你看到过什么东西吗？"

我一边走着，一边顺口提出这个问题。

式摇了摇头表示没有。

"我完全没看见，看起来只能等到晚上再说了。"

她露出一脸困倦的表情说道。

……这女人拥有可以看见常人肉眼看不见物体的能力，不仅仅是幽灵而已，据说还看得到物体容易损坏的部分，加上她的运动神经过人，本人的个性也很残暴。

说得明白一点，就是和干也完全相反的"特殊份子"。相较于其他人，我最不能忍受干也被式夺走。

是的，我向橙子老师拜师的原因，说到底正是因为这家伙。如果干也的对象是普通的女孩，我在一天之内就能摆平她们，可是两仪式她就非常棘手了。

在判断出这样下去我不是对手后，我抛弃了一般的常识，拜入魔术师苍崎橙子的门下……不过遗憾的是，我的实力还是不如式，所以现在才得每天过着修炼的生活。

话虽如此，但我现在的心境其实满复杂的。

说到原因的话，那是因为——

"晚上要在鲜花的房间过夜吗……算了，既然是你的房间，那我就忍耐一下好了。"

式无可奈何地叹着气说。

根据干也的说法，式不在自己认定为床以外的地方睡觉。可是，她却在还没看过我房间之前，就说出她愿意忍受。

这就是让我心情复杂的原因。毕竟式根本不讨厌我。我明明就讨厌式，如此一来，总让我觉得哪里不太对劲，让我很为难。

其实……如果没有干也这件事的话，我想两仪式算是我会喜欢的那种人吧。

这次轮到我叹气了。

这时，式突然盯着我看。

"鲜花，你要去哪儿？不是要去宿舍吗？"

"去宿舍不是也没事？总之，我打算去向四班的导师探听消息，你跟着我来吧。因为你是我的眼睛，我见过的人你都必须检视一番。"

"你说的导师，是指那个叫叶山的家伙吗？"

"不是，叶山老师已经在去年十一月离开学校了。现在的导师是玄雾皋月，两个人都是学校里罕见的男老师。"

"女校里的男老师啊？在其他地方虽然一点也不稀奇，但这所学校有男性就很怪异了。"

式说得没错。

对于要将学生在毕业前培养成完美淑女的礼园来说，男老师只会是个麻烦的存在。明明为了防止不正当的两性关系所以禁止外出，但敌人却早已跑到学校里，就像特洛伊木马一样。

"你说得对。不过，这可是有内幕的哦，叶山英雄这个人，在校内并不受欢迎，甚至连有没有教师执照都很可疑，而且他似乎真的对学生下手，可是不只是修女，连校长都无法严厉惩戒他，原因出在我们学校的理事长，他现在虽然姓黄路，不过他入赘之前姓叶山。"

"原来是理事长的不肖弟弟啊？那他为什么会离开学校？"

"在十一月的时候，我人在橙子的事务所，你还记得吗？当时我说高中部的宿舍发生火灾，一年级和二年级C班以下的宿舍所在的东馆，全部都被烧得精光。礼园的学生宿舍，不仅是以年级作为区分，更细分成各个班级区域加以管理，而起火点正是一年四班的区域。当时是叶山老师不知在想什么的情况下纵了火，理事长也因此自行辞职，从那个时候起，叶山就从学校消失了。"

"应该是逃走了吧。"我又补上一句。

火灾的消息对外完全封锁，听说连帮忙救火的消防员也被礼园的学生家长设法堵住了嘴……他们应该不希望女儿所就读的学校传出难听的丑闻吧？

明明，明明有一个人因此死了啊。

"玄雾那家伙到底是个怎么样的人？"

"与其说玄雾老师完全没有问题，不如说他和叶山相反，我想这整个学校应该不会有学生讨厌他吧。"

去年夏天玄雾老师才在这所学校任教，不过他不像叶山有后台撑腰，完全是因为校长亲自推荐才过来的。我们学校追本溯源是英国某间名校的姐妹校，虽然英国的学校已经关闭，不过姐妹校礼园却还存在。校长内心的期待是把所有教师全部都换成英国人，不过却很难有会说日语的正统英国老师。在这一点上，玄雾老师因为在国外长大，所以发音非常完美，没有难听的美国腔，这一点也让修女们很高兴。

"那玄雾这家伙是英文老师？"

式蹙起眉头低语着……式这家伙全身散发着日本风格，她该不会对英语完全没辙吧？

"不仅仅是英文而已，听说他还拥有德文和法文的教师执照，中文好像也不错，他甚至连南美部落的方言都会讲……是大家私底下叫他'语言翻译机'的怪人……对黑桐鲜花和两仪式来说，则是不同意义上的特殊之人。而我实在不太会和那位老师应对。"说完，我便停下脚步。

英文老师的准备室位于一楼的角落。

在礼园这所学校，教职员办公室是处理日常事务的地方，而每一位老师都各有属于自己的学科准备室。

玄雾老师使用的是叶山英雄用过的学科准备室。

我设法在不被式发觉的情况下，做了一个轻轻的深呼吸之后，伸手敲了准备室的门。

◇

玄雾皋月背对我们，面向桌子坐着。

他的桌子在窗户旁边，灰色日光映照室内。这里不像是学科准备室，比较像研究室，里面有些凌乱。

"玄雾老师，我是一年A班的黑桐鲜花，不知道校长是否已经告诉过您了？"

我话说完，他便应了声"是的"之后，转过头来看着我们。

椅子"唰"地一声转了过来，玄雾皋月面对着我们。

"——"

我感觉到式不由得咽了一口气。

就连我第一次见到这位老师时，也有这种晕眩般的感觉。

"哎呀，你就是黑桐同学吧？你的外表果然和我听说的一样。

先请坐,今天的谈话可能会有点长对吧?"玄雾老师轻声说完之后露出了微笑。

他的年龄大约二十五岁,是这个学校最年轻的老师,纤瘦体格搭上黑框眼镜,看上去感觉像是文学系出身的,处处显示这个人的无害。

"是要谈一年四班的事吧?"

"……是的,就是那两名用美工刀互刺的学生。"

对于我的回答,玄雾老师遗憾地眯起了眼睛。那一副寂寥的表情,让我看了都不由得感到难过。

"那件事我帮不上忙,真的感到很抱歉,我自己对那件事的记忆也十分模糊。不但没法记得很清楚,也没办法去阻止她们。的确,我在现场,但我却什么忙也帮不上。"

比起自己的无力,玄雾皋月更为受伤的学生感到难过,他因而闭起了眼睛。

……这个人也一样。一样深入去担忧他人的悲伤,让自己担负不必要的重担。绝对不会伤害他人,像是没有刺一般、一个太过温柔的人——

"那么老师,您知道她们吵架的原因吗?"

为了确定起见,我问了这个问题。

玄雾皋月静静地摇了摇头。

"……根据其他学生所说,是我去阻止了她们。但我却没有那一天的记忆。嗯,虽然常有人说我是个健忘的人,但整段记忆完全不见这种情况还是第一次发生。等到听别人说发生了某件大事,我才知道事情已经无可挽回。不对,其实原因或许出在我身上。那天我和她们在同一间教室里,光是这样,就应该追究我的责任。"老师一脸沉重地说着。

这时候我才终于发觉,虽然对四班学生来说,已经忘记的秘密被人写成信件，那股焦躁绝对非比寻常。但被看不见的不安所压迫的人不只是她们，问题发生时，尽管在场却完全不记得事情经过的玄雾老师，他的精神状态也正处在危险的平衡下吧？

如果我处在和他相同的情况之下，内心一定会局促不安。光是没有记忆这件事就足以让人不安了，在那段期间到底得到或失去什么？连自己曾做过的事都不清楚，这种情况就像落入一个无底洞。

越是往坏的方面想，洞穴就越加深幽黑暗，连可以否定这一切的理由都忘了。老师会认为原因出在自己身上，也是无可厚非的事。

"不过老师，一年四班的学生都看到事情的经过，老师你只是纯粹去阻止那两人而已。"

"话不是这么说，黑桐同学。你要记住，在确认自己的记忆时，不可以依靠他人的记忆。毕竟只有名为回忆的自我天平，才能决定过去……所以我才会认为，这件事可能还是我的错。啊，真抱歉，谈这种事一点意义也没有，虽然这种情况下的我不太可靠，不过还是请你继续发问吧。"

面对勉强微笑的老师，我轻轻地点头响应："我知道了。那么，请问四班本身有没有什么异常的地方？像是全班都忘记写作业之类的事。"

"没发生过这种事，不过修女们的确说过，本班教室内的气氛感觉满紧张的……虽然我不清楚同学们的过去，不好擅自下结论，但四班教室真的是太过安静了点。"

"请问，那种气氛像是畏惧什么事的感觉吗？"

事情如预料般发展，于是我继续进行确认。

对这两名用美工刀互刺的学生，为什么周围的同学都没有去劝阻她们激烈的争论？

是因为对那种事没兴趣？不，这么一来连谈话内容都不会去听了。这样推论虽然太过果断，但恐怕一年四班的人应该全部都有收到记载忘却记忆的信件。所以她们不去阻止开始争吵的两个人，因为只要她们继续争吵，至少能够确认其中一名就是送信的犯人……不过，玄雾老师的回答，却未支持我的论点。

　　"……这个嘛，我觉得并不是在害怕什么。"

　　"大家不是感到害怕吗？"

　　"对。与其说她们是在害怕，倒不如说是彼此监视还比较正确。不过她们相互监视的原因，我就不得而知了。"

　　她们在相互监视——是吗？

　　虽然重点有些不同，不过我的想法大致上是正确的。

　　换句话说，她们确信犯人不是外人，而是班上的某人。

　　"请问老师，您能联络上四班的学生吗？"

　　总之，要先向记得事件的当事人们问问她们的说法。顺便也问问正流传着的妖精之说，这样就不至于会受到怀疑了。

　　"不必特别去联络她们了。因为我班上的学生全都留在宿舍里，因此应该很快就能跟她们谈谈。"玄雾老师的回答让我感到惊讶。

　　一年四班的全体学生竟然都留在宿舍？这样的偶然已经等于是某种必然了。

　　"那我先告辞了，之后可能还会来请教您一些问题，到时候还请多指教。式，我们走吧。"

　　我催促在身旁一言不发的式后站起身。

　　就在此时，玄雾皋月突然一脸惊讶地看着我。

　　"老师……请问怎么了吗？"

　　老师没有回答。

　　相反地，式第一次开口了。

"老师，她说的式是指我。"

式用女性化的口气说道。

老师开朗地回答了一声："啊。"

"对了，你从刚刚就一直都在呢。之前没见过你，是新生吗？"

"那可就不一定了，我想参观一下学校，如果有兴趣的话，真的转校进来也很不错。"

玄雾皋月一脸愉悦地点了点头，一直盯着式瞧。像是画家邂逅自己憧憬的模特儿般，观察着对方的所有细部特征。

我只能旁观着这一切。

这时有人敲响了学科准备室的门。

传来一道悦耳的声音"打扰了"，一位留着长发的学姐进入了准备室里。

她有着一双凛然细长的眼眸，一头长及后背的乌黑长发。

在美女众多的礼园之中，这位美女依然非常抢眼，我认识她。

应该这么说，我不可能不认识这位去年还担任学生会长的学姐。

那双高傲睥睨的眼眸，那对细长的眉毛，美丽之中带着一股威严。这位宛如城堡里的皇后的学姐，我记得她叫……

"哎呀，黄路同学，没想到时间已经这么晚了。"

玄雾老师对着走进来的黄路美沙夜这么说。

浑身散发自信气息的黄路学姐回答"是啊"。

"皋月老师，都已经过了约定的时间了，请您务必在下午一点到学生会一趟。时间可不是永恒啊，如果不好好掌握时间的话，我会很困扰的。"

黄路学姐就这么责备起玄雾老师。

充满威严的气质，让她在担任学生会长时，以女暴君之名广为人知。虽然我转学进来的时候，学生会刚好正在交接，所以我不太清楚她的事，但是根据藤乃的说法，连修女们也不敢对黄路学姐有意见。

听说连现在的理事长都管不动她。

不过也难怪，身为入赘女婿的现任理事长，与身为正统黄路家次女的黄路美沙夜，两者的发言等级实在相差太多了。

……听说黄路家的小孩每个都是领养来的，但如果因此感到自卑的话，凭这种程度的抗压性，成不了黄路财团的继承者。相反的，为了找出更坚强，更具有黄路家风格的养子，黄路家还是会把具有未来性的孩子收为养子……简单地说，黄路学姐是性格坚强的铁血女子。

不过，幸好黄路美沙夜是很有正义感的人，虽说对不遵守校规的学生毫不留情，但对于遵守秩序的学生来说，她是一个很会照顾人的好学姐。她本身也是个虔诚的基督教徒，听说每个星期日都会参加弥撒。

"黄路同学真严格，又在说'永恒'那种难懂的话了。"

玄雾老师露出微笑站了起来，黄路美沙夜则是恼怒地瞪视着他……的确，对于像她这种循规蹈矩的人来说，玄雾老师的悠哉态度确实让人看不顺眼。

黄路学姐以带有敌意的眼神看着我们，像是在说"你们是谁？"我认为再待下去就会有麻烦，因此我拉起式的手，打算早点离开这里。

"那么，我们到下一个地方去吧，式。"

我们往准备室的出口走了过去。

然后，玄雾老师帮我们打开门扉，态度就像管家送客一样自然，让我不禁很有礼貌地说了句不好意思。

"不，我没能帮上忙才更觉得抱歉，祝两位有个美好的假日。"

老师还是露出温柔的笑容这么说。

那是有点寂寞、空虚的笑容。

"老师,您脸上的笑总是带着哀伤呢。"

式突然脱口说出这件事。

老师略感意外地睁大了眼,点了点头说道:"是这样吗?"

"可是呢,我从来没有笑过喔——一次都没有。"

玄雾老师脸上浮现淡淡的笑容如此回答。

◇

我们离开学科准备室之后,决定先回宿舍一趟。

我们穿越位于一楼的走廊,来到了中庭。

礼园女子学院的学校用地,就像大学一样宽广,为了运用这般宽广的空间,从小学部到高中部的教室、体育馆、学生宿舍等等,所有建筑物都不彼此相邻。

打个比方,校舍就像是游乐场里的各种不同的设施……这应该是最为贴切的说法。嗯,这种说法让人有抱持着梦想的感觉,不如找一天讲给干也听吧。

从高中部校舍到学生宿舍,路途非常遥远。

虽然中途经过马拉松比赛使用的树林,但为了让人可以穿室内鞋走到宿舍,沿路铺设了一条木板走廊。

我跟式两人漫步在这嘎吱作响的走廊上。

式的模样有点怪,不过这也是无可厚非的。毕竟看到那么相似的两人,多多少少都会感到震惊吧?

"式,你是因为玄雾老师很像干也,所以吓了一跳吧?"

对于我提出的问题,式坦率地点头。

"没错吧?除了老师比干也还帅一点之外。"

"是啊,玄雾的脸型比较没有瑕疵。"

虽然说出来的话不一样，但我们的意见还是相同的。

没错，玄雾皋月这名青年，和黑桐干也简直没有两样。不仅外表神似，甚至散发出来的气质都如出一辙。不，正因为玄雾老师年长了几岁，因此比较能让人感受到他可以自然地融入周围的气氛。

从我和式这种只会和周围环境产生摩擦的人来看，那种"不会去伤害任何人"的普通人，光是他们的存在本身，便足以让我们诧异不已。

事实上，就连我——发现自己和干也属于截然不同类型的人的时候，都没来由地哭了出来。那是什么时候的事呢？在这段我已回想不起来的童年回忆里，因为某件事发生，让我了解到黑桐干也就是那样的人。

我们以兄妹的身份生活在同一个屋檐下，不知从何时开始，我想要得到干也。

我知道，以兄妹来说，这样的想法确实异于常人。不过，我不觉得这是个错误。如果要说有什么事让我感到懊悔，那大概只有——

那个让我发现他对我有多重要的契机，我回想不起来。

"不过，那个人叫玄雾皋月。即使再怎么相像，他也不是黑桐干也。"

我说出一句无法反驳的事实，我想走在我旁边的式，一定也跟我有同样的想法。

不过，我以为会点头同意的式，却蹙起了眉头。她脸上露出复杂的神情，喃喃自语地说：

"与其说很像——倒不如说是……"

她说到这里，突然停下了脚下的步伐，像是瞪着树木般凝视着森林深处。

"鲜花，森林里有什么东西对吧？感觉像是木造建筑。"

"啊，那是旧校舍。已经没人使用的小学校舍，预定在寒假的时候会整个拆掉，怎么了吗？"

"我过去看一下，鲜花你先回去吧。"

式身上如黑色礼服般的裙襬翻飞，随即迅速消失在森林之中。

"喂、式，等等！不是说好你不能擅自行动吗！"

我大喊着打算追上式。

"黑桐、鲜花同学？"

但是在这之前，我身后有一道声音叫住了我。

—1—

◇

"式，你有新工作了。"

橙子在电话里这么说。

在一月二日晚上，橙子丢给我一件性质和之前截然不同的工作。

工作内容是鲜花就读的礼园女子学院发生案件，希望我前去调查。这真是让我提不起劲来。

我——两仪式，之所以会协助苍崎橙子，纯粹是因为可以杀人，但是这次的工作却只是要查明真相，这种工作不能满足我空虚内心的饥渴。

说起来，橙子交待的工作内容虽然都会杀些某些东西，却从来没有杀过"人"，多半都是解决一些莫名其妙的怪物。夏天的时候虽然出现过一次机会，但结果我还是没杀了那个"光用眼睛看就能让东西弯曲"的家伙……正确地说，主要是因为在做那件工作的时候，式了解自己为何会执着于杀人这件事，而我则只要能杀，不管对手是谁都行，于是便做出了妥协。

总之，就像是处于虽然吃饱了，但是味觉却没有获得满足的状态。

在我开始对这种现状感到不满时，却有个内容不明工作找上门，居然只要我找出事件的主谋就好。

我没什么干劲，可是也没有其他事好做。如果差别只是在于在房间里或在礼园女子学院里睡觉，那我也找不到拒绝的理由。

我听完了整个事件的经过，由于鲜花的眼睛看不见妖精，于是我便充当她的眼睛，和她一同前往礼园女子学院。我伪装成准备在第三个学期转学，事实上只会待一个寒假的转学生。

◇

我在森林中漫步。

鲜花没跟在我身边。

我从树木间的空隙看见了森林深处的木造校舍，于是往那个方向走了过去。

或许是受到阴天的影响，森林里仿佛起雾般一片灰暗。

礼园女子学院的校地广阔，在校舍和校舍之间种植的树木，已经茂盛到超出校内森林范围了。

校地有一大半都是长满浓密树木的森林，这已经不是校园里面有森林，而是森林里面有学校。

我走在腐叶土的地面上，出神地嗅着空气的气味。

空气充斥泉涌般的香气，并且带有颜色，混杂着树叶散发的香气和虫鸣声，让人为之陶醉。

那是有如成熟果实似的甜腻空气，仿佛时间缓慢前进般的景色，置身其中，像是漫步于水彩风景画里，全身轻飘飘地感到神奇又舒畅——这一所和外界隔离的学校，确实是一个独立的异世界。

我突然想起一件事。

曾经有个男人，在一栋公寓里制造出无人能入侵的异世界，那家伙真是绕了一大圈，其实只要像这学校或者两仪宅邸一样，在土地四周筑起墙壁，不让他人进入，便可让他的居处和外界隔离。

没多久我便走出了森林。

这栋曾是小学校舍的建筑，是古老的四层木造房屋。

在砍伐林木后形成的圆形广场上，校舍毫无声息地竖立着。

广场上长满杂草，感觉像是草原。

校舍仿佛临终前的老人般，静候着生涯最后一刻来临。

我踩过草地走进校舍后，发现里面并没有像外观一样严重损毁。

可能因为是小学校舍的关系，建筑物内整体的感觉也有点小，铺着木板的走廊，每走一步就会发出"叽叽"的声音。

叽、叽、叽、叽。

……昆虫发出的声音，在校舍里也一样听得到。

我在空无一人的走廊中央停下脚步，不再往前进。

"玄雾、皋月。"

我回想起刚刚那位老师。

鲜花说他和黑桐干也很神似。

若要说神似的话，两个人确实很像。

因为人的脸部构造是一样的，因此每个人看起来都很神似。但是他们两人却不只是外貌神似，连散发出来的气质都一样。

"……真的很像啊，那个样子。"

不过，他们之间却有某种决定性的差异存在。

是什么呢？

我找不出答案。

明明已经快想到了，却就是差了临门一脚。

知道但是却不了解，我似乎也变得很像正常人了。

半年前——当我刚觉醒的时候，我没有不了解的事。因为不了解的事就是两仪式不知道的事，因此没有加以思考的必要。

但现在，两仪式曾经体会过却不清楚的事，都被我当成知识体验着。那堵阻隔在发生事故前的两仪式和康复之后的我之间的绝望高墙，如今也越来越低了。

多半是因为原本没有自我情感的自己，透过遭遇这些未知的事物，逐渐累积起"我的记忆"了吧？

我——只能把无聊的现实以及细微琐碎的情感，拿来填塞我胸口的空洞。虽说依然没有活着的实感，但是刚觉醒时的那阵虚无感，如今已经消失了。

那么——总有一天，当我胸口的洞穴不再存在，或许我也能做些跟一般人没什么差别的梦吧！

"这个心愿还真是微不足道啊，织。"

我独自呢喃，知道不会有人回答我。

"不，那是一个笨拙的希望。"

——但是，却有人回答了我。

叽、叽、叽——

虫发出鸣叫。

某种物体轻触我的后颈。

"——啊！"

我的意识逐渐模糊，置身在此地的记忆变成空白一片。

眼前看到的景象，宛如橡皮擦擦掉一样逐渐淡去。

……我真是太没用了。明明知道这里就是虫子的巢穴才前来，我却——

"这家伙。"

颇感不悦的我伸出手臂。

把手伸到脖子后方之后，感觉确实抓住某种物体。

从手中握着的触感，可以确认那是比手掌略大一些的人偶。

我将手里的不明物体就此握碎。

发出了"叽"的一声。

逐渐模糊的意识恢复过来了。

我缩回伸到脖子后面的手，并紧盯那只手看。

手掌上只剩一滩白色液体，而这滩黏稠的液体，啪答啪答地滴落到地上。

在握碎的瞬间，它就变成这副模样。

我从没见过妖精。

因此我判断不出这是否就是鲜花口中说的妖精。

"……真恶心。"

我甩掉了手上的黏液，而这滩液体很不可思议，明明黏性很强，却又不会附着在皮肤上的，很轻易地就能全部甩掉。

已经听不到虫的声音了。

……因为非常不悦才顺手捏碎了，如今看来好像是个失败的举动。

这里原本充满了许多妖精聚集的气息，现在完全感受不到。

妖精们是因为看到同伴被杀所以逃跑了？还是妖精的主人见到我可以抓住妖精，因此所以要妖精们全部撤退？

无论如何，线索已经从这栋废弃校舍里飞走了。

我沿着走来时的原路回到走廊上。

当我回到了林间走道上，发现鲜花正默默伫立在原地等着我。

黑桐鲜花身材娇小，有着一头飘逸的长发。

刚才那个叫黄路的女人像是城堡里的皇后，而鲜花的举止，则像是城堡里的公主。只是得再加上"好胜的"三个字罢了。

我不发一语走到鲜花身边。

"咦？式，你不去了吗？"

……鲜花突然说了一句奇怪的话。

"不去？我不去哪里？"

"——就是那里啊！"

……我完全不了解她在说什么。

鲜花则是一脸不可思议地看着我以及森林深处。

——原来如此，我终于理解了。

"鲜花，你知道现在几点吗？"

"大概下午两点左右吧——"

鲜花惊讶地闭上嘴，因为现在时间已经是下午三点了。

"可以在这里呆呆地站上一小时，你还真是悠闲呢！不过，如果你记得自己做过什么，那倒也无所谓。"

鲜花的手微微发颤，默默把手指抵在自己的唇瓣上。

她的脸上露出诧异神色，凝望着天际。

鲜花大概已经记不得在我回来之前这段时间她做了什么事。

"式，我该不会……"

鲜花身体发颤，喃喃地说这怎么可能。

那不是因为害怕，纯粹是因为愤怒造成的。对于自尊心很强的鲜花而言，在自己不知情的情况下被摆了一道，这种感觉真是屈辱至极。

"应该不用我多说吧，你的记忆被妖精夺走了。"

鲜花听完我说的话，顿时涨红了脸。

那其中混杂了自己的不成熟还有屈辱，反应充满着羞愤及悔恨。鲜花总是一副冷静的样子，这么率直地表现出自己的感情，虽然非常不协调，但从旁看来，肯定很可爱。

"回宿舍去吧，看来得改变行动方针才行。"

鲜花像是在闹别扭一般，说完后就自顾自迈开步伐。

我看着她的背影，心里有个想法。

如果我告诉她，其实连我也被那少女般的坦率所感动，鲜花不知道会有什么反应。

……算了，那种事连想都不用想也知道结果如何吧！

我像往常一样，刻意不发一语静静跟上她。

— 2 —

回到宿舍跟几位一年四班的学生谈完后,外头的天色已经暗了下来。

尽管学校放假,宿舍规章还是得要遵守,于是我们便前往鲜花的房间。

这里在晚上六点以后,连宿舍内走动都被严格禁止。除了上厕所之外,似乎只有想去一楼自习室时才准离开房间。

高中才入学的学生常因为不习惯这个规定,总在前往朋友房间的途中被巡视的修女给逮到。至于小学就在此念书的学生已经习惯不随意外出,就算会,也因为熟知修女的巡逻路线而不会被抓到。

……鲜花很仔细地告诉我这些事。

这些都跟这次事件内容毫不相关,我想大概只是她的抱怨吧。

鲜花坐到自己的椅子上。

一年级学生的房间都是双人房,而鲜花的室友已经回家去了。

房里有两张跟墙壁一体化的桌子,还有一张上下铺单人床。个人所有物像是书架跟空箱子等占据了房间的角落,房间呈长型的构造。

建筑物年代久远,因此房间也颇为老旧,由历史累积出来的古风,散发出让人放松的气氛。

鲜花一回到房里就脱下制服,换上了睡衣。我也很想脱掉身上这套闷热的制服,可是我没带换洗衣物过来。

没办法，只好穿着制服躺在床上听鲜花说话。

"……因为没办法在宿舍内活动，今天就到此告一段落吧！起床时间是五点，不过寒假没有晨间礼拜，所以可以睡到六点左右……式，听清楚了喔！其他学生还有修女并不知道我们在调查一年四班的事，所以行动尽量别太醒目。我跟你不一样，还得在这里待两年，可不想引起什么骚动。"

鲜花今夜又把昨天说过的事重复了一次。

还真是杞人忧天啊！

对我而言只是把睡觉的地方换到这里罢了，我个人一点干劲也没有。

"你放心吧。我的工作只是负责看而已，所以没带刀子之类的武器来。况且我和妖精的主人也没有结怨，我打算和平共存。说到情绪失控，你还比较让人担心咧！"

"我很冷静。我的目的只是查出真相，而不是将原因排除。在彻底调查之后，就可以交棒给橙子老师了。"

虽然我轻松地一笔带过去，可是鲜花的眼神一点也不安分。

多半是白天妖精的事让她认真起来。基本上，鲜花的个性是有仇必报的。

"是啊。鲜花，你如果做得到的话，那当然最好。"

鲜花随即瞪了过来。

"……你别瞧不起人了。"

"真是冤枉。"

鲜花那种困扰又狐疑的眼神，实在和干也很像，我不由得笑了出来。

"算了。就算我犯了错也不会造成问题，所以轮不到你担心。话说回来，在你今天遇见的人当中有可疑人物吗？"

鲜花迅速转移话题。

"如果要说可疑的话，今天碰到的全部都很可疑啊！一年四班的那些家伙，每个人脖子上都有那个……"

"那个，是指被式握碎的妖精血液吗？"鲜花蹙起了眉头……她大概认定我是个非常过分的人。不过这的确是事实，我也不想否认。

"不能说是血液，是像蝴蝶翅膀上鳞粉之类的玩意儿。因为若是体液的话，她们也会察觉对吧。还有，那个叫玄雾的老师脖子上也有。见面时虽然不知那是啥，但回想起来，他的脖子上的确也有。"

"是吗？式，你觉得夺走记忆的理由是什么？"

"不知道，因为又不是我干的。"

"是、是、你说得对。我会问你的意见，看来我也变得相当没自信了。"

鲜花兀自生起了气，随即陷入沉思。

"……十二月开始有信件寄到四班学生的手中，信件内容是'连本人都已经忘记的秘密'。同时间，学校里妖精的流言也开始传开来。这些妖精似乎会跑到枕边夺取记忆。

在放寒假前的四班教室里，两名学生吵架后用美工刀互刺对方，吵架的原因果然还是因为信件。连续一个月，四班的学生不断收到自己也不知道的记忆，精神状态已经麻痹到无视同学吵架了。在跟四班的学生们谈过之后，我了解到那真的是到有人自杀也不奇怪的情况。"

鲜花嘀嘀咕咕地整理出到目前为止的重点。

"式实际上遇到了妖精，我也有一小时的记忆空白……那段时间我做了什么呢，有一个小时的话，做什么事都有可能。"

看来鲜花对空白的记忆也相当在意的样子。

……那我又是如何呢？

四年前……我还是高中一年级时的记忆充满了漏洞,让人感觉很不舒服。那时街上的人们正陷于随机杀人魔的恐惧中。

虽然我认为那个事件跟我有关,但因为那时行动的是织,在他已经消失的现在,那些记忆也跟着他永远消失了。

"咦?"

我突然察觉到一件事。

为什么至今都没有发现呢?

之所以没有三年前杀人魔事件的记忆,是因为织跟那件事有关的缘故。

那么——我失去出事前的记忆又是为什么呢?那时的我应该不是织,而是式才对。

若这个操纵妖精的人知道想起忘却记忆的方法,说不定我就能取得我的过去了。

……但我总觉得不太对劲。

我是不知道鲜花相不相信妖精那玩意,但我总是无法接受它的存在。

感觉有什么根本上的误解,但我跟鲜花似乎都没察觉到。

"喂、鲜花,连本人都忘记的记忆,要怎样才能查出来呢?"

"这个嘛……可能要在催眠状态下从大脑深处提取出来吧?你知道记忆的四大机能吗?"

"编码(学习)、储存、读取、再确认对吧。跟录像带一样,把录下的影像贴上卷标编码,接着小心储存起来,要看的时候用录放机读取播放。确认播放的内容跟以前相同。只要其中一环故障,头脑就无法正常运作了。"

"对,就算本人忘记了,但只要头脑正常,记忆就一定会存在脑子的某处。因为头脑不会忘掉曾记录过的东西,所以只能当作是妖精将它夺走了。"

……采集忘却记忆的妖精。虽然橙子说它们带有恶意，但我实在感觉不到恶意的存在。因为连本人都忘掉的记忆就算要被夺走，本人也不会有所察觉。

将那些记忆写成信件送来，反而比较像是善意的行动吧？

这种行为就像是提醒你：您忘记这件事了，下次请别忘了哟！

"夺走记忆也可能是为了隐瞒某种证据，但是，让人看见自己遗忘的记忆，这件事究竟有什么意义呢？"

我将疑问不经意地说出口。

鲜花则是靠在椅子上答道：

"应该是在揭发罪状吧？为了通知对方，你以前曾经犯过这种罪喔。"

"揭发不同的罪状长达一个月吗？那已经不算揭发，而是恶意刁难了，跟小鬼没两样。"

照橙子的说法，一般想到妖精就会想到小孩子，说不定真的是这么一回事。

这时我的思考停顿下来。

不管身为眼睛的我怎么想，要找出结论的人还是鲜花自己。

于是我便直接躺到之前坐着的床上。

"式，我希望你告诉我一件事。"

坐在椅子上的鲜花，感觉有点不好意思地问。

"那个，想要看到妖精的话，该怎么做呢？"

……看来被妖精夺走记忆这件事。真的让她相当不甘心。

不过，说实在我也不知道看见妖精的方法。

"谁知道，硬要说的话是看不到的，对你而言没办法吧。如果你无论如何也想找到，就去感觉比较暖和的地方随意找找吧，感应力好的话就抓得到了。"

"空气暖和的地方吗。"

鲜花露出一副恍然大悟的表情。

虽然听起来乱七八糟，但我并没有胡说。

就算是妖精，活着的时候应该也会发热。那么只要是比其他地方暖和的场所，运气好的话起码能触碰得到它们。

总之，谈话就到此告一段落。

我借用鲜花大一号的睡衣，睡在双层床的上铺。

◆——忘却录音——◆
3

一月五日，星期二。

我抛下还在赖床的式，前往一楼自习室。

时间刚过早上七点。自习室里没有一早就来念书的好学生，倒成了密谈的好地方。

自习室是替住宿生设计的图书室，从傍晚到熄灯为止，住宿生们各因不同的理由聚集在这里，或闲聊或阅读教科书。可是傍晚过后，魔鬼舍监——爱茵巴哈修女就会亲来此监督，所以得瞒着她才能偷偷聊天或做自己的事。

总之，傍晚就会变得恐怖却也很热闹的自习室，一大清早则是空无一人。利用这一点，我约了四班的班长在此见面。

昨天回到宿舍之后，虽然找了几个四班学生谈过，不过每个人的说词都一样，对调查实在没有帮助。毕竟她们面对我这个外人是不可能会敞开心房的。

既然如此，我也只得有所觉悟从正面进攻。战斗时，一对一是基本中的基本。于是，我便选择感觉最能掌握事件的四班班长——绀野文绪。

进了自习室一看，果然没有半个人影。

因为自习室没开暖气，所以里面很冷。

"黑桐，我在这里。"

一阵凛然的声音从自习室里传来。充当图书室的房间里，内部摆满了书架。绀野文绪像是预先躲在书架间等我的到来一样。

我关上门扉往里面走了进去。

简单的描述，绀野文绪是个高大的女孩，和我一样高中才进到礼园就读。超过一百七十公分以上的高大身材，看上去很有魄力。

她本人也察觉自己不太像少女，因此剪了一头短发，让她的脸看上去更显沉稳，散发出即使自称大学生也很具说服力的气质。

"抱歉，这么早把你叫出来。"

毕竟是初次见面，我很有礼貌地打了招呼。绀野则不置可否地撇开视线，双手抱胸口气讥讽地说道。

"无所谓，反正我也跟其他人一样睡不着。有事做还比较不会乱想。你想要谈什么？叶山的事吗？"

该怎么说呢，绀野文绪的个性似乎很率直。知道我在调查某些事之后，立刻单刀直入一下说出重点。

"……叶山，是指叶山老师吗？"

"我没说错吧？你昨天不是带了个陌生的美少女来找我们班的人问事情吗？一班的首席有事找我们的话，肯定跟那家伙有关。"

她一边说着话，一边瞪视着我。

……看起来她人也很聪明，这样事情就好办了。

我接下绀野锐利的视线。

"老实说，我并没有想到叶山老师的事。但看来似乎是我了解不够深……那么我就直说了，我受校长委托来调查你们班发生的事故。绀野同学，你还记得那件事吗？"

对于我的问题，高大的她显得有些不安，脸色变得凝重起来。

"伤脑筋，校长直接委托你吗？果然好学生就是不一样。哪像我只能得到'快忘掉事故，专心用功吧！'这种回复，我还真是甘拜下风啊！"

"绀野同学也在调查那件事故？"

"那当然，我毕竟是班长啊。我跟玄雾老师一样，明明在场却没办法阻止，而且还完全不记得那天的事。回想起来，顶多就是'啊，真的发生过那件事'这样而已。引发事件的那两人……嘉岛跟琉璃堂，送到医院后也没下文了。我想去探病顺便问个清楚，但向校长询问医院所在地时就被赶回来了。"

绀野一边拨弄着亮丽的头发，一边有点害羞地说着。

光是这个动作，就让我很中意她。

"那，我想——你应该也有收到信件吧？"

"啊，那个啊，真是恶心极了。我还算是比较少的，多的人可是每天都会收到。听说嘉岛跟琉璃堂也是每天收到，肯定让她们很难受啊。"

至于信件的内容，几乎都是无害的往事。像是小学时跟喜欢的男生一起回家、养的猫不见了之类的。

"刚开始，我还觉得怎么有人会写这种无聊的事。不过仔细回想起来，那竟是自己的往事。与其说我觉得惊讶，倒不如说是会感慨'嗯，真的有这回事呢！'不过，也有人怕到连提都不敢提就是了。"

"那是因为她们有不可告人的事吗？"

绀野点了点头说："大概吧。"

"还是问一下，你猜得出是谁寄这些信来的吗？"

"……依照常理推断是没有，但这次的事已经超出常理了吧？若说是幽灵、妖精，我倒是有答案。"

可是，绀野文绪并未说出那个答案。她以"这不只是我个人的问题"为由拒绝回答。

于是我便试着换个角度提问。

"那么，绀野同学怎么看待这件事？"

"不知道，这之中的确充满着不寻常，但我们班早就出问题了，怎么说呢，这大概是间接的报应吧。黑桐你可能不晓得，四班的学生几乎都是高中才入学就读的人，问题学生真是满多的。"她又加了一句："我也是问题学生之一。"

我事后才知道，绀野文绪在初中时似乎是个有名的篮球选手，她身为某重点培育产业的会长独生女，会来读礼园据说是被强迫的。

"那么叶山老师放火烧宿舍的事呢？"

我抱着在此一决胜负的决心提出问题，但绀野却一脸苦涩地把视线从我身上移开。

"我一点也不清楚那家伙到底在想什么，居然会跑去烧宿舍。叶山英雄这男人相当不正常，你知道他的口头禅是什么吗？竟然是'老哥为什么不让我当校长'，很难相信对吧？这是连高中都没毕业的人所说的话吗？那男人根本就是个混混，别说校长了，连老师都不该让他当。佳织会死都是因为他，还有那个因为弟弟没工作就让他当老师的理事长哥哥！这件事跟我们没关系，没错。也不是我的责任！"

虽然模样相当坚强，但她的精神也已经相当脆弱了吧。她看也不看我一眼，一脸要哭出来的样子恨恨地说着。

伤脑筋，看来没办法从她嘴里打听出更多情报了。

"谢谢你。绀野同学，你说的话让我受益良多。"我转过身背对着绀野文绪，"啊，可以再问一个问题吗？你相信妖精吗？"

离开前，我随口问了她这个问题，像随机统计般。

"……是不相信，但我想妖精的确存在。因为我，还有其他人，一切都像是被捉弄一般，记忆模模糊糊的。"

"是吗。"我这么回答完后，便离开了自习室。

◇

之后，我试着去问过每个四班的学生，但她们的说法都一样。

每个人都疑神疑鬼，都把自己关在房里不肯出来。她们像在等待什么似的将自己封闭起来。但是又异口同声地说想要回家。不过只要我一说"那你回家不就得了"。每个人就马上闭上嘴……和我仔细谈过的人只有绀野，其他学生话都说不上几句。

从结论来说，她们都相信有妖精存在。换句话说，每个人都有遗忘的记忆，也都收到了信件。

另外，还有一件事是确定的——一年四班的全体学生联合起来在隐瞒某件事。虽然不知道到底是什么事，但是无法隐瞒这件事必定和前任导师叶山英雄有关这一点。

◇

于是我接着前往教职员办公室。

叶山英雄虽然因为十一月的宿舍纵火事件而离开学校，但我仍期待会有什么相关数据还留下来，可以当作线索。

"报告。"我打了声招呼后打开办公室的门。

让人意外的是，里面竟空无一人。

原本办公室就是专供早上的教职员会议使用，修女们不太会过来，而办公人员也因为放寒假中不可能会在。

"啊——神啊，真是感谢您。"

我窃笑着说了一句"阿门"之后，开始在数据柜里搜寻。

总之，去年十一月前后的资料全都得看过一遍。

我认真找了约莫一个小时，结果还是没找到值得注意的情报。

"……真是麻烦。这下只好带着式找遍学校每个角落了。"

虽然我不想做这种像是带猎犬散步的事,现在也只能这么做了。

我无可奈何地整理起散乱的资料。

……就在此时,我突然瞄到一份让我怀疑自己是否看错的档案。

"……叶山英雄。一九九七年二月就任,一九九八年十二月离职……"

乍看之下似乎很普通,但总觉得有地方很诡异。十二月离职?这怎么可能?叶山英雄十一月初纵火烧了宿舍便从学校消失。既然如此,为什么十二月他还在教职员名单上?

而且……他离职的理由是因为住的地方不固定。意思是指他行踪不明吗?

我的脑海里顿时一片混乱,我先把数据归回原位,离开办公室之后回到走廊上。

此时,我竟然遇到一个不太想遇见的人。

"哎呀,黑桐同学,你来办公室有什么事吗?"

"……玄雾老师早。"

老师见到我行礼问候,一派轻松地响应:"快中午了呢。"

昨天和式一起还无所谓,但我很不愿意跟这个人单独交谈。

总之我就是对他这个人没辙。

心里的局促不安,让我的心跳不断加快,那究竟是因为他很像干也,或者单纯因为我感到不安?我实在无法分辨是何者。

"老师来办公室有事吗?"

总之先丢出问题敷衍一下吧!

对我随口丢出去的问题,玄雾皋月认真地回答。

"嗯,我有校长交代的工作要做,必须把学生名册译成法语才行,因为那边有几所和礼园有关的大学。"

"哦，是要送出我们的名册吗？"

"嗯。对黑桐同学来说，可能和你是切身有关的话题哟！你和黄路同学可是两大留学生人选之一呢！"

……这件事我倒是初次听说。我露出笑容搪塞过去，就在即将走过玄雾老师身边时，我突然停下脚步。我想起来了，还有一件事没问过老师。

"玄雾老师，您知道现在学生间流传的那个传闻吗？"

"啊，你是说妖精的事吧？我有听说过。"

"老师相信吗？啊、我当然是不相信的啦！"

如果让人知道自己相信妖精会有些丢脸，因此我补上一句不痛不痒的声明。不过他却以温柔的笑容凝视着我。

"在日本，妖精或许是很罕见的传说，不过在欧洲可是很普遍的呢！在苏格兰也有猫妖精和狗妖精的可爱故事，我个人还满喜欢这些故事的。"

……我想起来了，玄雾老师原本是住在国外的人。那边的大学在民俗学里还把妖精分成独特的一类，看来我这问题并不会太小孩子气。

"猫妖精……是指穿长靴的猫吗？"

"嗯？你满清楚的嘛！日本故事里也有会说话的猫，所以这应该不算那么特殊吧？"

看吧，开始有股充满知性的香气了。

我决定顺势继续聊下去。

"那么，在那边真的实际发生过妖精恶作剧吗？当然，我是以自然现象、地方风俗的角度来问的。"

"最近是不太常听说，偷换小孩的事偶尔还是会发生，只是来帮忙农务的'外来者'已经不存在了。"

于是，老师又进一步为我说明。被称之为帮忙小人或敲击小人的妖精，会来去人们家里或矿山等地方帮忙工作，听说他们是无法居住在村里的外来者幻化成的。

农村社会，是既单一独立又没有多余因素的系统。也因此不容易接受由其他村庄流浪而来的外来者。结果造成外来者只好居住在森林或山上，等到收获季节再前来帮忙，以建立彼此的情感。而这些便被当成"不是人类的他人"的妖精。

另一方面，往坏方向变化的妖精，则是偷换小孩的始作俑者，他们会把有钱人家的婴儿，调换成不知从何处捡来的婴儿。当时的社会，认为家境富裕代表受到神的祝福，生活贫困的人们，为了想获得受到祝福的孩子，所以会把自己的孩子拿去偷偷交换。

"……那么，被偷换的小孩会变成怎样？"

我无意间试着提出脑海里浮现的问题，老师则是笑着回答。

"放心，大多很快就换回来了。毕竟是有钱的家庭，要找回小孩非常容易。在当时，刚出生的孩子一定会送到教会一趟，没在教会受洗的小孩，就会被当成不存在的小孩，将会失去市民权。所以不管家境再贫困都会去教会付钱，让小孩受洗……不过，因为如果不受洗就会遭到拷问，所以根本就没有选择的余地。换句话说，只要去一趟教会，便可得知有哪里的谁生了小孩。只有真正的妖精，才做得出偷换小孩这种神秘事件。"

"哦，老师，您相信有妖精存在？"

"我认为有，但我并不喜欢它们。真正的妖精，做的恶作剧都很过分，刚才说过的偷换小孩就是实例。妖精会在经过几年后，突然把小孩送回亲生父母身边。而回来的孩子几乎都成了白痴，这样只会让他们的父母感到困扰，不会有丝毫的喜悦。"

的确，要把这些当作恶作剧也有些太过分了。

谈到妖精，我似乎得将脑中关于妖精的纯真无邪印象抹去才行。

"……哎呀，抱歉。我说太久了。"

"不会啊，我觉得很有趣哦！那么老师，我先告辞了。"

我再度行了个礼，便快步离开玄雾老师的眼前。

◇

中午过后，我决定前往十一月烧掉的东边学生宿舍看看。我没有抱什么特别的目的，只是认为起码得去查看一次那个被叶山英雄烧掉的宿舍。

东馆的四周拉起绳子，挂着禁止进入的牌子。

于是我跨过绳子走进东馆之中。

……整个馆被烧掉了一大半，里头房间并排的东侧墙面完全消失了。

仿佛被什么大怪物用利爪划过墙壁般，已经消失无踪。原本属于房间的区域现在全都崩塌，感觉像是一碰就会变成灰烬。

相对的，走廊所在的西侧反而完整地保存下来。若只是在走廊上行走，那里完整的程度，甚至会让人根本不知道发生过火灾。

但是打开焚毁的房门之后，眼前只有外面的景色，以及几乎燃烧殆尽的平台废墟。

我漫步在这么一栋对比强烈、如前卫艺术般的建筑中。

……那个在这里纵火，名叫叶山英雄的老师，我只看过他一次。

他主要负责三班到五班的课程。从来都没来过Ａ班。

我只知道在早晨礼拜的时候，叶山英雄总是无聊地翻着圣经，我记忆中的他是个大约三十岁左右的男性，长相也差不多那个样子。

"调查只见过一次面的对象，真蠢。"

我自言自语之后，准备动身离开，于是下到一楼，穿越走廊走向大门。

就在这个时候。

一道曾经见过的人影，从大门方向朝我走了过来。

这位有着乌黑长发，容貌凛然美丽的人物，在礼园不作第二人想。

学校的地下掌权者黄路美沙夜，不知为什么走到离我约两米处就停下脚步。

她看着我的脸，并露出微笑。

"情况怎么样？之后有什么进展吗，黑桐同学？"

黄路美沙夜用温柔的口气说道。

一瞬间，我感到背脊发凉。并没有什么明确的理由。

但光是如此而已。

我直觉认为，这家伙正是昨天对我"打招呼"的妖精的主人。

——叽、叽、叽。

我的确听到有如昆虫鸣叫般的声音。

这样下去会步上昨天的后尘，我又会在不知不觉间被夺走记忆，然后呆站在这里几小时。虽然懊悔自己为何没戴手套，但现在也只能放手一搏。

我一边瞪视着眼前的美沙夜，一边感应空气中不自然的温暖区域。

……式是如何判断我不知道，不过在探知热源和加速方面，我已经拥有独当一面的实力了。

只要一闭上眼睛，我就能感觉到空气中那股不自然的温暖

55

"——在那里!"

我空手抓住逼近我胸前的"那东西"。

手中的确感觉抓住东西,但我看也不看那个叽叽叫的玩意儿,双眼盯着黄路美沙夜。

"哎呀,之前你明明告诉我看不到妖精的,莫非你现在已经看得见了吗?"

美沙夜一副游刃有余的样子说道。

她那种高傲的态度,让我完全把她认定为敌人。

"……原来如此。看来昨天,我和学姐闲聊了一个小时呢。"

"没错,多亏如此,我对你的了解一清二楚唷。毕竟有整整一个小时嘛!关于你是怎样的人,只要有这些孩子,要问出来还不简单?"

黄路美沙夜轻抚摸她的肩膀附近,"叽"的叫声响了起来。

恐怕那边也有妖精吧?不对,在她身边可以感觉到除了她以外的热源存在。我试着数了一下,总数超过五十只以上。

……对我这个看不到妖精的人来说,那是让人绝望的战力差异。

"黑桐同学,你很冷静嘛!你不感到惊讶让我觉得好无趣呢。连我在听到你的事情时都曾经惊讶过。你能理解吧?没想到在这个学校里,竟然有我以外的人在学习魔术。"

"我一点也不惊讶,因为一开始我就知道有操纵妖精的人存在。不过感到吃惊的学姐为了除去我这个障碍,竟然慌张到埋伏等我,虽然这个行动本身并没有错……但是自己主动表明身份,看来你的程度真低啊,黄路学姐。"

很好,总之先说完想说的话,再来思考怎样才能逃脱。

原先我就只是负责找出原因而已,普通的打架求之不得,但要与其他魔术师性命相搏战斗,就不是我愿意的了。

"黑桐同学,我从来就没打算除掉你,因为你是我极少数的同类呀!与其相互争执,你不觉得我们更该彼此了解吗?"

"……一见面就直接指挥妖精下手,我想这不是想彼此了解的行为吧?"

"你错了,这些孩子可以用来建立一个有效率的沟通管道,但你竟以毫无意义作为结论,真遗憾。"

美沙夜事不关己般地说着,里头不知有几分是真心话。

我——则是确认背后的脱逃路径,并稍微兴起了想听听她说法的念头。

"互相沟通,是指我和学姐吗?"

"没错,黑桐同学,你来到这个地方。光凭这一点就让我对你有好感了。因为这里可是——"

"橘佳织身亡的地方吗?"

她满意地点了点头。

但她的眼神却像个毫无慈悲之心的女王,充满了冷冷的憎恨。

"就是在十一月火灾中来不及逃出的一年四班学生嘛,学姐,你认识她吗?"

对我这个明知故问的问题,黄路美沙夜优雅地点头答道。

"佳织是我的学妹,从小学起就一直跟在我身边,就像个可爱的妹妹一样。虽然她不太聪明,老是吃闷亏,却是信仰比谁都要虔诚的温柔女孩。但是她却死在这里。她明明没犯过非死不可的罪孽、明明是个纯洁的孩子。信仰虔诚的她,就是因为这样,才会选择那条最艰苦的路。"

美沙夜似乎真的很痛苦、一脸悲伤地诉说着。

但是,在这之后她便没有半点慈悲之心。

"可是她们一点也没有悔改,佳织连命都赔上了,她们却还是和以前没有两样。那种东西已经不能算是人了。一年四班的学生每一个都有罪。我的学校不需要那种东西,应该全都烧掉,不是吗?"

"你的意思是,一年四班的学生杀了橘佳织?"

"如果是那样——不,若真是那样还有救赎的机会。黑桐同学,佳织她是自杀的。这其中的意义你是不会懂的。"

黄路美沙夜以轻蔑的眼神凝视着我。

她话里暧昧不清的部分太多了。看来一年四班就是橘佳织被烧死的原因。

但是……她说"你不会懂的"这句话,到底是什么意思?

"我不会懂也无所谓,因为到头来,这些骚动的原因就是为了替橘佳织报仇吧?"

"没错,只有地狱底层才适合那些人,我不允许她们在这所学校里过着安稳的日子。"

"你真的打算杀光她们吗?"

我简短地问道。答案已经很明显了。因为黄路美沙夜也并不把一年四班的学生当人看,所以她会毫不犹豫的杀人……不,应该说是除掉她们。

但是,她却摇了摇头。

"怎么可能,要是我杀了她们,她们就不会下地狱。所以我说你是不会懂的。但我不会怪你……收手吧,黑桐同学。我不想和你起冲突。"

说完,她又轻抚了一下肩膀上的妖精。

"你应该看不见吧?她拥有你的记忆呢。很美吧?你的回忆冰冷又光滑,如大理石般美丽、核心地带却燃烧着烈焰。我虽然看不见那核心地带,不过光是靠着触摸,就可以知道非常纯真,你——其实是个很善良的人。"

黄路美沙夜学姐说完之后，呵呵笑了起来。

我已经很久没有这种感觉——对，那股冲动，在三年前两仪式和干也一起出现在我眼前之后，就不曾再有过……

若不好好教训这个女人，我绝不善罢罢休！

很长一段时间我们彼此沉默，互瞪对方。

我的情绪已经激动到不再去想"逃跑"这个词汇了。

美沙夜轻轻叹了口气。

"真拿你没办法，我很期盼和你互相了解。可是你不这么想吗，黑桐同学？"

"没错，完全不想。"我立刻回答。

美沙夜呵呵笑了出来。

"是这样吗？我和你可是很相像的喔！比方说，对了——像是爱上亲哥哥这一点。"

"……咦？"没想到会听到她说出这件事，我一时之间完全说不出话来，而且我知道自己一定在瞬间便满脸通红。

"你、你、你……"

虽然我很想说"你在乱说什么"，却偏偏说不出口。

黄路美沙夜愉悦地闭上了眼睛。

"我不是说过，昨天我从你的口中听了很多有关你自己的事吗？像是你哥哥，还有你是魔术师的事，这些我都知道。我们连这种地方都非常相似。黑桐同学你在半年前学会魔术，而我则比你晚一点呢。"

魔术——这个字眼让我的思考迅速冷静下来。

美沙夜说的是——学会魔术？

"没错，佳织死了，我为了报仇去学习控制妖精以夺走他人记忆的魔术，我不是为了寻求真理去学魔术，而是为了私人目的去学习。

为了佳织——采集和她有关之人的记忆就是我的目的，我要把她受辱的痕迹全都抹消掉。我想做的只有这点，除此之外的问题都无足轻重。并不是破坏有形的东西，也不是去杀人。如何，黑桐同学？这样算坏事吗？"

"我不清楚，我只知道威胁四班学生的人就是你，也知道原因是佳织。但玄雾老师你怎么解释？"

美沙夜一震，有些动摇似的蹙起眉头。

没错，无论美沙夜怎么用尽各种借口来正当化自己的行为，光凭这点就可断定她所做的绝非好事。玄雾老师是在橘佳织死亡，叶山英雄失踪后，才成为班导师，他和这些事情一点关系也没有，却还是被妖精夺走了记忆。

"你没必要夺走玄雾老师的记忆。"

我以笃定的语气说道。因为我判断现在正是攻破她理论盔甲的最佳良机。

但和我预测的正好相反，她只动摇了那么一瞬间。

不，应该说她看到我的眼神里蕴含的意志更加坚强。

"不对，一点也不多余。那个人不该和那件事扯上关系。我必须夺走他知道的所有事实才行。"

……这是怎么回事？这种直袭而来的强烈断定。

我也知道自己也被这股气势压制住了，却还是开口反问。

"为什么呢？"

黄路美沙夜甩了甩她那头飘逸的长发之后回答。

"这还用说吗？因为他是我的亲哥哥。"

"……你说老师？他是你亲哥哥？"

尽管我认为这根本无法置信。但又觉得似乎可以理解。

虽然非常偶然，但并不是不可能的事情

黄路美沙夜，不，应该说黄路家的小孩全都是收养来的。如果她的旧名是玄雾美沙夜，也不能断定她的这种说法是谎言。

黄路美沙夜无视我的诧异，继续说了下去。

"是的，我刚开始也没发现。

自从我知道佳织死之后，我也和你一样，对一年四班抱持怀疑，于是，我跑去质问叶山英雄……后来我知道了为何佳织会做出那种事，除了去找四班的导师玄雾皋月商量之外，也没有其他办法了……因为情况已经不是我自己一个人能收拾的了。

玄雾老师个性很温柔，夺走那个人的记忆，虽然让我感到很心痛，不过为了认识他，我只得夺取他的记忆。不过，现在我很庆幸自己那么做。因为老师的记忆确实证明他就是我哥哥。皋月对佳织死亡的真相非常清楚，他明明可以轻易地去告发，因为不告发会让自己内疚痛苦，但是哥哥为了学生，最后还是决定沉默以对……当我逼问他时，他说：'比起死者，应该要更尊重活着的人才对。'

但是我无法苟同，我无法原谅她们把人逼到自杀，却又若无其事般地过着每一天。最重要的是——我无法忍受看到哥哥为了这种肮脏的事而感到心痛。

所以我夺走了皋月的记忆，包括我是他妹妹的记忆，还有关于那件事的记忆，所有一切的我全夺走了。只要皋月他无忧无虑地平稳度日，并且爱着我就可以了。我完全不需要回报。"

……我完全说不出话来。

非常相似。

什么相似？

谁？

和谁相似？

不过也就仅止于此了。

虽然彼此相似，但我们之间也只是相似而已。

希望的形式、想要的内容，以及为此而付出的努力。虽然这样，我们依然有所差异。

"不过，你不是利用他了吗？你让老师以一无所悉的导师身份守护一年四班的秘密，你假装自己没看到这一点，还好意思说你喜欢他。"

"那也快结束了。黑桐同学，我不是说过了吗？我们很相似，所以我也可以了解你心里的纠葛。如果是我的话——可以实现你的愿望。成为我的伙伴吧。"黄路美沙夜说完之后伸出了她的手。

黑桐鲜花直盯着那只手不放。

仿佛在瞪视着无法原谅的仇敌。

"若是你愿意接受我的条件，即使要我假装没看到也可以。"

我说出了违反自己心意的话。

不过——如果——

如果真的可以的话，即使要将黄路美沙夜——

"如果你可以取回我失去的记忆。"

即使要杀了她，我也要夺取她那种力量。

"失去的记忆？"

"对，我失去那段喜欢上干也的决定性瞬间的记忆，在我发现的时候，我已经喜欢上他了。所以，如果你能取回那段记忆的话——"

"那是不可能的。连本人都不知道的过去,不能称之为记忆,只是一种单纯的记录。妖精只能掠夺你的记忆。"

……原来如此。

太好了,我不由得松了一口气。

"那么——谈判破裂了?"

好,接下来只能奋力一战了。

我决定冲至美沙夜面前,朝她踢出我的必杀技高压下踢。

在我暗自将重心往前移的时候,黄路美沙夜似乎又想开口说些什么。我已经不打算再继续和她交谈下去,所以准备听听就算了。

"黑桐同学,你知道创造使魔需要材料吧?"

这点芝麻小事我当然知道。霎时之间,我完全了解她到底想说什么。

……我从来没有像现在这样,痛恨自己的思考能力如此卓越。

"那么——你从刚才就一直握着的那个物体,究竟是用什么东西做的呢?"

美沙夜笑了出来。

我的视线落到她手上握着的那个东西。原本看不到的物体,现在可说看得一清二楚。

这个妖精的外型和我想象中的有点不同——像是我只见过一次的叶山英雄的人偶。

我在惊讶之际松开了手。

趁着这个空隙——美沙夜的手抓住我的脸。

我的意识宛如高空弹跳似的,笔直地往下坠落。

3

……

那个家伙曾经说过。

"所谓的回忆,明明可以像影片那样记录下来,为什么还可以忘却呢。"

我这么回答。

"因为记忆都是会随意忘掉的嘛!"

那家伙又说。

"你一定还记得,只不过想不起来了而已,和无法记录的我不同,人们的记忆是不会丧失的。"

我回答道。

"如果想不起来,就等于是失去了。"

那个家伙说。

"所谓的忘记,其实是记忆劣化。回忆是一种不会消失、只会逐渐褪色的废弃物。你不觉得很可惜吗?人们竟然让属于永恒的事物生锈。亲手让身为永恒的事物化为尘烟。"

我无法回答。

"没有永恒便是一种永恒。"

那家伙说。

"不回归永恒是不行的,因为感叹会再次重生。即使你想彻底忘记,记忆还是确实为你录制起来了。"

我说。

"永恒是谁决定的？"

那家伙回答。

"我不知道，所以我才一直在寻觅。"

——我这样想……

对于连思考都做不到的那家伙来说，解答并不是他自己求得的，而只能在他人身上寻觅。

……

我被一阵"叩叩叩"的敲门声吵醒。

窗外天际一片灰暗，让人弄不清楚现在究竟是早晨或是黄昏。瞥了一眼时钟，时间已经中午了。

"黑桐同学，你在吗？"

我听到门外传来这句话。

因为睡眠过多而产生的头痛，让我蹙起眉头，我下了床之后去开房门。

伫立在走廊上的是某个修女，她看着我的表情充满疑惑，应该是因为看到我这名陌生的学生而疑惑吧？

"我是两仪式。打算在第三学期转学进来。"我说完之后，修女"嗯"一声点了点头，然后对我说明她的来意——因为黑桐家有人打电话过来，所以她来叫鲜花接听电话。

在鲜花的家人之中，会选在今天打电话过来的，应该也只有那家伙而已吧？

"既然这样，我可以代接吗？因为我和黑桐同学的家人很熟。"

"也是，两仪同学和黑桐同学是亲戚。这样应该没问题，电话转接到大厅旁的电话机了,你快去那里接吧!"

修女行了一礼之后随即离开了。

我脱下鲜花的睡衣之后,换上了礼园制服后离开了房间。

宿舍大厅指的应该是大厅门口吧?

昨天当我来到这栋宿舍的时候,看见大厅沙发前面放了一具没有号码盘的电话。根据鲜花的说法,从外头打来的电话,一律会先转接到修女们所在的舍监室,打电话来的人,如果不是和学生有关的亲戚,似乎一定会被她们挂断。

只有在修女们认为打电话来的人"无害"时,才会将电话转接到大厅,这是一套让学生多少保有一些隐私的通话系统。

走到空无一人的大厅之后,我拿起了话筒。

"喂喂,是鲜花吗?"

话筒里传出熟悉的男性声音。果然是黑桐干也打来的。

"鲜花她人不在,新年一大早就打电话来,你还真是爱护妹妹呀!"

不知为何,我刻意以冷淡的口吻说出这些话。

电话那一端的干也,则是"呃"的一声,将本来要说出口的话硬是吞了回去。

"……式,为什么会是你接电话?"

"我不是说鲜花不在吗?她一大早好像就很有干劲,看起来是打算早点解决这个事件,好早点回家吧。"

"……是吗。鲜花就算待在家里,也是让人感觉她不太开心的样子。更何况她也说在宿舍里还比较能放松。"

"对那家伙来说,只是放松不可能让她感到满足吧。"

干也根本听不出我话里的意思,似乎正在歪着头思考……算了,他听不出来也好。

"干也,那你打电话过来有什么要事吗?"

"没什么事，我只是想问问情况怎样！"

"谁知道啊，你明天自己再打电话问鲜花本人，拜拜。"

"什么拜拜……喂，等等，式！我们还聊不到一分钟耶？"

话筒的另一端传来干也慌张的声音。

我瞥了一眼自己映照在旁边玻璃上的脸，上面映照出来的我，手里拿着话筒，表情有些不悦。

……一张不知为何感到生气的脸。

"你是要打给鲜花吧？你没什么话要和我说的不是吗？"

"当然有啊！我是真的很担心你的情况才打过来的，再多聊一会儿啦。更何况，想打电话到礼园，也只能以打给鲜花作为理由啊。鲜花没对你说过这些吗？"

……说是说过了。我这么回答他。

"不用了。我不是很懂电话，也不喜欢聊天。"

"……是吗。想想的确是这样没错。那也没办法，那今天就讲到这里吧。因为礼园一天也只能转接一通电话而已。"干也遗憾地说。

……是吗，今天就要在这里道别了吗？

"干也，等等。既然你很闲就拜托你一件事。因为在这里无法知道，所以你能在外面调查看看吗？是有关一个叫叶山英雄的前礼园老师，还有叫玄雾皋月的老师，你找得到像是他们来这里之前的经历吗？"

"——我不确定耶，我没试过，还不知道。"

这就是干也的承诺方式。

"因为不是什么重要的事，所以不知道也没差。话说在前头，你可别太勉强哦！那么，我还得找回一个人四处乱跑的鲜花，今天就先讲到这里吧！"

"啊，等等。我也有件事要拜托你，礼园里应该有个叫橘佳织的人，你能不能去查她的成绩？像是体育课出席率之类的。这个部分，因为礼园都把资料整理成册，在外头实在没办法取得。"

……？干也说出令人出乎意料的话。

虽然我不知道原因，但应该有什么意义在里面吧？

"知道了，有空的话我就去办。"

说完之后，我利落地挂上话筒。

◆——忘却录音——◆
4

沉睡吧，黑桐同学。
在那虚无飘渺的沉睡之中，我将重现你的叹息——

黄路美沙夜在我的耳畔这么呢喃着。
我在半睡半醒之间，轻闭眼睛凝望着什么。
在这个仿佛是梦境的过程之中，我一直凝视着永恒——

"我不想那样，我要与众不同。"
……在孩提时代，我曾经对爸爸这么说过。
那到底是什么时候的事呢？感觉似乎非常遥远，遥远到回想不起爸爸和自己的模样。
从黑桐鲜花有记忆开始，就很喜欢"唯一"这个字眼。虽然这和束缚无异，但是我就是无法不去喜欢那种感觉。
原因是什么我不知道。
总之，我就是不想和身旁的人一样平凡度日。
理所当然地醒来、理所当然地过活、理所当然地睡觉，我对这种事感到轻蔑。
我就是唯一的我。
因此必须和任何人都不一样才行。

在心中漠然抱持这种想法的小孩，因为不太清楚什么是特别，所以一直相信比周围的人优秀，便是"很特别"。

为了想早点像个大人，我舍弃了容许天真的短暂幼年期。

我把勉强学成的知识，当成了自己的秘密，对周围的人装出普通小孩的模样。

并且藉此让自己比同年龄的小孩更特别。

我不想当个天才，也不想被当成好学生，因为那样一点也不特别。我非得达成不可的事，是某种言语无法形容的"不一样"。

即使不是第一名也没无所谓。即使是最弱小的人也没关系。

我只想成为特别的存在。

正因为如此，我舍弃了许多事物，逐渐与周围脱节。我利用自己取得的知识伤害、疏远、吓唬接近我的人。

结果令我非常满意，于是我开始舍弃更多事物。

除了老师和朋友以外，甚至连父母都开始闪避我，我终于获得沉静的自我。

当时我没有支配黑桐鲜花的感觉。

虽然并非回到原点，可是我逐渐接近在出生之前最原始的地方——就是这样的感觉。

当时还是个小孩的我，无法判断出那是个错误。

我纯粹是因为觉得舒服，至于是好是坏，我从没思考过。

照这样继续下去的话，我确实可以成为不一样的人、和别人不同的人、无法跟别人共同生活的人……只为了伤害他人而存在的人。

但是，我发现那是一件非常吃亏的事。

并非有正义使者或者白马王子戏剧性地前来劝诫我，而是不知不觉间、自然而然地，我开始后悔错过许多更有趣的事物。

"……你在做什么，鲜花？一个人玩很无聊吧，快点回家了，都已经这么晚了。"

总是有个少年这么说，然后前来接我。

我总是孤零零一个，因为那样比较快乐，我讨厌那个来接我的少年。更过分的是，我甚至认为他只是个行为和他年纪相符的少年罢了，因此我轻视他。

但是，那名少年总是会过来接我。

面对连父母都不愿开口说话的我，他的微笑非常自然。

那笑容里没有心机，少年完全不考虑得失地对我说话，虽然我每次都在内心轻蔑他是个呆瓜，但少年却不介意那些，拉着我的手带我回家。

虽然那是身为一个哥哥会做的行为，但我想即使我是别人家的小孩，那名少年还是会这样对我。

我希望自己可以很特别。

而他，就只是在那里而已。

虽然心有点痛，但我还是一如往常地地浪费每一天。

而那一切，又是如何改变的呢？

当我察觉的时候，我的目光早已开始在追逐着那个少年。

像是在我快被狗袭击的时候救我，惹父母生气时挺身而出袒护我、或者是在河里快溺死时，伸手救我上岸之类的事，这些事在我身上从没发生过。

我毫无理由爱上了哥哥。

因为单纯只是个人喜好？但是，对于自己筑墙隔绝他人的我来说，原本就不可能喜欢上什么人。

真的是毫无理由，在某天醒来之后，我就爱上了哥哥。

那时，我憎恨身为我哥哥的少年。

对于力求特别的我，为什么非得爱上这种平凡无比的对象？我很不理性地感到愤怒。

但是，只有这一点我真是无能为力。

即使再想否定，我还是一直观察着那个少年。一个人玩到傍晚，然后等着他来接我，这成为了我每天生活的原动力。

我那副轻蔑的笑容，果然只是未经思考且幼稚得让人轻蔑，我反而暗暗感到寂寞了。

——理所当然地醒来。

——理所当然地过活。

——理所当然地睡着。

我厌恶这种生活，但却不是如此。

……我有好几次都想向哥哥道歉，一直以来，黑桐鲜花都对哥哥很任性，可是连句对不起也没说过。

……可是，我已经说不出口了。

我只是担心要一直过着那种生活。

哥哥，多谢你让我发现这些事。

……这些话，对于舍弃了天真幼年期的我，怎么都说不出口。

……但我思索着，哥哥到底对我做了什么？

干也并没有彻底赢过我。

干也也不可能对我说教。

如果这样，我必定会出言反驳，而且辩到他无话可说才对。

没有缘由的心境变化，以及没有开端的爱情。

等到察觉时，只有强烈爱他的这个事实存在。

不。

一定有什么原因才对。只不过我忘却了，遗失了某个重要的环节。

那么，我必须想起来才行。

为了让我可以相信自己。

为了让我可以起誓这份爱恋之心是真的。

如此一来，鲜花——一定可以说出她有生以来的第一句对不起。

虽然口气应该会很笨拙，但是这样就能坦率地向哥哥道歉——

……

"鲜花！起床了，这样会感冒啦！"

耳边传来熟悉的声音，那男生般的口吻，让我缓缓睁开了眼。

有人将我抱了起来，凝视着我的脸。我的腰际有着冰冷坚硬的触感。

在朦胧之中，我知道有人叫醒了睡在走廊上的我。

"是干——"

正当我要叫出名字，才发现对方是黑发女孩，因此闭上了嘴。

我和那个女孩……两仪式，彼此无言地对看着。

"……"

式突然松开了手。

我被她抱着的上半身，就这样"砰"的一声摔到地上。

"你、你这笨蛋，你干嘛突然松手！"

我的背部猛烈地撞击地面，让我气到跳了起来。

式以不带情感的眼神瞥了我一眼，扯了个借口说："这么一来，你就会清醒了吧？"

"嗯嗯，醒了。我彻底醒了！这真是个让我忘掉梦境内容的爽快起床法啊！"

"什么啊……你又被摆一道了啊？"

经她这么一说，我回想起来了。

包括和黄路美沙夜交谈，以及后来所发生的事。

我抓住了妖精，后来因为一时疏忽，被导入了睡眠状态，然后现在和式在这里交谈。

"……咦，怪了。虽说我被打败是事实没错，可是这次似乎没被夺走记忆，我的记忆还很鲜明。"

"那你看到妖精操纵者了吧？"

我"嗯"了一声点了点头。

如果要说意外，确实是很让人意外，不过这次事件的元凶是谁已经很清楚了。我瞥了手表一眼，发现离事件发生之后还不到几分钟的时间。

恐怕她打算在这里除掉我吧，不过在下手之前，式正好赶到，因此才迫不得已撤退。我猜想整个过程大概是这样。只是没想到，我居然在不知不觉之间被两仪式救了一命。

"……式，谢谢你。"

为了不让式听到，我很快地低声说出这句话。然后，我告诉她这件事的元凶是黄路美沙夜。

"黄路美沙夜，昨天那个高个子的女孩？"

"嗯，她和我一直对峙到刚刚，似乎是因为你过来了才逃走的。"

"这样啊……"式点头说道。

但她却把手指抵在唇瓣，一脸无法释怀的模样。

"式，你怎么了？有哪个地方让你感觉不太对吗？"

"因为，她明明自己就忘记了啊……"式没头没尾地说出这句话。

……不过，那也是一句充满寓意的单句。美沙夜自己也忘记了，换句话说……

"算了，反正人总是会忘记一、两件事。对了，鲜花，干也打了电话过来。他要我们调查看看一个叫橘佳织的女孩的在校成绩。"

"……咦？"式的说法，让我诧异得停下半调子的思考。

我不能容许干也被扯入这种事。先前他在某个夏天被卷入幽灵事件，事件结束之后，他昏睡了三个月之久。幸好干也因为一个人住才没被父母知道，昏睡的身体也有橙子老师照顾所以还好，若是没有橙子老师的帮忙，他多半不到两天就挂了！

自从那次之后，我为了不让干也被卷入无聊的麻烦，一直都紧盯着他不放。

……那家伙对这种麻烦事意外敏锐，去年十一月的宿舍火灾，他就做了不少推理。

因此，这次的事件我完全没向干也提起，明明我也要求橙子老师好好保密了。为什么他会在这绝妙的时间点打电话过来，还交代我们调查橘佳织的成绩？干也到底是从谁那边听到这次的事——

"……原来如此。根本不用猜了。还是老样子，元凶就是你吧，式。"

"什么啊，是你自己不在房里的啊。看样子他明天也会打来吧，中午过后待在房间里等不就得了。"

虽然她指的不是那件事，可是我随即又发现……如此说来，干也打来的电话也被她接了，因此我瞪着式的眼神变得更凶了。

式不理会我的眼神，兀自地继续说下去。

"根据干也的说法，体育课的出勤率好像很重要。鲜花你认为呢？我完全不知那家伙在想什么。"

"体育课的出勤率？"那是什么？

在我猜想这句话中隐藏有什么新暗号的同时，突然有个念头闪电般进入我的脑海中。

黄路美沙夜曾经说过，橘佳织并非逃不出火灾，她是自杀身亡的。

我漏失了让黄路美沙夜说出事情关键的机会。那就是橘佳织……

"……自杀的、理由。"

说完，我便跑了起来。

我离开了因火灾而半毁的旧校舍，拼命跑出森林。

有如被什么东西附身般拼命地奔跑。

要去的地方只有一个。要调查学生的健康状况，只有去保管病历的保健室了。

接着，我在那里发现橘佳织的健康报告，以及使用保健室的记录。九月后的体育课全都是在旁看，十月之后逃课跷得更严重，在火灾发生前一个星期，连一次都没到过学校。

为了保险起见，我问了保健室的修女；果然，她曾经和修女商量过某事。我的暗自确信，所有底牌全被掀开了。

— 4 —

夕阳西下,校内三五成群的学生各自走回房间,礼园宿舍门禁从下午六点开始,六点过后学生们就失去了自由。

在餐厅和住宿生一起用完晚餐之后,我和鲜花回到了我们的房间。窗外早已被夜晚的暗黑笼罩。

只听得见风吹过树梢的声音,宿舍的孤独气氛,甚至让人感到有种寒意。

光是这点就让我相当中意,如果礼园不是强制住宿制,要我真的转学过来也无所谓,因为市中心的高中实在太烦人了。

我一边想着这些事一边坐到床上。

鲜花锁好门后,长发飘扬起来转身面对我。

"式,你藏了什么吧?"鲜花竖起食指瞪着我这边。

"我才没有藏什么呢,你才有事瞒着我吧。"

"我说的是物质上的东西!别说那么多废话,快把刚才在餐厅偷拿的刀子交出来!"鲜花以挑衅的口吻说道。

……真让我讶异。正如鲜花所说,我刚才把餐厅切面包用的刀,偷偷藏进袖子里面。

但我真没想到居然会有人发现,如此看来,我的暗器手法也生疏了……虽然说最近我常常大剌剌地带着刀,让我不习惯藏武器,但是被鲜花这种外行人识破,我实在是退步得太严重了。

"那只是餐刀而已吧!鲜花你不必太在意。"

大概是因为被看穿的关系,我用闹别扭的口气回答她。

鲜花不理会我的话，向我逼近过来。

"不行，即使是没开锋的刀刃，在你手上也会变成达姆弹一样的凶器，我可不容许礼园有杀人事件发生。"

"事到如今你干嘛还在意。已经死了两个人啰。早就过了计较这种问题的时间点吧。"

"不，杀人案件跟死亡意外不同，快把刀子拿出来。我们的目的只是查明原因，而不是解决问题。"

"……骗人，你明明就一副干劲十足的样子。"

完全不打算交出刀子的我，回瞪了向我逼近的鲜花。

……即使是我，也不会为了恶作剧拿走刀子。我没和鲜花说，不过早上起床前，我曾出现奇怪的感觉。

我不知道是不是有妖精和睡着的我意识同化了，但要是有下一次，我绝不会放过它，所以我才拿了刀来当成武器。礼园的餐具设计非常讲究，我很喜欢，因此我决定回去的时候拿走这把刀回去观赏，好好地收藏起来。

在我沉默不语的时候，鲜花走到我的面前来了。

"式，你不管怎样都不想交出来吗？"

"真吵，你真的很烦耶！你就是这样才会被干也放鸽子。"

我说出了数日前在新年那天发生的事。但这样好像只会让鲜花的情绪更激昂……

情况好像更糟了。鲜花的眼神霎时变得毫无情感。

"——我知道了，那我只好使用武力抢夺过来了。"

她说完这句可怕的话之后，随即朝我扑了过来，坐在床上的我，完全无法闪躲飞扑上来的她。

于是，我和鲜花两人就这样一起倒卧在床上。

……以结果来说，刀子还是被鲜花夺走了。

虽然表面上鲜花看起来很可爱，但其实非常易怒，这样的她要是真的生气，可是会引起大大的骚动，让人联想到受伤的熊这种动物。要让猛兽安静，言语跟反击都没有意义，我下了这个判断后，只好把藏起来的刀拿出一把给她，结束这无意义的扭打。

鲜花拿着刀走向自己桌子，我则继续躺在床上。

"……你的力气也未免太大了，你看看我的手，被你弄红了一大片，平时你到底是吃什么食物维生的啊？"

"真是没礼貌，我只吃了点面包和新鲜蔬菜罢了。"

鲜花头也不回，把刀刃放入抽屉之后上了锁。

"你管那么多干什么……"

我从床上直起身来，凝视着她的背影。我不由得说出了心中的想法。

"可是啊，还真教人意外，你的运动神经真棒，这样就可以把干也扑倒啦，鲜花。"

鲜花突然满脸羞红。只看她的背影就知道了，因为连耳根都变红了。

鲜花咽下没能说出口的话，转过身来。

她的脸果然红彤彤的。

"你、你，在说、说什么啊！"

"没什么。没有别的意思，只是我会这么想而已。"

……虽然她的疑问是出于我会这样想的原因，不过我没有追究这件事的打算。

鲜花红着脸凝视着我，我则以漠不关心的眼神回望她。

在秒针走了约几百次之后，鲜花深深叹了一口气之后开口了。

"——果然看得出来？"

"这我不知道，因为发现的人不是我。不过，至少干也本人没发现，那应该没关系了吧？"

"这样啊……"鲜花说完之后，安心地拍了拍胸口。

……其实知道她对黑桐干也抱有爱情的人不是我。

在第一次见到鲜花时，是织一眼看了出来，式则是因为织才知道这件事。若没有织所带给我的这份知识，我也发觉不到吧？不论是她只对干也严格的理由；以及当他不在自己身边时，犹如说给自己听一般，从不使用"哥哥"这个字的理由，都是一样的。

鲜花在回复原先的冷静后，这次反过来盯着我瞧了。

"真的让人很不开心。式，你倒是很有自信嘛？"

她说了一句没头没尾的话。

听到这个无法理解的问题，我感到疑惑而偏着头。

"我是指你觉得东西被我抢走也无所谓这一点，真的让人很不开心。"

鲜花焦躁地重复了相同的台词。

被我抢走的东西是指什么？从她的话意推测，应该是指干也吧？可是干也又不是专属于我的东西。虽然让人懊悔，但他不是专属于我两仪式的东西——不行，接下来是禁止思考的主题了。

背后忽然出现一股寒意，于是我停下了思考。

"……我说鲜花啊，那家伙真的有那么好吗？况且你们是亲兄妹吧？"

为了掩饰，我决定提出让人讨厌的问题。

鲜花眼神游移地回了一句："说得也是……"

"式，老实讲，与其说我喜欢特别的东西，还不如说我的天生会受到禁忌吸引。所以干也是我哥哥这一点，完全不是问题，我反倒觉得很亢奋呢！何况我认为，喜欢的对象是近亲是一件非常幸运的事。"

鲜花以一副冷静的表情说出了不得了的事。

……看来，那男人对怪人真是充满了吸引力呢！

"你这个变态。"

"什么嘛，你这个怪人！"在几乎相同的瞬间，我和鲜花开始互骂对方。不过那并未带有嫌恶或轻蔑，而是非常坦率的意见交换。

……

鲜花说明天一早有事要调查，所以早早就睡了。

我则是因为平常夜猫子当习惯了，反而没办法轻易入睡。

即使时针已经过了两点，我还是一点睡意也没有，只是一直眺望窗外的景色。

外头没有亮光，只有树木构成的黑暗。

连月光都无法照入森林，让这间宿舍有如深渊般的寂静。

我一边单手耍弄餐厅拿来的刀，一边看着森林与黑暗。我在餐厅拿走的刀有两把，一把是为了在这里使用，一把则是为了带回家去，不过，那把预定作为鉴赏之用的刀被鲜花拿走了。

虽然希望不必用到另外那把刀，然而那果然是无法实现的梦想。

"你们今晚很忙嘛……"

我凝视着窗外的景色，独自低语呢喃。

许多只如萤火虫般的生物，在礼园黑暗的夜色飞舞着。数量不只十九、二十只。相较于昨夜只有一、两只，今晚似乎特别活跃。

应该是因为我跟鲜花在到处打听的关系吧，操纵妖精的人急忙提早了预定的工作。

"看这情况，非得使用这玩意不可了。"

我看着映照昏暗月光的刀刃，说出了这句话。

我在礼园过夜也是最后一晚了，无论结果如何，事件在明日划上句点已是既定事实。

5

◇

我说。

"已经不知道应该怎么办才好了。"

他回答。

"还有可用的手段吧？坏掉的东西，只要修好就行了。"

我说。

"但是，我修不好。"

他回答。

"那就由我来吧。你没有罪。美丽的人，不需要接触肮脏的东西，你只要保持原样就好。"

我说。

"……我是美丽的吗？虽然我一直抱持这种信念活着，但现在的我没有自信了。"

他回答。

"你并没有变得污秽，就算无法完全压抑心中的黑色情绪，但你的手仍然是白皙的。"

他点了点头——温柔地笑了。

"你自己的手一定得保持美丽才行，这个世界上不容许有那样的污秽。污秽由污秽自己解决是最好的作法，因为不管是什么人，想要清除污秽，就一定会受到污秽沾染，这是一个不祥的循环，我们称之为'诅咒'。"

他说,为了不被弄脏,我只要使用自己以外的某样东西就行了。我没说话。因为就算那样,结果也还是——

他回答。

"人终究得回归永恒,重现那个叹息。即使想打算忘记,记录还是确实刻画在你身上。"

我说。

"我并没有忘记什么事。"

他回答。

"忘却是无法意识到的缺陷,人不可能不忘记任何事。"

……那么,我断绝的记忆是什么?

"我不知道。我欠缺的部分是什么呢?"

他回答。

"那是你对哥哥抱持的幻想。如果你希望的话,我就替你重现那个缺陷吧。"

我用 YES 作为回答。

◇

一月六日,星期三。

天际依然满布乌云,天气感觉还是阴阴的。

"……七点……半。"

我确认了醒过来的时间……我居然睡过头一个小时,真是无法相信。

我连忙爬起床,把睡衣换成制服。

我叫了睡在上铺的式,却怎么也叫不醒她。她昨天大概很晚睡吧?她似乎没换睡衣直接穿着制服就睡着了。

天气寒冷或炎热没差别的式，只盖了一条棉被就睡了，模样犹如雕像般平静，于是我放弃了把她叫起床的想法。

我们原本的任务只是查明真相，昨天和黄路美沙夜交手之后，我没去找她是因为没有必要。即使查出事件的犯人，我和式也不需要去抓她。

……老实说，我也不认为黄路美沙夜会老实地待在宿舍里，事实上，她昨天也向修女校长提出回家的外出申请。

也就是说，单就文件上的记录来看，黄路美沙夜从昨天早上起就不在礼园校区内了。

从这一点来看，我想她应该不会再和我进行接触了。

……不过，脑袋聪明又拥有热情的她，或许还没放弃邀请我加入的打算。

前天的白天和昨天的白天，美沙夜和我总共接触了两次，最后都因为式的打扰而没有结果。虽然她在露出真面目之后，今天不太可能再来找我，不过俗话说得好："事不过三"，为了预防万一，我把蜥蜴皮制的手套放进口袋后，离开了房间。

我走在有如冰箱般寒冷的走廊上，然后去几个一年四班学生的房间拜访。大部分的学生都不在，正好留在房内的人也没办法好好谈上几句。

她们呼吸急促、眼神涣散，简直与毒瘾患者无异。

她们以像是在看仇人一样的目光瞪视着我，在这种情况之下，我不认为自己能和她们好好交谈，如果是式的话，她应该立刻会瞪回去，然后继续逼问她们，不过我并未采取这种没有效率的行为。

我决定放弃和一年四班的学生交谈。

因为问的对象也不限于学生，于是我离开了宿舍前往校舍。

为了补救浪费的时间，我简单向修女问了必要的问题之后，又回到宿舍里。我为了整理手中的情报而回到房里，式仍然还在睡觉。

……虽然心里有点不满，但期待"眼睛"会思考的我也实在太肤浅了。我整理一下思绪后坐到椅子上。

——那么，从昨天在保健室查到的资料里，我大概推测得出橘佳织的状况。

体育课时只跟在旁边不上课，并不是什么不得了的事，如果生理期来了，修女们也只能让她休息。在礼园里不上体育课，其实不是什么大问题。

但重点不是她经常待在旁边不上课，而是不上课的日期和她健康检查日期之间的关系。

我不知道其他高中的情况，不过礼园可是替学生的生理期做了非常详尽的表格。依据这张表格，橘佳织的生理期在原本不可能的日子来临了，因此体育课只能跟在旁边不上课。

这种不自然的地方，再加上她的籍口，会让人联想到相反的事实。

问过了修女之后，我得知橘佳织在十月时确实去讨论过生理期迟来的问题。修女安慰她那大概只是因为压力造成的暂时性变化，对不知事实真相的修女来说，说出这种答案也是理所当然的。

虽然只是我的臆测，但是橘佳织多半不是生理期迟来，而是生理期没来吧。

……嗯，也就是说，她应该是怀孕了。如果事实真是如此，那可会成为非常充足的自杀理由。

最初只因为生理期没来而感到不安，然而腹中胎儿的存在感，却是与日俱增。从九月开始，到经过大约三个月之后的十一月，她的精神状态大概已经被压迫到无法挽回的程度了。

……在礼园，怀孕这种行为是比杀人还更不道德，原本被禁止擅自离校外出的学生，竟然私自外出，最后还发生性关系，甚至于怀孕，要是修女校长或者其他修女知道这件事，一定会昏倒的吧？

橘佳织本人受到他人轻蔑是理所当然的，她父母一定也不肯原谅这个女儿。

橘佳织每天都得担心事迹败露，又没有解决的办法，若要堕胎就必须到医院去，只是去城里一趟是还好，如果和医生接触，对方一定会跟学校联络，她从小学开始就是礼园的学生，自然也不会知道密医之类的事，她只能一边担心着终究会隆起的肚皮，一边过着死囚般的日子。

我不认识橘佳织，因此不能说些什么，但是那是她自作自受吗？……不，从黄路美沙夜的口气听起来，橘佳织不像是会违反校规的女孩。那么——

"应该是在宿舍内遭到性侵害……下手的人一定是叶山吧！"

若是如此，感觉每件事就能串连起来。

叶山英雄和橘佳织发生了性关系，还让她受孕，为了消灭证据——也就是怀胎两个月的佳织，因此他放火烧了宿舍。

……虽然有点暧昧不明，不过和事实真相应该差不了多少！我自顾自地点头称是。

不过，还是有个让人介意的部分。

负责辅导橘佳织的修女说生理期迟来是因为压力，我不认为那是没有意义的安慰。修女们或许知道橘佳织处在压力很大的环境底下。

那也许是身为老师的她们都发现有异，而且不能说出口的压力。

一年四班的学生们，究竟在串通隐瞒何事？

"——集体霸凌吗？"

我喃喃说道，感觉好像又离真相近了一点。

原本一年四班的学生大多高中时代才过来这里就读的。和纯基督徒的橘佳织一定有处不来的地方吧！只不过四班班长是绀野文绪，我不认为性格爽直的她对这种事会坐视不管。

橘佳织之所以会遭到全班同学的迫害，一定会有相对应的理由才对。

比方说，像是……

"被班上同学知道怀孕的事。"

如此一来，事情就说得通了。

所有四班的学生，集体欺负怀孕的橘佳织，橘佳织没办法和修女商谈怀孕的事，绀野文绪也认为她自作自受，因此束手旁观。

其结果造成橘佳织自杀，她的事也变成全班的共同秘密而隐瞒事实——

"但——这样还是有说不通的地方……"

虽然这么觉得，但找不出是哪里出了问题。

对我来说，用片段的情报与直觉构筑故事，是一件轻而易举的事，不过，对于搜集足以断定真相的证据，我却相当不在行。

干也很擅长这种工作。

打个比方，我是透过想象力解开犯罪手法的侦探，干也则是凭脚踏实地的搜查来确定犯罪事实、逮捕犯人的警察。

我非常讨厌侦探小说里那些嘲笑刑警想法僵硬、任意指出犯人的侦探们。

毕竟他们只不过是靠推理得出的结论，就把"因为可能"称之为推理，然后秀出超越凡人的聪明来说出犯人是谁。

侦探认为，只会做理所当然的搜查，却又抓不到犯人的刑警们很无能，但我认为无能的是侦探才对。

刑警的工作，就像在沙漠里找出一颗宝石，他们透过辛苦的工作，把过去发生的事形塑出每个人都能接受的形态。但侦探却好像亲眼看到一样，在那里说明自己一个人的凭空幻想来指出犯人，他们放弃在沙漠里找出宝石的努力，只待在自己的象牙塔里让旁人理解事物。

一个是预先设想所有状况，然后全部平等地逐一评价，找出唯一解答的凡人。

一个把灵光一闪的念头当成真实，然后认定那是独一无二的解答的天才。

的确，多半的事实都存在于唯有侦探想得到的灵感当中，但我觉得缺乏灵感的不是前者，因为被既定观念囚禁的人其实是后者。

所谓的天才，到最后只是把自己当成对手。

因此他们才会被说是孤独的……没错，一直是孤独的。

"咦？已经离题了。"

我自己也感到哑然，于是把背部靠到椅背上。

我一边暗自叹息事件走到了死胡同，一边看着时钟。

时间快到中午了。

窗外的天气依然是阴天。

当我正在想迟早会下雨的时候，有人敲了房间的门。

"黑桐同学，你在吗？"

那熟悉的声音是修女的声音。

"是，我人在房里，有什么事吗？"

我一边回答，一边打开门扉，对方的确是修女，她跟我说，有人打电话给我。我立即知道那是干也打来的，因此快速朝着大厅而去。

我悠闲地走进大厅后,拿起了话筒。

"喂?是式吗?"

我听见一阵从小就很熟悉的男性声音。

话筒的另一端果然是黑桐干也。

"式还在睡啦,你居然特地打电话到礼园来,还真关心你的恋人,哥哥。"

我刻意用冷淡的口吻说。

在电话另一端的干也,"唔"的一声咽了口气。

"我不是为了那种事打电话,我只是担心情况的发展,所以才会打电话。"

"你那是无谓的担心,我以前不是说过吗?我不希望哥哥被卷入这类事件。"

"我也不想插手啊!可是没办法,你和式都加入了,我怎么可能撒手不管呢?"

虽然我认为他撒手不管也可以,不过他现在这句话让我有些感动,因此我也没再多说什么。

……我这个人真是让人失望啊,怎么会在这种半吊子的地方才现实起来呢……

"那么有什么重要的事呢?你是要找式、还是要找我?"

"虽然是式她拜托我的,不过还是跟鲜花你说比较好。你要听有关叶山英雄和玄雾皋月的调查结果吗?"

我把差点脱口说出的"咦——"给吞了回去。

我虽然有收到干也委托我们调查橘佳织这项指示,可是我却不知道式还拜托他调查那种事情。

我真是对式那种不考虑先后顺序的行为感到气愤。

"哦?式拜托你做那种事啊?我不知道说了几次,不要让哥哥陷入危险,但她好像还是没学乖,一定是因为她不关心哥哥,

89

所以才会把危险的调查工作推给你。哥哥应该快点和那种女人分手比较好。"

我充满愤慨的言词似乎对干也没用。他哈哈大笑地回答我。

"也是,式她关心人的方法确实和大家差很多。"

……真是的,电话另一端的声音听来有点愉悦,他到底在高兴什么啊!

我感到不悦,催促干也说出关于叶山英雄的情报。话筒另一端传来啪啦啪啦翻动数据的声音,感觉份量很多,甚至把数据汇整成档案夹的形式。

……电话似乎不是用公共电话或手机打过来的。

"哥哥,你现在在哪里?"

"我在事务所里,橙子小姐跟秋巳刑警出门了。"

干也如此说道。我也因为这个事实而感到有点震惊。

"秋巳刑警——你是说大辅哥!?"

干也像在使性子般"嗯嗯"表示肯定。

秋巳大辅是我爸爸的弟弟,在警局担任刑警的工作。他在父亲所有的弟弟当中年纪是最小的,感觉就像我们的哥哥一样。因此大辅很喜欢干也,两个人感情好得和亲兄弟没有两样。

"橙子小姐认识的刑警好像就是大辅,过年时我跟大辅哥提到我们公司的社长,他便大叫'那不是苍崎橙子吗'!今天他拿弟弟当借口去跟橙子小姐约会,所长还说:'不能拒绝黑桐叔叔的邀请。'"

干也不知在不开心什么,一脸不满地自言自语。

……我真没想到,我们家的大辅居然是橙子老师的情报来源之一,不过,这倒也不至于无法置信,大辅在搜查一课里也是怪人,仔细想想,他会和橙子老师交换情报也没啥奇怪的地方。

"言归正传吧!关于叶山英雄这个人,鲜花知道多少呢?"

从干也的声音听得出来他正在担心我。

……这种不刻意表现出来的关心,我一下子就能了解他在担心什么。

"没问题的,你不用担心我。现在听到什么我大概都不会觉得惊讶了,因为我大致上已经知道叶山英雄到底是个怎样的人。"

"那就好。"话筒另一端传来声音。干也稍微犹豫一下之后,开始说了起来。

"直接了当的说,叶山英雄好像让礼园的学生从事援交工作,他把自己担任导师的班上同学带到外面,然后要她们做那档事。"

"什么?"

对于这些在我意料之外的情报,我一时之间只能有这种反应。

干也无视我的惊讶,一鼓作气说出真相。

"我无法清楚地判断他实际上要她们做什么,不过,为了要灵活运用礼园学生的稀有价值,应该不至于叫她们做太过分的事吧。否则要提高价码的话,客人也会不舍得掏钱吧。他带学生出去的频率大约一个星期两次。每一次只带几个人出校,这种行为不算大胆也不算谨慎,不过叶山英雄经营得很顺利。

他在繁华街本来就小有名气,是一个喜欢手头装阔的人。在每天奢侈浪费的情况之下,他背了不少贷款。那一类的酒店大部分都有后台,讲白一点就是暴力集团,叶山英雄就是向那种人借钱。被债务逼到没有退路的他,只好拜托之前和他疏远的哥哥,让他进入礼园当老师。名义上是向哥哥说要努力工作还债。但他一开始的目的,似乎就打算要女学生带出去供人玩乐。

……你应该了解吧,说到礼园的女学生,除了是名门女校之外,还有附加价值。她们大部分是有钱人家的独生女,向叶山英雄讨债的暴力集团,也认定她们可以派得上用场。他们最初的目标可能只有其中一个学生,不过这些我不太清楚,总之,叶山英雄和暴力集团都吃到甜头，因此到了九月，几乎全部一年四班的学生都被带出去过。

总之，这就是大概的真相。"

然后干也逐一说出被叶山带出去的学生的姓名、先后顺序、日期、回家时间等等。

当然，和叶山有关的暴力集团资料，他也调查得很清楚。

"可惜的是，这些数据没办法当成证据。"

干也低声说着。的确，光靠干也调查到的资料，无法让警方出动，而且也可能会受到学生的父母阻止。

这不只是橘佳织怀孕的丑闻而已，是一个能让整个学校就此消失的重大事件。

"鲜花，真抱歉啊。"

干也在说完所有关于叶山的情报后，低声说。

因为事实太过严重而感到一片混乱的我，也只应了一声"嗯"。

不过这样一来，一切都串连起来了。一年四班全体隐瞒的秘密不是橘佳织自杀，而是援交团体的事。

她们一开始或许是受到叶山英雄的威胁而外出，但能保守这个秘密整整半年，不是叶山英雄一人能做到的。

照干也所说的情报，被强迫带出去的学生虽然占了大部分，但也有自己主动出去的学生在。她们受到叶山英雄的控制，为了保住自己以及娱乐自己而守着秘密。

在高中前都过着普通生活的人，原本就很难忍受这里禁欲般的生活。我想对她们来说，叶山英雄的胁迫有如蛇的诱惑一样。如果把一切的罪恶归咎于叶山英雄，她们对自己也没有歉疚感，正因为如此，这个秘密才得以保守半年。

……不过，没办法完全说是她们的错也是不争的事实。

最根本的原因，还是在这所学校。

在周围建起墙壁，病态般与外界隔离的世界。

风透不过，连外界的声音都听不到。那凝滞的空气，的确就是隔离在不净俗世之外的证据。

但是——这里连空气的出口都没有。

不流动的空气会浑浊、沉淀。这里不是跟外界隔离的异界，因为要做出异界不能使用墙壁。所以被墙壁包围的世界并非异界，只是一个笼子罢了——

"那橘佳织呢？为什么哥哥你知道她的名字，还要求我们去调查她的在校成绩？"

我提出了最后的疑问。

"在十一月被火烧死的女孩是吧？当时鲜花因为宿舍遭到焚毁，不是暂住在橙子小姐的事务所吗？那时我在调查工作以外的东西时顺便查了她的事，我硬是让大辅哥拿她的鉴识报告给我看。

橘佳织的死因非常诡异，她有可能是被火焚身而死，也有可能在火烧之前就已经死亡了。验尸结果无法断定她是因为药物中毒或者火灾而死。但有另一个诡异的记录——她好像有怀孕的迹象。不过，因为遗体遭到焚毁，因此也无法确实断定。

不过，我不认为有人透过纵火的方式杀了她。因此，无论死因是烧死或者药物中毒，橘佳织遭到他杀的可能性很低，她是班上同学当中最后一个被带出去的。从这件事就能得知，她一直反抗叶山英雄到最后。在非她本人所愿的情况之下，和对方发生了性关系，结果还因此怀孕的话，多半会觉得自己充满污秽。一个十六岁的女孩子，不可能在没有周围帮助的情况下撑得下去

……虽然这只是我的推测，但或许就是因为如此，她才会在发生火灾、全体住宿生都逃离宿舍时，把自己一个人关在房间里吧？死亡，或许是她自己的决定。"

干也似乎话中有话，我则是回以强力的肯定。

93

"那应该就是她自杀的原因！可是——她为什么不去堕胎呢？只要对叶山说这件事，这种程度的问题也能妥善处理吧？"

"因为她是女孩子嘛！所以不能接受堕胎吧？"

对于干也这种充满了偏见的答案，我在不同的意义层面上表示赞同。

一年四班之所以会迫害她，或许正是因为"橘佳织一直不愿意堕胎"这件事。只要她不去堕胎，班上的秘密早晚会被外人揭穿，如此一来，她们就完了。因此不用叶山英雄下达指示，她们就迫害起橘佳织。但是迫害却不能使用暴力，使用暴力可能会被修女发现，而且也有可能会让橘佳织受不了而去向修女忏悔。

……这种险恶的环境，橘佳织忍受了三个月之久。

包括来自身边众人的迫害，以及自己身上除之不去的污秽。

纵使如此，善良的她也没去告发班上同学，最后被逼得自杀了吗？

真是——

"真是个弱者，既然有了死的觉悟，应该也可以承担怀孕的压力吧？藉由死来放弃一切，根本是个彻底的失败者。明明从小就住在礼园，结果却输给从外面来的家伙。"

我开始想象橘佳织那张我从未见过的笑脸，然后我咬紧了牙根。

只能靠死来解决，这种无意义的事，我甚至无法产生同情。

但是，在电话另一端的哥哥，却否定了这件事。

"不——那是多么痛苦的决定。我也是因为鲜花刚才说的话才终于发现……以前我也思考过自杀的事，但是橘佳织这个女孩，是无法以一般世俗的观点来看待的。"

像是感同身受一般，干也以苦闷的口吻说。

我却不能理解他那样断定的理由。

"……哥哥，为什么不能把橘佳织的情况当作一般的自杀事件看待？人要是感到痛苦就会自杀，一般不都是这样吗？我认为，橘佳织也觉得她解决不了眼前的现实，因此她才决定要自杀。不会自杀的人，等同于什么都不做的人——换句话说，是一个连自杀的意义都没有的人。"

对我的反驳，干也说："所以说，你不能理解的。"

那是和黄路美沙夜一样的台词。

"我不能理解？"

"嗯。你刚才说，橘佳织从小学起就念礼园对吧？那么，她大概是非常虔诚的基督教徒啰？鲜花，你知不知道？基督教徒是不会自杀的。因为自杀在基督教教义里是一种罪。教义说，基督教徒要活到老死才会受到祝福，因此对他们而言，自杀和杀人其实无异，甚至是一种更严重的罪。橘佳织她不是为了自己而自杀，因为她不能为了自己而自杀……"

干也痛苦至极地这么说。我无声地咽下一口气。

的确，我忽略了那个基督教的教义，否定轮回转生的基督教，和佛教不一样，并没有替死后的世界里准备救赎。

虽然我知道这些，但对于从高中才开始参加早晨礼拜仪式的我，那样的教义和一个英文单字无异，我根本没当成常识在思考。

不过——对橘佳织来说，那就是跟自己的纯洁一样必须保护的戒律。对出生就成为基督徒的她来说，自杀应该是比死还恐怖的事吧？

"……那，为什么她会自杀呢？"

我想不出答案，重复问着这个问题。

那个答案，一定存在于我无法达到的领域吧。

作为一个人来说，我的处世观相当冷淡，连预测她到达的境界都做不到。

干也说:"她大概是为了赎罪吧,我认为橘佳织抱持自己的罪和同学的罪痛苦而死。她借由代替她们,自己一个人下地狱来为同学们赎罪。"

"……所以。"

我无法再说下去,一时之间沉默了起来。"……所以你不会理解的。"我想起黄路美沙夜说过的话。

她的愤怒是真的,她比任何人都了解橘佳织死亡的意义,就是这样才无法原谅那些照常度日的一年四班学生。

所以她才说,就算杀了她们,她们也不会下地狱。

是的,被他人所杀并不会下地狱,想把她们都送到橘佳织所在的地方,杀人是没有意义的。

所以黄路美沙夜才会为了要她们自杀,一点一滴地压迫她们。

就像是要勒死人一样,一点一点地收紧。

不是要她们忏悔罪孽,而是要让她们为了逃避周围视线去自杀。

5

……天空落下寒冷的雨滴。

感觉不到炎热或寒冷的式,现在会觉得冷。

在雨中,寒冷疼痛的雨中。

我手拿着小刀,空虚的眼眸一直看着什么——

——瞬间,我醒了过来。

眼前的空中有"妖精"飞着。

在睁开眼睛的同时,我从衣服里拿出刀子刺向那玩意。

刀子"当"一声插到墙上。在刀子跟墙壁间,被刺中的妖精在叽叽叫着。

正如鲜花所说,有着少女外型和昆虫翅膀的生物,它用小小的手想拔出刀子的途中,因为力量尽失而溶解了。

"糟了,要是再多忍耐一下……"

碎碎念之后,我闭上嘴。

要是我再多忍耐一下,会怎样?我——两仪式会想起三年前遗忘的那一天?

那场之所以会让我昏睡两年的交通意外?若是想起我本人记忆里完全没印象的事,就会……?

"够了!真不爽啊!"我简短地抱怨完后跳下床,

我听见走廊传来小小的地板嘎吱声。那是某个从刚刚为止都还站在房门口打探情况的人,逃走时发出的声音。

我拿着刀子重新摆好姿势冲出房门。

走廊分别往东方和西方延伸，那道跑走的人影往东方而去，那背影确实是——

"……是黄路美沙夜？莫非她把我和鲜花搞错了……应该不至于吧？"

如此一来，我就成为被害者了，虽说鲜花要我别惹事，不过像是"报复"这点程度的行为还在义务范围内吧。

我在地板已经老化的走廊上奔驰，追随她的背影而去。黄路美沙夜的脚程比我想象中还要快，我们彼此之间的距离并没有缩短多少。

美沙夜毫不迟疑从宿舍离开，朝着校舍的方向而去。通过和鲜花一起走过的林中走道之后，我来到了校舍，不过美沙夜没进校舍，而是冲入了在一旁的礼拜堂。

我很清楚这是陷阱。

不过到这里来又走回房间实在很蠢，思忖了半晌之后，我粗暴地开启礼拜堂的门扉。

沉重的门扉却没发出声音。

只有一道人影在昏暗的礼拜堂里。我关上门扉和那个人对峙。

约莫相距十米远的那个人，无声地扶正眼镜后，如观察雕像般一直看着这里。

"哎呀，在这种时间到礼拜堂来有什么事呢？两仪式同学。"

男人脸上露出淡淡的微笑。

那是个很温和、如同孩童般的笑靥，但是没有颜色，只有空虚的内在情感。

玄雾皋月和以前一样，露出干枯的笑容伫立在那里。

◆——忘却录音——◆
6

"那么,接下来就是皋月老师的事了。"话筒另一端传来拿出新档案的声音。干也虽然顺便查了玄雾老师的事,但对我来说那其实已经无所谓了。

现在已经揭穿叶山英雄和一年四班的秘密,没什么事需要我去执行了。了解黄路美沙夜想做的事之后,事情只要交给橙子老师,应该就不会再有牺牲者出现,事件就可以轻松落幕了吧?

"不用了,哥哥,我和式很快就会提出外出申请回家,请你在事务所等我吧!"

"这样啊?不过我觉得,反正你就先听听,又不会有什么损失,因为这不能说和事件毫无关联。"

"不能说和事件是毫无关联?"

"嗯。"干也以笃定的语气回答。

他的语调不带有任何情感……哥哥会用这种口气非常稀奇。光凭这一点,我的直觉认为玄雾老师的事比叶山英雄还重要。

"难道说,你的意思是玄雾老师也和援交有关?"

"不,和那件事完全无关,玄雾皋月与一年四班的事件无关。这么说吧,鲜花,你知道玄雾皋月在哪里出生吗?"

经他这么一问,我的思绪开始快速运转。

……从名字来判断他应该是日本人,但他曾经长期在外国留学,说不定只有父母是日本人,而他则是在外国出生。

"……我不清楚,不过他曾经在英国待过好一段时间,说不定老家是在那边吧？"

"是的，玄雾在英国韦尔斯的乡下地方出生，不过，他在十岁的时候，就被送给别人当养子，玄雾皋月这名字是他的养父母取的，改姓玄雾还好，但是连名都改，就有点奇怪了。"

那个——要说奇怪也是没错啦。

不过如果养父母希望将玄雾老师当做真正的儿子，也有可能会改掉先前的父姓……可是，改姓还算平常，连名也改就比较少听说了。

"因此呢，我和知道当时状况的人谈过后，发现玄雾皋月聪明到让周围的人视他为神童，是个无从挑剔的孩子。可是他的父母讨厌他，打算把他送给别人当养子。奇怪的是，居然没人想收养他。直到过了一段日子后，知道消息的日本人才大老远跑去领养他。其后的事虽然有他在那边的学校留下记录，但他在成为养子前的过去一切不明。"

被父母讨厌而变成别人的养子……感觉起来那位老师不像是拥有这种黑暗过去的人。

不过老实说，比起事件内容，我还比较在意哥哥是怎么找到了解当时韦尔斯状况的人，他到底是拥有什么样的消息来源啊。

"但是，会把称为神童的孩子送人，他有被父母讨厌到这种地步吗？会不会其实是金钱之类的理由？"

"问题就在这里，正确说来，玄雾皋月被称为神童只到他十岁的时候，此后反而变得不如常人了。虽然原因不明，但他似乎从十岁后就无法记忆事物。因为他无法记忆眼前所见的景象，让他一时之间变得跟白痴没两样，他的父母可能是因为讨厌这种儿子才把他送人的吧！"

"无法——记忆事物？"一说完，我就感觉到仿佛连头脑深处都在摇晃一样，玄雾老师的症状和这次事件实在太搭了。

"不过老师他很正常啊，不但能记忆东西，知识也很丰富，完全感觉不出来他有那种症状。"

"这是当然的，没治好的话他也不会拿到教师执照了，他只不过是曾有那种过去而已。

成为养子的皋月，后来又恢复成以前的神童状态，他十四岁进入大学就读，最后取得语言学博士学位。可是，未来前景一片光明的他，就这样以一个老师的身份在各地学校教书。对他来说，这次来礼园任教也不足为奇，而他教过书的学校有人自杀，也一样不是什么稀奇的事。"

"真的有吗，在玄雾老师任教后出现自杀的学生……"

"在现在的学校出现自杀者并不稀奇，但只要玄雾皋月任教过，在他转往其他学校后一定会出现自杀者。虽然无法证明这之间有因果关系，但偶然也不会持续十几二十次。"

干也的话让我的思考更加活跃起来。

……这位老师从任教学校离开后，一定会出现学生自杀……说不定玄雾老师跟这次的事件也有关联，但老师只是单纯被黄路美沙夜利用而已。

老师自己的记忆也被夺走，因而相信一年四班并没有任何异常。操纵他人的应该是黄路美沙夜，那个无害、跟干也相似的人会做出什么事？我实在不愿意去想象。

"这边的数据大概就这样吧，接下来就看鲜花你了，但可别太勉强哦！注意不要离开式身边……啊，还有一件事。玄雾皋月的皋月，好像是由'MeyDay'而来，'MeyDay'是什么意思呢？"

……我想那应该不是"MeyDay"而是指"MayDay"。

"MayDay"是五月一号，是庆祝太阳回归的日子。原来如此，所以才会取皋月这名字啊？

因为皋月是农历五月——

"啊，是这样呀。"

我在思绪一片空白的情况下，开始独自思忖起来。

皋月……虽然那是日本人不熟悉的节日，我因此想不出什么关联，但那天一定是——

"哥哥，玄雾老师变成不是神童的理由，你那边有吧？"

"嗯？有是有，不过只是谣传而已。他好像被妖精替换了，实际上他曾经三天没回家，回家后记性就变得奇差无比。"

"果然，老师他被妖精替换过了啊？五月节，万圣节还有夏至夜晚，都是很容易遇到妖精的日子。玄雾老师——一定一直都停留在那个时候吧？"

说完后，我挂上了话筒。

脑中想起橙子老师的话。

妖精很难控制，操纵者常常在不知不觉间，从实现他们自己的愿望变成实现妖精的愿望。鲜花你听清楚了，要注意——使用自己以外的东西所制造出的使魔，别走到操纵者反被操纵的下场——

操纵者，反被操纵。

在操纵的人，其实被操纵着的事实。

我在很基本的地方犯了错。

到头来，橘佳织到底为什么被逼到自杀？

美沙夜说妖精只能夺取记忆，连本人也遗忘的过去不是记忆而是记录。那么，是谁把应该已经忘记的记录写成信送来？

不！比起这个，还有另一个更值得思索的问题，为什么我会忘记这件事呢？或许可以追溯到此次事件的根本问题，那就是——

黄路美沙夜究竟是向谁学魔术的？

■

"玄雾老师——一定一直停留在那时候吧？"只留下一句静静的、带有微微哀伤但确实含有敌意的话后，电话突然就被挂断了。

"鲜花？"

呼唤对方的名字，但是没有响应。放下了已经断线的话筒，黑桐干也侧着头思考。

感觉发生什么非常不得了的事……干也边想边在椅子上坐直身子。

一月六日，正午过后。

苍崎橙子事务所里只有他的身影，虽然所长橙子出门了，但今天放假的他来公司反倒比较奇怪。

他之所以做这种奇怪的事，不用说也是因为妹妹黑桐鲜花跟朋友两仪式，这两个从新年开始就在调查奇怪事件的人，对他而言存在有各式各样的不同意义。

干也不知道事件的内容，所以无法判断事件是危险还是安全。他并非从别人那里听说两人去进行调查的事。只是在一月二号那天，式没由来地发脾气时，在她本人没察觉到的情况下探听出来。

黑桐干也从式那边取得的情报，只有她要假扮成转学生潜入礼园而已。思考过很多事的他，在这之后打电话去礼园，式则拜托他去调查叶山英雄跟玄雾皋月。干也曾经耳闻去年十一月的纵火案，因此他马上从他的管道开始调查，并在一个小时将所有资料整理完毕。当然，从昨天的电话之后他就没睡过。

"……不过，只要有式在，应该连万一都不会有吧！"

干也一边担心妹妹的安全，一边伸了个懒腰。

接下来要做什么呢——他对着桌子坐正后，眯起眼睛……觉得很困。

虽然一边想现在不是睡觉的时候,但黑桐干也还是缓缓落入睡眠中。

……说到这个,式去礼园,也就是说,她会穿上制服,那种有趣的打扮,还真的让人期待。他在朦胧之中想象着。

但最后,式当然不可能让他看到穿制服的样子。原因很简单,橙子在看到式穿着礼园制服时,不由得说出:"真是太赞了。"

……虽然不知道到底是赞在哪里,但式因此把礼园制服收了起来。

"趴在桌上睡觉会感冒哦,黑桐。"

"是,我起来了。"

黑桐干也反射性抬起头后,东张西望地看着四周。

时间刚过下午三点,地点是事务所的个人办公桌……在那之后,我似乎睡了两小时左右,身体也变冷了。在冬天这个最寒冷的季节,没开暖气就直接睡觉,当然会觉得冷。

"所长,你是什么时候回来的?"干也转身对伫立在背后的苍崎橙子说。

那个身穿大衣的女性,叼着烟边回答:"我才刚回来。"

橙子一副无聊的模样,感觉很需要娱乐。大辅哥今天应该是约会失败了,干也暗自这样想着。

"所长,看样子你觉得很无聊吧?"

干也意有所指地笑着,平常老是吃她亏,至少这种机会不能放过。

但看来情况却跟他所想的不同,橙子摇摇头道:"不是,虽然我觉得挺无聊，但并不无趣。"她说完便从大衣口袋里拿出罐装咖啡放在干也桌上。

"这是礼物，给黑桐你吧！"

……虽然是非常便宜的礼物，不过对冷掉的身体来讲十分有价值。

干也说完"那我就不客气了"，便打开咖啡的瓶盖。

橙子依然带着一副无趣表情，眺望放置在干也桌上的档案，然后若无其事地把它拿起来。

"啊，那个是式托我调查礼园教职员的记录，我想橙子小姐只会觉得无趣吧？"

"大概吧。"她点头同意，可是却开始翻起资料内页阅览。

并且就这么站在干也坐着的椅子旁一页页读着数据内容。

那双毫无关心着书页的手，在看到玄雾皋月的相片时突然停了下来。

"伪神之书（Godoword）。"

她夹在双唇间的香烟掉到地上。

她像是正面和幽灵面对面般眼睛张得大大的，口中直呼不敢相信。

"骗人的吧？协会找红了眼也找不到的魔术师。居然会在这种地方当老师？

这真是一个天大的玩笑啊，唉，统一言语师（Master of Babel）啊……"

说完，她无声地笑着。

那并不是因为轻蔑，反倒是为了压抑心中的战栗因此无力地干笑。

"玄雾皋月是魔术师吗？"

针对干也的疑问，橙子摇头否认。

她就这么带着嘴角歪曲的笑容坐上自己的椅子，低头睥睨眼前空间的那个姿态，像是取下项圈的黑豹般带有一份狂气。

原来如此——对她而言，名为玄雾皋月的人是个异常的存在吧？

"因为校长送过来的数据并未附上相片，看来我不该一开始就将这件事交给鲜花去办，要是我过去亲自确认就好了。不——即使是我亲自确认，'记忆也会被夺走吧'。"

干也听见橙子的自言自语，只能歪着头满脸狐疑。

对于不知内情的他而言，"夺走记忆"这句话只能当成是某种比喻。

即便如此，搞不清楚状况的干也仍提出疑问。

"橙子小姐，鲜花和式不是正在调查玄雾皋月吗？他有可能会伤害她们两个吗？"

"怎么可能，伪神之书什么也不会做。如果传闻是真的，他绝对不会伤害别人，他原本就不是魔术师，也完全没有魔术方面的才能。他的祖先和父母并不是魔术师，是和鲜花一样变异的遗传体质者。就像鲜花除了燃烧东西外什么也不会，他也只能将言语从口中说出。不过——正因为这种被限制在遗传体质才有的能力，才能踏入像我们这种累积多代血统也无法达到的领域。伪神之书是仅仅花了十年就达到那种领域的怪物。

当时——二十几岁就升到支配者层级的我，毫不怀疑地认为自己是最年轻的魔术师。可是，实际上有一个十五年之内就成为支配者的小孩。因为他身在中东地区的学院，所以我没机会和他见面，不过，他的名字已传遍了整个学院。

统一言语师、Godoword Mayday是唯一能将神话时代再现，最接近魔法师的魔术师啊。"

橙子忍住了笑继续说了下去。但她这些话不是要讲给干也听的，她似乎只是为了稳定自己的情绪才说出这些话。

"伪神之书的本名和出身一概不明，好像连他所属的阿特拉斯学院内，知道的人都相当有限。没有任何人看过他的本尊，只有他的存在和能力广为流传，连协会最大的伦敦学院学生，都怀疑他只是个不存在的幽灵。

伪神之书的魔术和字面上一样就是语言，他掌握了现存所有人种、部族的语言，不只是会说，而是连该语言的诞生背景、信仰、原理、甚至到思想，他全部都能理解。他没有不会说的语言，也没有他所不知道的人种。可是那并不是他巡回各国所学到的知识，伪神之书不过是学了一种语言，结果就理解了全人种的语言。黑桐，你知道巴比伦之塔吧，流传在巴比伦尼亚的神之门神话。"

"啊啊，你指的是勃鲁盖尔（Bruegel）所画的那座螺旋状高塔吧？的确……就人类的想法来说，建造一座高塔、在塔顶设立一栋神殿，神就很容易降临，可是就神来看，只觉得人类接近上天是件傲慢的事，于是便把塔破坏掉。而人类不会将已经统整好的事物再重复一次，语言为之混乱的结果导致人类也变得四分五裂。"

"哦，你真清楚啊！那就是传说中人类最早的神话——巴比伦塔的传说。该神话所显现的内容相当多，不过其中最主要的还是'语言混乱'这一点。

神为了分别人类的种族而将人们区分开来，不是在肤色或体质上，而是更容易了解、更基本的部分——那就是语言。日本人和外国人最大的差别，不在于头发或瞳孔的颜色，而是语言的差异吧？

那正是最为巨大的障壁，神认为，无法沟通的话，人们便无法建造出像巴比伦之塔那般巨大的建筑物。可是，人类结果还是成为地球上繁衍最盛的生物、并成为万物之灵长，甚至连语言之壁都完全突破了。

接下来，回归正题吧。人们的语言是被神所打乱的，那是人类对神的存在开始有所认识的时代，也就是发生在所谓的神话时代。在神话时代，神秘现象并不是神秘，而是被当成常识看待。

以现代来说，就是剑与魔法的世界吧！在现代不可能发生的神秘现象，在神话时代并不是多困难的技术。

那是为什么呢？多位魔术师的结论是，由于当时地球自转与月亮的位置关系、星球的绕行产生出相克，使得世界充满了灵气。不过伪神之书颠覆了这个理论，他证明神话时代卓越的不只是世界，连语言本身都很优越。

传说神将语言给弄乱，那么——在那之前是什么状况呢？

没错，人类使用相同的语言来沟通。那么万物共通的'意义说明'便成为可能了吧？

倘若真的成为可能，那便是无形的语言。不是人和人攀谈的言语，而是成为人与世界对话、可以决定意义的语言。神将语言打乱，是因为这样的语言太过恐怖，便将有形的言语传授给人们。我们以为这是获得智慧，但事实是被上天夺走了真实。

……也就是说，伪神之书便是这么一回事了，被神明打乱前、世界共通唯一的一种语言，我们将它冠上'统一言语'之名，而伪神之书是唯一能将它再现的魔术师。

所谓的神之门，指的是和一切生物的言语能共通，便能通往根源的门……不过因为伪神之书本人没有魔术师的能力，因此似乎无法穿越那一扇门。"

干也和嘴角微扬、一脸憎恶的橙子相对，露出一脸烦恼的表情，似乎努力在思考着某事。对橙子说的话还无法完全消化的他，提出了这个问题作为结论。

"……因此，玄雾皋月不管跟什么样的东西都能交谈吗？"

"没错,不过那只是单方面的对话。在神话时期,因为每个人都懂得'统一言语',所以会话得以成立。不过现在却只有伪神之书才会说这种语言,所以能主动攀谈的只有他本人,就算岩石或野兽听得懂他在讲什么,也无法向伪神之书传达自己的意思。若是人类的话,大概会以各自的语言回答吧。"

"哦……这样的话还有意义吗?没有人回答的话,那不就只是自言自语罢了?"

"如果只是一般的语言,的确会如此没错,但他的情况不一样,他能够让岩石或野兽听得懂他的话,但对象可不只有岩石或野兽,而是整个世界啊!以存在论的阶级制度来看,在我个人之上,还存在有世界的苍崎橙子这号人物。以我个人的意志来说,怎么样也无法抵抗对方说的话,因为否定这件事,就等于拒绝自己存在于世界上。这是所谓的'言语绝对',他所说的话会变成真实。名为伪神之书的家伙,正是万物共通、世上最强的催眠师。

所谓记忆,除了人类脑中存有的记忆外,还有世界的记录。虽然很接近阿卡夏记录的概念,不过,是比那更下位的波动现象。理解它的其中一个方法便是'统一言语'。伪神之书——玄雾皋月能够采集忘却记忆就是因为如此,那家伙并不是从当事者本人脑中抽出忘却的记忆,而是从世界所记录的过去中抽出。能够抽出世界规律录音下来的种种过去,现代只有那个男人办得到,光是这点,真不愧是被封印指定的魔术师啊。"

零零散散说了许多东西,橙子终于冷静下来,把背深深地靠到椅子上并深吸一口气。

……封印指定,是魔术协会判断拥有前无古人后无来者、鲜少能力的魔术师,而为了将那份奇迹永远保存下来,因此由协会亲手封印起来。

封印指定对魔术师而言既是最高的荣誉,同时也是件麻烦事。

遭到封印后便无法继续从事研究，身为魔术师却无法往下个阶段挑战，便失去身为魔术师的意义，协会只是为了让他们成为魔术师的范本。

因为无法容忍这种屈辱的对待，所以被封印指定的魔术师都会离开协会的目光藏身起来。伪神之书也是从协会失踪的魔术师之一。因此，只要向协会通报他藏身在此，伪神之书应该立刻会被抓吧？

……不过，苍崎橙子是不会采用这种手段的。不、应该是不能用。

原因是因为——

"可恶，这么一来连我都会被找到。"

她带着像是唾骂的呢喃抬头望向天花板。

既然伪神之书人在礼园内，鲜花和式的胜算连万分之一都不到。至于她本人出马与名为玄雾皐月的魔术师对决这种结果，更是完全不可能的事。

"这次还是旁观吧，反正应该不会变成什么大事件。"

橙子简单地下了结论后，便点着了香烟。干也不放心地看着她的动作。

"……你说不会变成大事件……可是从刚刚听到的内容来看，玄雾皐月应该是个很危险的人物吧？你不打算去帮助她们两个吗，所长？"

"我说过了吧，伪神之书什么也不会做，而且他根本没有任何谈得上是攻击手段的东西，作为一个魔术师他只能归在三流以下。不管鲜花她们再怎么粗暴，他还是不会伤害别人。他终究只是具现他人愿望的魔术师罢了。原本伪神之书就不具备称作魔术师的技能，他能被称作魔术师，是因为他的思想已经不会有变化，而化为只是追求某件事的概念。"

"追求某件事的概念是指？他有什么目的吗？"

对干也单纯的提问，橙子点头同意。

——稍微想想，这次记录忘却记忆的行为，不正是伪神之书的性质吗？不过没联想到这点也没办法，谁想得到在魔术世界中被称作人间国宝的男人，居然会到这种边境的小学园进行试验。

"说到目的嘛，很简单啊！他追求的东西对我们而言，是随便怎么样都好的东西。那该怎么说呢——对了，永远。伪神之书追求永远，虽然拥有那么强的能力，他却一直追着幻想跑，不，搞不好是反过来也说不定。因为他有着优越的能力，所以只能追寻根本解决不了的问题。"

海市蜃楼，的确是不断招惹人心的幻觉啊。

"所以你安心吧！"补上这句话后，她便叼起香烟。

深深地、缓慢地呼了一口气。不带感情地看着天花板，橙子这么吟唱着……

"无法有所回报啊，所谓永远，明明何处皆存在……"

白色烟雾……缓缓飘浮着。

5

　　名为玄雾皋月的老师,伫立在灰色阳光射入的礼拜堂里。

　　他露出温柔微笑的表情看着我,既无恶意也无善意。

　　"哎呀,这个时间来礼拜堂参观有什么事吗?两仪同学。"

　　他没怪罪我闯了进来,态度自然地向我攀谈。

　　我不自觉地将那个姿态和黑桐干也重叠,一瞬间感到轻微的昏眩。不过,玄雾皋月就只是玄雾皋月,我从裙襹中拿出小刀。

　　玄雾皋月看见那把犹如手术刀般的小刀,脸色不由得一沉。

　　"真危险……你拿出这种东西会弄伤人喔。"

　　他说的话像是在规劝学生般稳重。

　　我忽视他说的话,开始观察起整座礼拜堂。

　　不只是人影……这里连人类的气息都没有,进入这里面的女学生已经不见了。

　　不,或许——从一开始,这里就只有玄雾皋月一个人。

　　"黄路美沙夜在哪里?老师。"

　　我不再环顾礼拜堂,转而望向伫立祭坛前方的教师。

　　玄雾皋月微微低了下头。

　　"黄路同学人不在这,不过,我想你要找的人应该是我吧?在这里采集忘却的人不是黄路美沙夜,而是玄雾皋月。"

　　他仍然满脸微笑地这么说着。

　　这句话所言不假,于是我便简单地接受眼前对手即是事件犯人的事实。

我完全不会感到不可思议或是惊讶。如此唐突被告知的事实，像老早就知道的事一般支配着我的思考。

简直就是完美的催眠术。

"你这话什么意思？"

明明知道答案，我却提出无趣的质问。

口气自然并充满了攻击性，我判断已经不需再使用与自己年纪相仿的女性口气。

于是我尖锐地瞪着对手。

……玄雾皋月面对着我的视线，似乎有些愧疚地微微苦笑。

"如同字面上所说，虽然你寻找的对象是我，不过刚刚的妖精可不是我弄的……啊啊，黄路同学似乎对你不甚了解，一只拟似体的妖精明明不可能对你起什么作用，但她却对你下手。虽然是人造的，但那种解剖生物只是为了延长生命活动，被使役的目的只是为了被杀害，真悲哀啊！"

玄雾皋月似乎真的是感到悲伤。他闭上眼睛，是为了被我杀害的妖精默祷吧？

我一边看着他这副模样，稍稍想了一下。

两仪式的职责在于帮助鲜花查明原因，不过敌人若是在眼前，能做的事当然只有一个。我要把这家伙——

"不对哦，两仪同学，我并不是妖精使，可以使唤妖精的只有黄路同学。我无法分割自己的，同时操纵那么多个使魔，那是黄路同学才有的特殊能力。说到我所能办到的事，只有记录言语罢了。妖精的事件和我几乎完全无关，我认为，你不能用那个理由把我当成敌人。"

"你说什么——"

"我说过了，我和你并不是毫无关连，为了这份因果，我必须帮助黄路同学一次才行。"玄雾皋月睁开双眼。

那双打开的眼睛，果然和之前一样毫无改变，怎么看都是个平凡的教师。

"原先我和这件事没有关连，而你原本也和这件事毫无关系，不过，既然我和你有相当深刻的关连，我理所当然得承担你的部分。阻止黄路同学的任务只在黑桐同学身上，之后就是她们能力的问题了，因此——你要找对手的话，还是只有我吧？"

真是困扰啊……玄雾皋月补上了这一句话。

"……为什么？除了礼园的事件外，我没理由把你当作敌人吧？"

"这样子啊？你讨厌想起遗忘的记忆对吧？所以你昨天也拒绝了我，虽然打从一开始掠夺记忆就是黄路同学做的，不过采取记忆却只有我才办得到。你现在会追杀黄路同学到这里就是为了要讨回夺取记忆的代价吧？那么，你的对手就变成我了。"

玄雾皋月依然露出温和的笑容如此说着。

对于他说的话，我连给予肯定都无法办到。

如同玄雾皋月所说，我厌恶自己的记忆被人碰触。所以反射性地捏死妖精，也是因为这已经超出我容忍范围的缘故。

现在我也是为了杀掉妖精使——黄路美沙夜而追到这里。就算对象换成了玄雾皋月，不能原谅的事实依然不会有所改变。

可是我的情绪如古井无波。

和刚才一样……

该怎么说，我——在这敌人的身上，完全感受不到任何憎恶的恶寒和危险。

……这种事我还是第一次遇到。

明明"敌人"就在自己眼前，但我却一点感觉也没有。当我注意到自己这种无法理解的心境时，此时才从自己的背上感受到一股恶寒。

尽管情势如此诡异——但我的心里仍然起不了任何一丝杀意。

"怎么可能有这种事——"

在恶寒与憎恶的驱使之下,我开始认真观察正对我微笑的玄雾皋月。

我直视着黑色的死之线。

……让人惊讶的是,玄雾皋月身上的死之线,其网络就像蜘蛛网一样复杂,这代表不管我攻击他身上任何部位,伤害程度都足以致他于死。我还是第一次看到这么容易被杀死的人。

玄雾皋月再度露出微笑,这一次,就连他那深色的眼眸也仿佛露出了笑容。

"原来如此,那就是直死之魔眼吗?我的能力只能从别人已经走过的道路来获得信息,但你却可以看到接下来的路会通往哪里呢……呵呵,可以记录过去的我、可以看到未来的你,看样子荒耶叫我来这里的目的,就是要我杀掉你啊,式。"

玄雾皋月瞇起他那双哀愁的眼眸看向我。

……我的眼前一片空白。原因并不是他的态度,而是因为他刚才讲的那两个字。

因为这两个字的关系,我的体内除了原本的恶寒之外,如今终于又再度充满了敌意。

荒耶。一切都是因为玄雾皋月讲出这二个字的关系。

"原来如此,你的真面目是魔术师对吧?玄雾皋月——"

我心想"这么一来他就是敌人了",同时用力握紧手中的小刀。

至今缠绕在我体内的奇怪心情,全部是这个魔术师搞的鬼。

对,如果不是这样的话,那就太奇怪了。

没错,事情一定要是这样才行。

眼前这个人必须要死。

不杀死眼前这个人不行。

当我对自己这么说的瞬间,
我发现,我自己看不见的那个自己,
仿佛正在向我微笑——

◇

我看向那张必须得死的面孔,心脏"噗通"一声剧烈跳动起来。

虽然说对方很像干也,但我绝不会因此手软,既然他是魔术师,那么就是跟我一样身处在境界之外的人。

那么——这就不算是杀人。

因为玄雾皋月根本就不是生活在一般群体当中的人类。

我一边冷静控制两仪式这个随时可能往前暴冲的身体,一边在脑子里描绘能够一招击杀玄雾皋月的战术。

……首先冲向他满是破绽的身体,然后将小刀垂直刺进他的喉咙,最后再一口气将刺进去的小刀往下将他的身体剖开,这样一来战斗就结束了。

实行起来极为容易,我连三秒后的结果也明确地想象出来。

……可是。

接下来出现在我心中的画面,却是一个四肢惨遭切断肢解的少年尸体。

噗通……我的心跳声又大了起来。呼吸也因为紧张而变得急促。

这种事以前从来没有发生过,就是因为对方很像干也,所以我才会犹豫而打乱自己的呼吸。

"式同学,你错了。"

突然间，从刚才到现在一直静静站着的魔术师开口了。

听到这句话，身体立即产生一股冲上去的冲动——我这辈子第一次这么拼命地压制这股冲动。

……因为，还不行。

只有"冲上去"这件事绝对不行——

我明白理由之后，呼吸变得更乱了。

因为——我还不能对眼前这个人抱持杀意。

我无法攻击眼前这个对手，攻击这个很像干也的男人……光是试图杀死他，就让我的心脏承受这么大的负担。

倒不是因为讨厌这么做。我只是单纯地认为"还不行"。

我的喉咙很干，舌头麻痹到无法忍受。

这种心情真叫人害怕，我只能拼命地压制住自己的双脚。

但是，我的身体却想立刻杀了眼前这个男人，它想要解决式的悲哀和痛苦。

它知道这样一来事情就轻松多了。

那我自己呢？

这次也要和三年前杀了名为黑桐干也的朋友一样，杀了眼前这个人吗？

"……我不要那样。"

想到这里，我停住了自己的身体。

玄雾皋月像是在看顾着我一般，自顾自地点了点头。

"嗯，停得好。如果你就这样杀了我，那一切就结束了，以前你为了过正常生活而不断杀害拥有杀人冲动的织，但是，现在身为式的你却必须抹杀自己的杀人冲动才行。如果做不到，想必你将会连同式的人格也一起失去，回到原先内心空洞的状况吧……嗯，虽然听荒耶说你是个直来直往的人，看来是他搞错了，因为照我看来,你似乎有些胆小。"

玄雾皋月沉稳地说完后,把视线从我身上移开。

"你的事我听荒耶说过了,原本我就是为了这件事而被叫来这个城市,我说过,你跟我之间并不是没有任何关系,虽然荒耶的目的是希望我杀了你,但如果在那之前你就败在自己手下,那实在太可笑了。真是可惜啊!我原本对荒耶能不能达成目的可是很有兴趣的。"说完这番话之后,玄雾皋月就没有再开过口了。

接下来他什么事也没做。

只是静静地站在那里,连眼睛都没眨一下。

魔术师既不战也不逃,仿佛化身为无法自行移动的镜像一样。我手上捏着小刀——一直盯着眼前这个像空气一样的对手。沉默,已经笼罩了整个礼拜堂。

只有仍旧凌乱的心跳声,"噗通"、"噗通"地在我耳边回响着。

就好像有一口无形的钟在我身边响个不停。

对方不攻击我,自己的心跳声也平静不下来,我讲了一句自己并不想说的话。

"玄雾皋月,你为何什么也不做?"

"我该说的已经全部说完了,如果想要跟我继续交谈,那就只能用'你问我答'的方式进行对话,如果你把我当成是毫无关系的人,我也会把你当成无关之人而离去,如果你要跟我战斗,我也会采取必要的自卫手段。帮助黄路同学只有这么一次而已,但那也已经过去了,所以该怎么做,还是由你决定。我没有什么话好说,也没有什么可做的。"

……这番莫名其妙的回答,让我不由得蹙起了眉头。

魔术师说下决定的人是我。这表示眼前这个人,并没有自己想要执行什么事的意志。

但是——这很明显是矛盾的。

"你说，只要是我所希望的事情，你就会照我所想的形式去反映吗？但是，我从来没想过要取回失去的记忆。"

我单手捂住自己悸动的胸口，双眼直瞪着魔术师。

魔术师却像在同情我一样摇了摇头。

"不，你渴望找回自己遗忘的记忆，而我……可以具体响应你的心愿。"

渴望？嗯嗯，他说的没错。不过，我想要的记忆，是我失去织时随之消失的记录。

我目前只拥有两仪式三年前的记忆，那是一段虽然痛苦却很温馨，与同班同学共同生活的记录。

那段时期的记忆我却不需要。

遭到冰冷雨水冻结的记忆，反倒是——

"你错了，玄雾皋月。我并不是想取回忘掉的记忆，相反的，我一定是想把记忆全部忘掉。"

没错。

正因为如此，式才会把那一天的记忆忘掉。

织的记忆已随着他的死完全变成记录而崩坏了。一定永远无法恢复了。但是这份损失的补偿，就是现在站在这里的我。

"所以——我并没有呼唤你。"

"……原来如此，似乎是我弄错了。式同学的希望确实是如此。那么，我就连那部分也回归原来吧，毕竟这是我的工作。"

魔术师沉稳地微笑着。

在那之中既没有敌意、也没有恶意；既没有善意、也没有好意。

橙子曾经说过"妖精的恶作剧没有善恶之分"。

他们的行动并非为了追求结果，在他们身上也完全看不到任何个人意志。

这个采集人类记忆的魔术师，难道也跟妖精一样吗？可是……若是如此，为什么这个男人能充满笑容？既然他说自己没有什么好做，那自然就没有道理露出任何表情。

"……这就奇怪了，既然你只会针对我的希望作出响应，那你现在为什么在笑？我并没有追求过笑容，如果你是镜子，自己根本不能笑吧？"

"是的，你说的没错，但是我并没有在笑吧？我说过，我根本没有笑过。"

魔术师虽然如此回答，却还是维持着脸上的笑容。

"不过，在周围人们的眼中，似乎也是这样，我明明认为自己和平常一样，但大家却觉得玄雾皋月在微笑。式同学，我从来没实际感觉到自己在笑的啊。我从来没因为想笑而笑，我也不了解笑的理由与笑容的价值。我真的弄不懂所谓的笑容是什么，因为我从来没感受过'快乐'。在这方面，我和没有实际活着的感觉的你很相像……可是，你的情况随着时间的经过而解决，因为两仪式还有未来。然而——我只有过去。玄雾皋月只能观看别人的过去。就好像人类为了生存必须掠夺其他东西，我为了要活下去，必须采集玄雾皋月以外的人的过去，但在那之后的事，我完全不加干涉。取出过去之后，接下来的结果如何，就要按照拥有该过去的本人意志来决定，只能观看过去的我，无法介入其中。"

魔术师用有些笨拙的笑容说着。

简单的说，只有真正的笑容才是"真正的笑"。

而他也没有抱持任何介入过去的意志。

"你刚才说——你只有过去？"

"是的，没有'过去'基本上就已经跟'没有自我'是差不多的意思。然而'没有过去'虽然是一件很悲哀的事，但只有过去的我对于'自我'这两个字却觉得很淡薄。既然我没有办法'自我思考'，那么，对玄雾皋月而言，自然也没有'梦想'或'目的'的存在。那种感觉好像书本一样，书里记载的东西只有'知识'，但最终利用这些'知识'的却不是书本本身……对我而言，要我像世俗凡人一样去运作自己是没有意义的，既然我连自杀的勇气跟必要性都感受不到，那么就只能以玄雾皋月的身份继续活下去了。连'自我'都没有，那就只剩下唯一的方法可以确认自我本身的存在——那就是实现别人的希望。除此之外，玄雾皋月没有任何表现自我的方法，我会把你们希望的东西还给你们，我会让你想起那段被你忘掉的时间。式同学啊，这对你而言应该算好事吧？我只是把被你们忘掉的重要记录原封不动还给你们而已呀！"

"那只是你自作主张吧？"

发完这句牢骚后，我瞪向魔术师。

这男人讲的话真是让人觉得莫名其妙。

而且，我总觉得他讲这些话并不是要说给我的大脑听，而是要说给我的身体听。

我告诉自己，这世上每个人的话都能听，唯独这男人讲的话不能。

"把忘掉的记忆还给我？我拒绝。式不需要这种像信件一样的东西，死去的记忆是不可能再拿回来，你讲的这些话我一个字都不相信。"

我一边用手按住发出悸动声响的胸口，一边直视着玄雾皋月。

魔术师第一次将他的视线笔直对着我。

这种互视并不是那种专一的互瞪，而是像男女之间分手时虚浮的视线交会。

"这样子啊？连你自己都要放弃自己的记忆吗……我真搞不懂你们的想法，为什么要让可以持续到永远的东西就此停止？"

"永远？把会忘掉的记忆记录下来，等待日后好好追忆，这样就叫作永远？别笑死人了，那种东西满地都是，路上随便捡都有，反倒是你刻意讲了这么多，才是真的有问题。"

没错，如果要留下记忆，只要用照片或录像机摄影下来就可以。这样一来，自己仍然可以在忘记之后，用这些东西去确认自己的回忆。

可是，魔术师却否定了我的说法。

这还是他第一次露出了笑容以外的表情。

"那种东西并不是'永恒'。在外界残留下来的东西，无法保存至'永恒'。的确，利用现代化技术，或许可以制造出'即便发生意外，也绝不会破损的物体'，然而，即使物体本身不变，但我们自己却是会变的。物体的意义是透过'观测者'依照他的印象所赋予的。因此即使物体本身不变，只要观看的人印象有所改变，它就不能称之为'永恒'。

比方说，你能用'和昨天相同'的心境看待你昨日见到的东西吗？没办法吧？那是因为人心无法维持不变。新东西会变老旧、好东西会褪色，物体本身明明没有任何改变，然而我们的心却让物体本身的价值出现变化。

你看——不管个体变或不变，是不是都无法持续到永恒呢？为什么？理由很简单，因为我们的'心'自己把外界的东西给断绝了。式同学啊，所谓的'永恒'指的是无形的东西。是观测者的印象所不能左右、而且可以反过来支配观测者的东西。在这世上唯一可以被称为'永恒'的现象，那就是'记录'。"

"——是这样啊？但你口中的'记录'难道就不会改变吗？今天认为是好的事，以后再回头看却变成坏事的例子也不少。像你口中所讲的'永恒'，那种东西不管在哪里都绝对找不到的"

"不，你刚才讲的东西是'记忆'，不是'记录'。所谓的'记忆'只不过是人的性格罢了。性格是会变的，为了顺应外界的变化而改变的性格，这种东西充其量只能算是一种衣服。

你应该听得懂我在说什么才对。人类的语气、性格、甚至是肉体等，这些都只是一种让他人更容易判别自己表现的服装。"

一步，魔术师朝着我踏出了一小步。

"当观测者本身变成被观测的对象时，你就不会感觉到自己的存在。你会重新认识跟时间重叠在一起的本性自我、然后接受它。接下来，你就会了解到，人格这种东西……其实原本就是不存在的。所谓的'记录'，指的是连自己都无法影响到的灵魂核心，这才是真正能永远保留的东西，因为它就存放在我们的身体里，而且跟所有本性与自我全部融合为一。有了这些东西，就算是全世界都消失，它仍然残留在你的自我当中，在这名为自我的世界消失前，它都会一直跟着你。

然后，一直保留下来。

然后，绝对不会改变。"

……性格这种东西是不需要的，既然性格只是在自己曾存在的历史中展现自我的一种证据，那就算性格曾创造出什么东西，那种东西也不会永恒不变。只要观测者变成被观测的对象，观测的物品就不会变，当然被观测的对象也不会改变。

按照魔术师的说法，他认为这就是永恒。

"……虽然你讲了这么多，但没有一句是我听得懂的。"

"我想也是。你们连最简单的事物都会忘记，听不懂是理所当然的。这世界上能被称为'永恒'的东西只有人的'记录'。你们误以为这个世界是先有人生、其后创造回忆，但是事情的真相其实是先有回忆，然后创造人生。

对人类而言，记忆这种东西并没有'什么回忆记住比较好'、'什么回忆忘掉比较好'的分别。

即使你的人格想丢弃记忆，可是你的自我却不想丢抛记忆。因此你们的愿望永远是忘却录音，而我不过是成为他们的镜像，把那个愿望送给他们罢了。"

魔术师向往前走了一步，收起脸上的笑容，开始朝我逼近。

就在此时，我突然感觉到握着小刀的手发出了一如往常的微热。

……而且，连胸口的悸动、指尖的麻痹、以及喉咙的干渴感，全部都消失无踪了。

经过这一番漫长、又让人搞不懂意义的交谈之后，我终于看清对手的真面目。

内心的悸动就是因此而平息。

……没错，这个人确实很像干也。

不过，与干也相比，他有个决定性的不同。这个"不同"让我清楚地意识到对方纯粹只是敌人。

"……没有善恶观念吗？的确，你不属于'恶'，你只是单纯地聆听他人的愿望。"

但是他错了，其实他有善恶观念。虽然玄雾皋月的确没有自己的意志，不过他有足以衡量善恶的意识，当他拥有这样的意识，但却把善恶定位为等价的瞬间，他就不能自称是无害的。

"我终于了解了，你只不过是镜中的倒影。而且，你为了强调自己是无害的倒影，还把责任全部推到别人身上，你这种行为根本和小孩一样。"

魔术师听完我这句话之后，眼眸突然绽露喜悦的光辉。

感觉有点像小丑——

"式同学，你的意思是要和我一战啰？"

——那是带着疯狂的扭曲笑容。

"好吧,既然如此,我跟荒耶之间的契约就算成立了。虽然我觉得我们无视对方的话,结果反而会比较好。"

魔术师将他的手放在眼镜上。

我不知他是否想在战斗之前先摘下眼镜,可是我的身体没办法再多等他一秒了。

就差那么一步,我的刀砍中玄雾皋月的身体就差那么一点,然而我却失手了。

【你——看不见——我】

我听见魔术师的声音。

这句话不但直接贯入我的脑中,而且立刻转变为事实。

在那瞬间之后,我再也看不见玄雾皋月的身影,挥舞而出的小刀也挥空了。

"什——"

我四处张望。除了我自己之外,整个礼拜堂看不到半条人影。不过,我却明显感应到现场还有另一个人在。玄雾皋月并未消失,我很清楚他就在眼前,可是我却看不见这个魔术师身在何方。

"……真是危险啊,你的速度竟然比我的声音还快,真是不容小觑。托你的福,我的一只手臂挂彩了。

难怪荒耶会败在你的手下,看样子你真的很擅长杀人呀!"

声音是从前方发出来的。

我压抑上前攻击的冲动、然后把意识全部集中在眼前。

既然看不见玄雾皋月,那么,我只须盯住他身上的死之线即可——

"但是，你还是赢不了我。"

虽然声音直接在我的思绪中回响，但我却比声音更快看到魔术师的死之线。

"——看见了！"

这次绝对不让你逃。

我再次挥舞刀刃砍向魔术师。

可是——虽然我看见了死之线，但还是失手了。

【这里——什么都——看不见。】

声音在礼拜堂回响着。

礼拜堂霎时一片黑暗。魔术师才讲了一句话，我的周围立刻成为毫无光线的暗黑世界。

"哦？果然对你没有用处。因为你那个和根源相通的身体，和我的语言属于同一等级。不过，只要我这样做就可以解决了，在这里，即使是两仪式，也看不到死……只不过，这么一来，连我自己也看不到任何物体了。"

声音在我的耳际响起。

我旋身挥出一刀，却只砍到了空气。

"没用的，我不是说过你赢不了我吗？

没错——可以杀死任何东西的你，唯有言语是无法杀死的。"

……这种事情我连想都没想过。

不过，确实是这样没错。

唯有言语是我杀不死的对象——

"但是，只靠这样我也无法杀死你，我能做到的只有像现在这样。只要不小心稍微接近你，就会被你轻易解决。所以我不打算搏命，毕竟我原本就不是擅长战斗的人。我要做的，只是实现你的愿望而已。"

他这些话让我身体发颤。

我的心愿——那正是我想遗忘的——属于我的真实。

"住手,我根本不想要那种东西!"

呼喊声在黑暗中消失。

"那么——让我来重现你的悲叹吧!放心吧,即使你想忘却——那段记录却早已确实地录制在你身上了。"

那是不带感情、规律如节拍器般的声响。

我无法阻止魔术师的声音渗入式的体内,唯一做得到只有一直看着——

◆──忘却录音──◆

7

我挂断了干也打来的电话之后,连忙赶往高中部的校舍。

时间正好过下午一点。天空呈现一片泫然欲泣的灰色,天际上方覆满厚厚的云层。

"……看来今天应该会下雨。"

我呼吸着冬季的寒冷空气,穿越灰暗的森林前往校舍。

走在空荡荡的回廊上,朝着位于一楼角落的英文老师准备室前去。

我没敲门,直接打开门扉,玄雾皋月老师摆出一副看穿一切的模样,端坐在椅子上等我。

他一如往常满脸堆笑观察我的举动,左臂无力地垂落在一旁,仿佛身体的那部分已经死亡。

……这是为何?

我一眼就看穿那是谁造成的。

"老师,你的伤口是式留下的吧?"

玄雾老师点了点头说是。

"我付出这只手作为代价而逃了出来。放心,式同学她没事。大概再过一小时就会清醒,不过我这只手应该永远治不好了。"

玄雾皋月背对透出灰色阳光的窗户,脸上带着淡淡笑容说。

他完全没有隐瞒,也没有分毫动摇,他的样子实在太过沉稳了。

我屏住呼吸,好像被引诱一般地开口了。

"老师，将橘佳织逼得无路可退的人是你？"

玄雾皋月点了点头说是。

"让叶山英雄下落不明的人也是你。"

老师点了点头。

"教导黄路学姐魔术的人也是你。"

魔术师点了点头。

"采集我们已忘却记忆的人也是你。"

他点了点头。

"另外，你小时候曾经被妖精抓走过。这件事也是真的吧？"

他冷冷哼了一声之后，点了点头说是。

◇

"为什么？"

我只能够挤出这句话。

"老师，为什么你要这么做？"

我重复着相同的问题。

他藏在眼镜背后的眼睛眨也不眨，开口答道。

"没有，我没有目的。不论是橘同学也好，黄路同学也好，甚至叶山老师也好，我只不过是在实现他们的愿望。如果你要问为什么，请你去问他们本人。我是无法回答你的。"

玄雾老师脸上维持着笑容这么说。

那不是在找借口——这个人是真的回答不出来。

比方说，橘佳织找玄雾皋月讨论她的罪孽，他只是向她提示只有本人才想得到的方法罢了，藉由自杀获得救赎是出自她本人的志愿。

比方说，黄路美沙夜不想让橘佳织白死，因此找他商谈，他提示黄路美沙夜一个只有她自己会想得到的方法。而他提供给黄路美沙夜的方法，就是透过魔术逼迫所有一年四班的学生自杀。

其中没有玄雾皋月本身的意志存在。

"——不过，采集忘却就是另一回事了。毕竟没人希望会有个人拿着已经遗忘的记忆给自己看吧？"

"是这样吗。黑桐同学，为什么你会那么认为呢？"

"——咦？"

玄雾老师以温和的口吻反问。

让人感觉不到有任何的善意或恶意。

……这个状况有点不对劲。

我抱着跟幕后黑手对决的觉悟来到这房间，跟他这样一对一对峙着。但玄雾皋月却很平常，没什么两样，而我也是像被老师质问的学生般沉默了下来。简直就像——我自己无法完全舍弃的心情，被名为玄雾皋月的敌人反映出来的感觉。

"因为，我自己并不那么希望。"

"我想也是。因为不记得，所以就不会去思考它。"

——黑桐同学，这就是我的理由啊。

玄雾老师像在自言自语一般，补充了这一句。

因为不记得，所以就不会去思考。

这个人说，这就是他采集忘却的理由。

"老师，这到底是怎么一回事？"

"很简单。因为我只能用这种方法来了解你们，我想理解外面的世界，除了采取你们的记录之外，别无他法。玄雾皋月之所以采集记忆，一定是因为这样吧！"

他的口吻像是在谈论往事。说完后把手指放到嘴边，就像在沉思一样。

我就这么正面凝视那双不带任何情感的双眸。我想问的、想知道的，并不是这些暧昧不清的内容。

"我想问的是更明确的理由。到头来，老师到底是为什么开始采集忘却？老师应该取回的过去，应该只有自己那一份而已。"

我想起了干也的报告。玄雾皋月在十岁时曾被妖精拐走。我向他确认那是否为事实。他语带感叹地回答：

"——真让人惊讶。真亏你调查得到那么久远的事。正如你所说的，我小时候曾经遇见妖精。从那以后，我的记忆开始会出现障碍，这是千真万确的。我之所以学习魔术，原因就是那种障碍不是医学可以治疗的……嗯，一点也没错。我的确为了要取回自己的过去，才会开始学习魔术，而且想出了能够采集忘却的方法。我本不该干涉他人的记忆。"

他带着某种懊悔的情绪这么说。

人是不应该去干涉他人的。

"那为什么你要采集忘却？"

"黑桐同学，因为我必须那么做。

不论达到再高的境界，我还是无法想起自己的过去。脑部绝对不会忘却记忆，不过那限定在脑部维持正常运作的情况下。

我的记忆不是被忘却了，而是产生破损。如此一来，我就只剩一条路可走。一个人记忆的不是过去，只是在重现世界本身记录的现象而已。我很幸运，有达到那目标的技术，不过这样还是不行。观测者无法将自己当成对象。就像人没办法和自己握手。

所以——我只能选择去取出其他人之中的我。人们的记忆、意识、都跟'那个'的深层连接着。想当魔术师的人就应该有听过，那是被称为根源漩涡的'位置'。过去的我，在你们的意识深处寻找可能连接'我'的记忆。"

"阿卡夏记录吗？"

我低声念道，然后轻轻地摇了摇头。

那种东西实在让人难以置信。连橙子老师都断言不可企及的万物之源，眼前这个人却说他到达了。

橙子老师是这么说的："人们的意志虽然各自独立，但那只不过是在'灵长类的意志'这个大集合之中独立的东西。"所以若是有能观测这个大集合的方法，就能融入独立而孤独的人们记忆或意志里。

不过，这还真是讽刺啊。

即使那是真的——就算做到这种程度，这个人依然无法获得自己想要的东西。

"老师……那个地方也没有玄雾皋月的过去，没错吧？"

我用细微的声音，替这位人物说出了他的结局。

出乎意料的，他笑着否定我的讲法。

"不，那里有答案。很奇怪对吧？即使我不那么做，我也没失去我的记忆。我只不过没有察觉到那件事罢了。当我发现这个事实之后，我已经采集了许多人过去的记忆了。黑桐同学，你认为人会忘却记忆的原因何在？"

对于突如其来的这个问题，我说不出话来。我们会忘记事物的理由，那一定是——

"……因为脑的容量有限，我们非得分辨出需要与不需要的情报才行。时间过得越久。忘却也就越大。为了不陷入混乱而活下去，我们每天就非得把不必要的记忆给删除才行。"

"嗯，那是大部分的过程。不过那不是忘却而是整理。随着时间而消逝的记忆。与因为个人意志而消失的记忆不一样。我问的是人们企图消除的记忆，黑桐同学。你明明清楚却不说出来而已。"

玄雾老师露出犹如阳光般的温柔笑容说。

我却只能在一旁说不出话。

……没错，就像这个人所说的，这个答案是学生说出每个人都知道的答案而已。

　　"老师，你的意思是说，我们刻意选择忘却回忆，其实也是保护自己的手段啰？"

　　玄雾老师听见我有气无力的回答之后，默不作声地点了点头。

　　……当然，这些我都知道。人之所以选择忘却记忆，绝不是因为那些记忆没有必要，而是因为记住那些事很危险。

　　我们刻意忘却过去犯下的种种过错。忘却那些如果记得就会让自己崩溃的记忆。我们靠着这么做——才能守护自己现在是健康而无辜的幻象。

　　"对。那就是被遗忘的记忆的真实状况。罪孽、禁忌、悔恨等等，你们会选择刻意忘却。因为那是根植于深层意识里，从自己取出的一部分，所以也只能去忘掉它而已。

　　你知道吗？探索人的深层意识，就是在取出被遗忘的记录。而我，则是重复太多次那种动作了。为了找出自己的过去而在许多人的忘却之间来回。大概是因为这样，我变得不了解我自己了。

　　大部分的人，都藉由忘却自身的罪孽存活下去。把自己污秽丑陋的一面，当作不存在一样生活着。这不是坏事，反倒可以说是一种生物上的优点。但是我却感到害怕，我没办法放着那些污垢不管。你们的世界太不安定，充满太多争执。这样下去，将会没有东西能够永远流传。

　　所以为了不让那些东西消失，我才会实现你们的希望。对于他人归还给自己的遗失物，要怎么处理是当事人的自由吧？那里并没有我意志介入的余地，若要决定这个是善是恶，下决定的终究还是个人的意志。"

　　玄雾皋月露出微笑这么说。

　　他去采集人们的忘却，是为了寻找自己的过去，但在那个过程中，看到许多人类忘却的记忆，最后受不了人类的污秽，于是打算进行清扫。

他的目的本来是想找出自己遗忘的往事，不知何时变成了把人的往事实像化。

不过，他自己不进行清扫工作，而是交给受到污秽的本人去做，所以这个人才会说，他的行为不能用善恶的观念来评断。

我认为他说的只不过是借口罢了。

"是这样吗？你明知道提示忘却就是在告发罪孽。还说自己没有善恶之分？"

他点了点头说是。

"我什么也不想要，只是希望找出解决的手段而已。"

玄雾皋月理所当然地这么说着。

到了这个地步，我终于开始对这个人抱有一种像是反感的东西。

的确，我也认为被遗忘的记忆，多少有几个是自己想去掉的。但是那大部分都不是刻意要去遗忘的记忆，那应该只是没有必要去回想的事情。

举例来说，像是孩提时期看见的朦胧错觉。

那时候，明明只是普通的云，却把它当成某种特别的生物。相信那是由工厂烟囱冒出的烟，在天空堆积而成……只要朝着夕阳一直走，就能通往不曾见过的国度；虽然会害怕，但却又心跳不已。那时候总对地平线彼端抱有一股憧憬。

现在看来，那些或许只是单纯的错觉，却是不能忘记，也不能回想的重要往事。

随着年纪的增长，成为大人的我们，怀抱着不能回忆的梦想，如果刻意去挖出那些梦想，一定会变成不能饶恕的事。

"那些只是你自己想太多了。比起为了理解人类而采集忘却，你应该优先采集自己的记忆才对啊,玄雾老师。"

我全神贯注地盯着玄雾皋月不放。

他却依然沉稳,轻轻笑道:

"那是不可能的,黑桐同学。玄雾皋月的记忆并非忘却了,而是被妖精夺走了。我不是忘却了记忆,只是变得弄不清楚而已。"

"弄不清楚记忆?"

我像鹦鹉学舌一样重复这句话,不由得蹙起眉头。

并非忘却记忆,而是弄不清楚记忆。这究竟是怎么回事?

仔细一想,这个人说的话的确有点怪怪的。他对于自己的事,总是像在谈论别人一样。

虽然我不知道那是什么原因所造成。但看来这个人……

"在你被妖精拐走后,记忆还是跟原来相同的吗?"

他点了点头说是。

"没错,玄雾皋月并没有遗失自己。所以——我没有必要去看他人的忘却。因为就算那样作,我也已经无家可归了。"

他说话的同时,表情也随着出现变化。

笑容依然是笑容,不过却变得滑稽起来……就像是化上了马戏团的小丑妆一样。

"的确,我小时候曾被妖精拐走过。我不知道那个能不能称为妖精,说不定,他们只是想要同伴的亡灵而已。

他们说,让我们永远在一起吧。

可是我只想要回家。

我知道被妖精抓走的小孩再回不了家,于是拼了命从他们那里逃了出来。

穿越了原野,越过了森林。

在我看见自己的家的时候,松了口气回头张望,而那里只有数不清的妖精尸体,还有被鲜血染红的双手。那时我才知道他们

135

所说的事是真的。因为确实如此，不是吗？曾经是个天真孩童的我，再也无法回到那个过去的家了。"

他保持笑容，像小丑一样开始说着。

——想象一下那个情景。

当走失的孩子浑身沾着不明物体的血回家时，父母将会有何种冷漠的反应。

——原来如此，就算他回到自己的家，那也不再跟以前一样。

那个家已不再是他心目中的家了。

他想回的是温暖的家，而不是被父母冷眼看待的家。

"所以老师，你不是被妖精给拐走——"

"嗯，我大概是把他们全部杀了，但那是不被允许的行为，因为相对的，玄雾皋月受到他们的诅咒。我并不是遗忘了记忆，玄雾皋月从那时候起，就不知道自己的记忆到底是不是自己的东西。很奇怪，我无法'再认'我所看到的事物，那之后所得到的知识，变得不是记忆只是情报罢了。世界不再是影像，变成可以用言语更换的情报。

我的——不、在我之外的世界从十岁就停住了。或许是妖精们的诅咒，这玩意儿似乎强到怎么也没办法解除。"

他像个小孩般嗤嗤笑着。

"记忆……只不过是语言？"

我不由得喃喃自语。

——我以为，玄雾皋月这号人物的心还是被妖精给把持着。

虽然我的想法是大错特错，但我似乎还是猜中他从十岁起就不再成长这一点。

不过那些事怎样都无所谓了。

他现在说的话实在太诡异了。

无法确认看到的影像，应该不可能吧。如果是这样的话，这个人该怎么生活？

无法"再认识"眼睛见到的影像，这和没有过去差不了多少。

不论记忆力如何发达，如果没有办法回想，并把那些记忆当成"自己得到的回忆"，那种东西就跟书上写的字差不多。

我昨天看过玄雾皋月，因为有那过去，现在再度遇上玄雾皋月，才能"再认"他是昨天遇见那个人。

没办法再认，意思就是记忆虽然确实却不统一。

也就是说昨天所发生的事，玄雾皋月也无法回想。

对所有的事物他都能重复第一次的体验——

"骗人。老师明明知道我是黑桐鲜花，如果不能确认的话，那应该连我是谁都不知道才对。"

我下定决心盯着这个实体不明的对手。玄雾皋月轻轻接下了我的反驳。

"是这样吗？我只是把黑桐鲜花这个人的特征，当成单字加以记录。如果你和记录里的黑桐鲜花特征相同，就可以知道你是黑桐鲜花。因此，如果在这里出现一个比你更符合黑桐鲜花条件的第三人，那么，对我来说这个第三人就是黑桐鲜花，至少，她本尊究竟是谁，对我来说根本不重要。在我的脑海没有影像存在，各种事物都当成单字加以记录。如果是人，那么就只有身高、体重、身材、发型、行为、年龄等等。我并不是看到你才想起这是黑桐鲜花。而是因为目前最符合这些特征的人就是黑桐鲜花。

铭记在心、记录、保存都没问题，我失去的只是进行确认这部分。当然，这种方法一直会出现问题，对无法透过影像区别事物的我来说，我只能用文字来做区别。所以，只要对方换了发型，我就可能会将对方误认成别人。我身旁的人常常说我容易忘东忘西，校内不是也有'玄雾老师总是少根筋'的传言吗？"

就这样，玄雾皋月自嘲般的笑容消失了。我凝视他的模样，同时注意到自己身体已经稳定下来了。

这个人，从来没有看过任何人。

我终于知道玄雾皋月与黑桐干也相似的理由，以及在某些有着决定性不同的理由。

昨日发生过的事对他而言不是记忆而是记录，这个只能将它当作数据看待的人，没有能称作自己的事物。

因为，他并没有属于自己的回忆。

对他来说，回忆不是由自身形成的东西，而只是为了对应外界而形成的情报而已。

对此，名为玄雾皋月的人类意识十分稀薄。

因此他并不会主动去接触事物，而只是将所有发生的事毫不抵抗的接收下来。

不对，他是只能接收下来。只有这一点他们是非常相似之处，同时也是决定性的不同之处。

这人所能做到的也只是有接收这一点，他没办法像干也一样，接收以后再回报你其他事物。

玄雾皋月，一直都只是个刚出生的婴儿。

因此，他无法知道自己是否在笑，因为他连属于自己的思考也没有，就连创造回忆都无法做到。

他曾经说过，因为无法回忆，所以也无从思考。

所以——这个人只能藉由采集他人的记忆才能认识他人。

真是悲哀。

这样的姿态，跟一台只能对应身边发生之事的机器无异。要确定这暧昧的世界，最重要的明明就是自己的意志啊！

"你的现实总是无法确定呢，老师。"

我就仿佛在看着某种可怜的生物般慢慢地说。

他点了点头。

"是啊,不过这样就已经足够了,我没有自己在笑的感受,连这个身体也是,想让这五根手指照我的想法运作,我也只能假设'这应该是我的手吧'。自己的身体,也非得变换成言语才能认识。不过,人类应该是不需要肉体的生物吧?只要有我们的脑就已经足够了。因为到头来只有脑内的电气反应才是我们的世界,外界总是处在暧昧不明的状态下,而将其决定为确实事物的结果,还是要在各自的脑中进行。不管是性格或是肉体,终究不过是让自己可以容易被分辨的装饰而已。如果能有留下形体的事物,也一定只有这个头脑里的东西了。

物质是用来消费及磨耗的事物,这个名为地球的世界逐渐走向崩坏也是自然的道理,因为在最后走向死亡是最正确的存在方式,所以谁也不会去解决这个问题。对我们来说,真正的世界只存在于各自的脑髓中而已。

但是,我就连这点也被污染了。尝试解决问题是身为一个人类的条件,所以我开始采集忘却,我没有自我存在,但却有'没有自我的我'存在,因此确实的肉体与确实的现实也就不是那样的重要。精神并不会寄宿于肉体,现实也没有任何意义,因为外界太过污浊,所以永远不存在于此处。"

他以一张平板又非常无聊的表情如此陈述。

我虽然在一瞬间接触到这个人的意志,但是这种东西只是琐碎小事罢了。

这里一个人也没有。

只有一本采集人们忘却记忆的书存在而已。

……过去,玄雾皋月为了取回自己的记忆而学习魔术,因此他巡回在人们的记忆之中。

但是那终究变成了一件无意义的事。即使取回了记忆，如果无法将其转化为自己的认知，一切将会没有意义，他的行为也是徒劳无功。

于是，他的目的改变了。

这个人在回顾所有人的忘却时，见识了各式各样的黑暗。对精神还停留在十岁的孩子而言，这件事是何等恐怖？

他不能原谅人们的污秽。

他无法允许世界的污秽。

他害怕这种情况，认为非要设法解决不可，不过，他却无法实行自己的思考。

"所以——在无法恢复自己的记忆之后，你也还是持续寻找吧？因为你也只能做到这件事了。"

"是的。"

伪神之书点头说道。

"……虽然某个魔术师作出只要没有人类就可以解决这件事的结论，但我则是作出了人类将随心所欲行事，今后也将永远存在的结论。

可是我的思考却零散杂乱没有形式，即使拼命地思考，也会因为充满杂音而变得不知要思考什么事物。一直以来，我都为了追求让大家迈向和平的方法而苦恼。

然而，玄雾皋月却无法把答案引导出来，没有自我的他，只能将既有事实转换成言语表达出来。因此，我便在人们记忆的底层追求解答，至今累积数千年历史的人类身上，这漫长历史中也许会有一个人找到那个解答。

当然，过去也许没有那种方法，但对无法思考未来方向的我来说，除了从名为回忆的过去寻找以外，已经没有其他可以寻找到解答的手段了。"

这就是现在的他持续采集忘却的目的,他如此说道。

玄雾皋月相信,因为共通于一切的解答被人们所遗忘,所以我们是这样的不完全。

人们已经忘却的事物中,现在依然有谁也想不起来的忘却过去,在那之中,也许会有他所追求的答案也说不定。对玄雾皋月来说,除了追求那个事物之外,已经没有任何希望了。那个答案——会存在于何处呢?

"……我还有一个疑问。"

"是什么呢?"

他以不变的笑容接下我的问题。

"你应该只是采集忘却啊?并没有将其录音的必要,也没有实现我们愿望的必要,不是吗?"

"原来如此。"

他以不变的笑容点了点头。

"理由很简单,因为我希望自己仍然是人类,我想感受自己依然是个人类。虽然说只要身为人类——好好与人类相处,我就能成为你们的同伴。但只有那样是不够的。

对人们而言,积极追求的事物出于自己的意志。

所以我有展示这点的必要,过去的我执着在追求他人的过去,不断重复这个行为,而这确确实实是我的意志。玄雾皋月即使在取回自己记忆这个目的结束后,也不希望失去意志。

是的——这是唯一的人类性格,名为兴趣的娱乐,我就是为了确定它而做这件事。"

"目的就是——你的目的吗?"

面对着叹着气回话的我,他满足地点头。

"是的,但是黑桐鲜花,不管是哪个魔术师,都是这样的人哟。"

实现人们愿望的魔术师点头表示——这就是你想知道的话语。

◇

漫长而毫无意义的问与答结束了。

我在离开前,开口问了某个人的问题。

我并非以受命调查此事的黑桐鲜花身份,而是以黑桐鲜花自身的意志提出问题。

"最后,请你告诉我,黄路美沙夜对你来说是什么?"

我对此人已不再关心,也失去了兴趣,我纯粹想听听这个问题的答案。

或许只有这个问题会让这个不是任何人的人,说出一点比较私密的回答。

然而,他的回答没有出乎我的预料

"黄路同学就是黄路同学,这有什么问题吗?"

他露出温和的笑容回答。

对于并非把他当成映照愿望之镜,而是深爱着玄雾皋月的她,他的真正心意却只是如此。

"黄路美沙夜明明那么爱你……"

"是的——但是,那只是她的幻想。"

"你不是也爱着黄路美沙夜吗?"

"嗯——这是她自己决定的。"

简短的回答,没有丝毫人类的情感,单纯地听完之后作出回答。

"你的意志就仅仅如此而已吗?"

"是的,她和其他学生没有任何不同——但我承认在这个学校中,她的美貌出类拔萃。"

他那种如同在翻阅资料的说法,让我后退了一步。

"你,难道……"

"是的,我所采集的忘却并不只限于一年四班,这个学校全部人员的忘却我都采集了。黑桐同学,这个学校的沉淀物并不是只有一年四班的事件,只是你单纯没有注意到而已。"

这么说来——礼园的全体学生都经由这个人照映出自己了,他告发接近八百人的罪,接着按照各式各样的愿望送还回去……简直就像是走在危险至极的钢索上。这么多的人数,既然里头有像黄路美沙夜那样对兄长抱持幻想的人,也一定会出现对玄雾皋月抱持憎恨的学生。

……不,这个人持续重复这样的行为,应该早在过去就已经让人对他抱持杀意才对。

那么——

"——接下来的事你没有必要说出口,黑桐同学,你的担心是没有必要的,即使有谁的愿望是想杀了我,其中的善恶也跟我没有关系。不过是何种愿望,何种结果,责任都在那个学生身上。

没错——跟我都没有任何的关系。"

他的意思是,连自己的死亡都能坦然接受。

那并不是对死亡有所觉悟的话语,而是没有自我、无视自我的人所说出的话语。

"看来我真的看错人了。"

先前我曾认为这个人是无害的。

不过这是不对的。

他并非无害之人,只是个可有可无的存在,为什么我没有注意到呢——

"你——绝对和干也不一样。"

玄雾皋月一脸满足点着头。

我转身离开准备室。

这个人不值得我浪费时间在他身上。

"你问问题的时间还真长，到目前为止，还没人能让我回答这么多的问题。"

"并不是这样的，老师。那并非出自于黑桐鲜花自身的意志，我是为了我老师的命令来做一番调查——还有替黄路学姐了解你这个人罢了。"

这是一个冷漠的回答。

不过，玄雾皋月似乎真的非常愉悦，脸上露出了微笑……和先前的笑容截然不同，像是刻意挤出来的笑容。

"黄路同学人在旧校舍，因为你和两仪同学都无法照她的想法行动，所以她提早执行计划，把一年四班的学生集中到旧校舍之后再放火。

对了，如果你想阻止她，还是快点去比较好。"

他话还没说完，我人已经冲了出去。

……直到最后，他还是没有发现，只有那些话是他自己编织出来的话语。

6

　　天空落下雨水。

　　雨滴缓缓地落下,被阴暗森林所围绕的校舍,空荡荡地伫立着。

　　那栋烧到剩下一半的小学部校舍,再过不久,剩余的一半也将被火焰吞噬殆尽。

　　……成为目标的她们已经聚集在四楼,就照样让她们沉睡吧。我不直接下手。

　　接下来,就等她们其中的某人自己放火了。

　　在这个崩毁、空无一人的废弃校舍里,我等待雨的到来。

　　从连接二楼的走廊往阴暗森林的方向望去,那个叫黑桐鲜花的学生来了。我叹出忧郁的气息,起身迎接她的到来。

◇

　　微微的细雨濡湿了黑色制服。

　　冬季的雨水如雪般寒冷。呼出的空气白化掉,后颈因为受寒而缩了起来。

　　黑桐鲜花在这样冻结的空气中奔驰,抵达了旧校舍。

　　她从大门口进入校舍。这里就像放置了十年般的废屋一样沉寂,孩童的学生声音、学校的生活感,在这里一丝不存。

　　现在存在于此的,只剩叽叽叫的烦人小虫以及鼻子所闻到的刺鼻味而已。

她仔细地嗅了一下，明白那是汽油的味道。

对于火药及燃料的味道，黑桐鲜花有着比常人高一倍的敏感。

"啊，真麻烦。"

鲜花垂下双肩大大地叹了口气。

"替这些不熟的人挺身而出，还真像笨蛋。"

一边在走廊行走，鲜花在右手戴上了手套，那个茶色的皮制手套，是她的老师给她的宝物。

以火蜥蜴皮制成的手套，能够有效抑制她唯一拥有的发火能力、同时也能加以爆发。

做好了战斗准备，鲜花在通往二楼的楼梯前停了下来。

在通往二楼阶梯上的平台，黄路美沙夜在那里等待着。

"你还真学不会教训啊，黑桐同学。"

黄路美沙夜以责备学妹的优雅口气这么说。

她在阶梯上的平台摆好阵式，向下俯视着鲜花。

美沙夜的周围回响着无数声响。

那些是鲜花无法看见、被称作妖精的生物们。

羽虫们鸣动着羽翅，等待女王的命令……攻击这个猎物，这唯一的命令。

和之前相比，这个战力差距完全没变，加上现在鲜花位置明显处于不利。位在楼梯上的美沙夜对在下方的她来说，距离实在太远了。

鲜花无视于这种状况，开口向美沙夜询问。

"学姐，你是骗子，一年四班的学生不是非得自杀才行吗？"

"当然，那些人自动自发地聚集到此地，然后自行引火自焚的计划完全没有变更。原本我是打算让她们一个个悔改的,可是预定的计划提早执行了,虽然还有一半的学生不想死,不过每个人迟早都会走到这一步,所以即使在这里烧死她们全部,我想也没有太大差别。"

"哼——我倒看不出有什么自杀志愿者,不过,只要准备好容易致死的环境以及死了也无所谓的气氛,确实只要一小部分的人想死,就能拖着整个班级跟着一起实行了吧?"

鲜花耸耸肩说着。

"真是过分啊……"

她的模样看不出一丝紧张,于是黄路美沙夜摆出警戒的脸孔。

"黑桐同学,你不是要来救她们的吗?"

"怎么可能,我可是不信神的哦!所以我一点也不热衷于罪与罚之类的事,她们不是想自杀吗?那么,救她们也只是多管闲事而已。"

黑桐鲜花展现出仿佛不谙世故的大小姐般的纯真笑容,她将视线向上盯住黄路美沙夜。

眼神中看不出虚伪的感情。

黑桐鲜花真的不在意这件事。

这让黄路美沙夜的表情更加险恶。

那——她是为了哪件事而来?

"你是要报复我吗?"

"在意义上也许很接近吧,我会来到这里,主要是因为感到黄路美沙夜很悲哀吧。"

鲜花边说边紧盯美沙夜的身影。

为小学部所设计的阶梯,阶段落差及阶梯数并不多,只要冲刺节奏良好,不需要两秒钟的时间就可以到达美沙夜身边。

"我很悲哀……是吗?"

黄路美沙夜的瞳孔燃起了火焰般的敌意。面对现在马上可以命令妖精攻击的她，鲜花一点也不为所动地询问。

"学姐，为什么你会找玄雾老师商量？"

黄路美沙夜立刻回答："因为他是我的哥哥。"

"是这样啊……那么，那个力量是从谁身上拿到的？"

"这也是哥哥赐给我的。"她如此回答着。

"那么——你是从何时开始跟玄雾老师相认为兄妹的？"

这件事情，应该要从一开始就知道的——

只要这样讲，她就会了解那无关紧要的矛盾点。

……还有自己为什么到现在为止都没注意到那些细微处。

"嗯——"

美沙夜发出微弱的声音。

这个顺序实在太奇怪了。

"就是这样，学姐。你不是因为他是哥哥才找他商量吧？你纯粹是因为玄雾老师是班导师，所以才找他商量，而且，那一定也是一件和橘佳织无关的事。你是这间学校里头最有权力的人，即使你不找玄雾老师商量，你也可以直接向叶山英雄逼问出事实。结果——叶山英雄死了。你这么聪明，应该知道那只是件不幸的意外，我是这么想的。总之，叶山英雄既然都死了，所以你去找他商量的事，应该不是佳织的事吧。黄路学姐。"

黄路美沙夜默不作声。

她只是凝视着什么都没有的空间，仿佛可以在那里看到不曾存在的人物影子一般。

美沙夜现在连现在凝视着自己的学妹也忘了，只是埋没在自己的思考中。

哥哥、哥哥——自己是从何时开始这么认为的？不可能是一开始就知道的，因为连她自己也不记得哥哥过去的模样。

那么"知道"的方法只有一个。在自己可以驱使妖精的同时，夺取了玄雾皋月的记忆。再以有如催眠术的方法，将玄雾皋月的记忆改写成自己记忆中的哥哥也说不定。

因为除了这个以外的方法，自己也想不出其他可能了。

"我、我是——"

"不知道对吧？黄路学姐，你并不是以自己的记忆认出玄雾老师是你哥哥，你只能从玄雾老师那里夺来的记忆才能认知一切，但他人的记忆毕竟是他人的东西对吧？那里没有属于黄路美沙夜的真实。

你只不过是在照镜子而已。玄雾皋月不是为了你而行动。对他而言，你和你身边的妖精并无不同——就像黄路美沙夜可以驱使妖精一样，实际上，你自己也是被驱使的妖精——"

这时，鲜花想起式所说的话。

当她低声念着美沙夜已经忘记自我的时候，或许就已经知道这件事了。

"……骗……人……"

黄路美沙夜像在喘气一样说着。

"这都是骗人的！"

在她情绪激动的同时，妖精化身成子弹。

停滞在空中的羽音，响起如同挥动刀刃般的尖锐声音朝鲜花射去。

那是有如机关枪扫射般狂暴的暴风雨。

但是她比那阵风暴更加迅速，已经开始奔跑了。

她将两拳摆在眼前开始冲上阶梯。

面对那群仿佛会贯穿自己身体的妖精，她不过是往侧边滑行移动，就可以轻松闪避。

……如果那群妖精像是对猎物射出的子弹，

她就是给予猎物最后一击的肉食性动物。

才三步就踏上了阶梯的她,以身体前倾的姿势,停在黄路美沙夜的眼前。

踩出步伐发出的震地之声,和口哨般的呼吸声同时响起。

能将人一拳击倒的身体攻击,画出一道美丽弧线,掠过黄路美沙夜的侧腹,并且往她背后刺了过去。

"嗤!"

空无一物的空间发出声响。

"AzoLto——"

鲜花确认拳头命中目标后,口中说出这个单字。

魔术发动所需的咒文,依个人不同而千变万化。

极力咏唱重点是发动魔术的必要仪式,这便是黑桐鲜花的咒文。

空气瞬间燃烧起来。

美沙夜背后的某个物体,在发出苦闷声音的同时燃烧起来。

像是木头人偶被淋上汽油之后点火般,熊熊的火焰烧出一个明确的形状,随后连同焰光消失无踪。

"呼……"火弹的射手大大喘了口气。

"这就是你身上魔术的真面目,魔术不能带在身上,而是刻印在自己身上。像学姐这样只有一两个月经验的人,不可能会使用魔术……因此,玄雾老师让妖精附在你身上,这么一来问题就解决了。"

黑桐鲜花紧握因为发火而熏黑的右手手套说道。

黄路美沙夜愣住了——她睁着呆滞的瞳孔,像是附在身上的物体掉落似的,"啪"的一声跪坐在地上。

"是吗?是这样……的啊。"

黄路美沙夜一边喃喃自语,一边无声地露出笑容。

她嘲笑自己应该再早一点发现的。

她回想起来。
……那个时候。
在逼问叶山英雄时,在争吵下他对我做出了暴力的举动,至今以来从来没有人敢反抗我,于是我在下意识中推了叶山英雄一把。
只不过是这样而已,那个坏人就这样死了。
"我真的不知道该怎么办才好……"
我告诉玄雾皋月,向他请求帮忙。
我完全不想找父亲或学长帮忙。
我——只对一直吸引我的玄雾老师吐露我的罪行。
那个人是一个不可思议的人。
对于只执着于荣耀和成果的我来说,什么都不执着的玄雾老师是个特别的人。
所以——我一直梦想老师会帮助我。
然后,正如同我所希望的,他解决了一切。
我对哥哥抱持着幻想,而皋月让这件事成真。
我想替佳织报仇,而皋月赋予我使其成为可能的力量。
他说,美丽的人不需要触碰污秽的事物。
……为什么我当时没发现呢?那指的并不是我和她们。
他说的是为了不让自己变得污秽,只要使用自己以外的全部事物就行了。
其实那时候我是明白的,即使我自己不杀害她们,只要我希望她们死的话……

"即使那样，结果也是相同的，不是吗，老师？"

……那时候，美沙夜如果这么告诉他就好了。

"如果没有说出口，就好了。"

黄路美沙夜对着空无一物的空间喃喃自语。

她没有意识到一直站在旁边的我，可是这句话是同时对她和我说的。

"我自己也知道，皋月是个不加矫饰的人，而爱着不加矫饰的皋月，我不该对他表明这种幻想。但是，不替自己做点什么就会感到不安，我不要皋月变成别人的。

不过，这么一来，我竟然也不想让他变成自己的人了，我只要在一旁看着他就好，即使——他从来都不在意我的事，只想要这样就好了。"

她的话听起来仿佛是谈论遥远的过去。

……我们很像啊，学姐。

虽然很不想承认，但自己确实和黄路美沙夜很相像。

明明都认为对方是比自己重要的人，不过一旦说出口，便会毁坏这种重要的关系。我自己也很清楚，我的——我们的心意，是绝对没有结果的爱恋。

"即使如此——我还是忍不住去追求了。"

她就像是在诉说最重要的罪状。

……我在无意识下说出口。

"学姐，把橘佳织逼到自杀的人就是玄雾老师。对那个人来说，特别的事物根本就不存在。你的复仇从一开始注定没有结果。"

"黑桐同学，你真笨呢……那个我从一开始就知道了。"
黄路美沙夜留下这句话之后，往地上倒了下去。
她忏悔似的将脸伏在地上，笑了起来。
细细的笑容，像是哭泣一般蔓延开来。

◇

我把她留了下来，从孩子们的校舍离开。
落在森林里的雨成为浓雾，仿佛是要隐藏归途。

◆——忘却录音——◆
8

◇

我梦见了孩提时代。

那段还居住在黑桐家时的遥远回忆。

那一夜是月明之夜。

那天中午隔壁的老伯伯过世了。

那个人只是邻居,在他年轻时所有的家人都过世了,他成为孤独一人的寂寞老人。

虽然因为老人痴呆,导致他连昨天的事都记不起来,但是个非常温柔、给人温暖的老爷爷。

我总是在远方看哥哥和那个老爷爷过着每一天。老爷爷像是要埋藏自己的寂寞似的,和邻家少年热络攀谈,哥哥则是以纯粹关怀的心和邻家老伯伯相处。

有一天,在没有任何预警之下,老爷爷倒地之后再也没有醒过来,我和哥哥则是在晚餐时从父母那里得知这个消息。

无形的忧郁气氛充满了餐桌,我也因为那老人而流下眼泪。

那个人承受失去家人的痛苦数十年之久,最后还是在没有任何温情之下死去,真是非常感伤,即使是我也感受到当时的凄苦。

就连我都这样了,我当时以为哥哥也应该会哭泣。

但是,他却没有哭。虽然他的表情非常悲伤,但是,他绝对不肯哭泣。

我看着哥哥那苦涩的眼神，就知道那不是在逞强。

……悲伤的话明明只要哭就好，但干也总是不落下一滴眼泪。

几天后，
我才知道老伯伯临终前见到的，就是前去游玩的哥哥。

在月光明亮的夜里，我来到了阳台仰望夜空。先来一步的哥哥已伫立在那里。

"你为什么不哭呢？"

"嗯，我自己也不知道……"

哥哥以困扰的表情望着我。他的眼神依然感伤，也因此非常温柔。

"是因为你是男孩，所以不可以哭吗？"

我想起爸爸所说的话而问他，但哥哥只是摇着头。

"那为什么不哭呢？"

"嗯，即使想哭也不能哭。"

因为，那是一件特别的事。

只说了这些话的哥哥抬头凝视夜空。即使到了现在，他的侧脸看起来也像是快哭了一样，不过还是绝不会流下任何眼泪。

……这时我才了解。即使比人拥有多一倍的同情心，即使想哭的感觉比别人多上一倍，这个人还是绝对不会哭泣。

我认为，为了某件事而哭泣是非常特别的行为，那是会替周围带来阴影的悲伤表现。也是会让他人感染到心里动摇的行为。

哭泣这个行为很特别，正因为会带给周围绝大的影响，所以——这个人不会哭泣。

他看起来相当普通，却比任何人都还不愿意伤害他人，即使自己再怎样悲伤，也不会因为什么而落泪，如果落泪的话，他就等于成为某人的特别之人。

那份空虚的孤独不管是谁都能够理解,却不让任何人发现。

……这个时候,
黑桐干也成为我重要的人,我想他是比我还重要,绝不能失去的人。

月光明亮的夜晚,兄妹两人一起眺望夜空。
这是我记忆中的童年光景。
一直被我遗忘、一直回想不起来的……遥远昔日的梦。

◇

一月十一日,星期一。
学校开始上课,我也恢复了和往常一样的学生生活。
我上完课之后走出教室。
回到宿舍做好准备之后,向修女提出外出申请。
她绷着一张脸准许了,在走出宿舍的时候,我遇到了藤乃。
"你要出门吗,鲜花?"
"我稍微外出一下,可能会赶不上门禁,到时麻烦你帮我向濑尾说一声。"
我拜托拥有飘逸长发的同学向室友传话之后,随即开始赶路。
我快步地穿过森林,来到礼园的校门口。
守卫打开个人用的门扉让我出去,那里有一个熟识的人愣愣地等着我。
那个人一身黑衣,外加一件明亮的茶色风衣,不知在这寒空之下等了多久，戴着眼镜的鼻头已经冻得红通通的。

我调整好奔跑时的急促呼吸，以沉稳的嗓音向他打招呼。

"等很久了吗，哥哥？"

"嗯，不清楚耶。我想应该没有很久吧。"

那种害羞暧昧的表情看不出是在微笑还是抱怨，黑桐干也就是这样。

"走吧，到门禁为止只剩两小时，我们走快点吧！"

干也听完我的话便迈开步伐，我稍微克制自己雀跃不已的心，和他并肩一起走着。

离开了礼园高耸的围墙，我们往车站前走去。

……要说为何会发生现在这种情形，开端就是昨天干也打来的电话了。

干也很在意那次正月时不守信用，为了弥补所以来找我。

"虽然有点晚，这是压岁钱，要吗？"因为哥哥的这句话，我就不再追究正月的事。

……真是的，我明明就很讨厌自己无法坚持的这一点，但现在却不免承认即使那样也不错。第一次要他买东西给我时，可是让我失眠烦恼到早上，而现在这样并肩一起走着，也是让我苦恼不已，不过……这不也是件很可爱的事吗。

"那……鲜花你想要哪一种？"

他突然这么问我，我说了声："什么？"接着歪着头看着他。

"就是晚餐啊，你想吃西式还是和式的？我不是说要请你吃饭吗？"

"你在说什么？"

我再次如同小鸟般歪着头。

这还真让我完全无法了解其中的意义。

这家伙现在到底在说什么？

"……我说，昨天我问你想要什么，你不是说无法决定吗？所以我后来不就决定去吃饭吗？"

我愕然地看着干也。

我记得我确实是说还没办法决定，但如果要吃饭的话就出去吃，可是，接下来我就挂断了不是吗……

"……没办法，如果无法决定的话，就找间看起来不错的餐厅进去吧。放心，我今天可是好好充实过钱包才出来的，就算是价钱像怪物一样的餐厅也不怕。"

"所以放心吧！"

干也微笑看着我。

怎么会这样，这人真的觉得女孩子会因为被请吃饭就高兴吗？

"……他果然真的这么认为。"

"唉。"我一边叹气一边低声说着。

虽然干也回头问我说了什么，但我以无视他作为响应。

……因为，即使抱怨也没办法，这个人就是这样的人，是我自己喜欢上他的。如果把我的理想强加在他身上，那我的恋慕或许也会跟着迷失。

"……是啊，我也亲眼看过失败的例子了。"

我像念咒文般反复在心里念着，要慎重……要慎重。

"怎么啦？鲜花，从刚才开始，你就一直在自言自语，发生什么事了吗？"

被他这么一问，我只是静静把头撇了过去。

"没什么，我只是发誓自己不会像学姐那样失败而已。"

我肯定地回答，并挽住干也的手臂……嗯，这种程度应该是兄妹间可允许的范围吧？

干也一边红着脸，一边像平常那样走着。

我也假装没事用平常心跟着他走。没过多久，被装饰得光鲜亮丽的大街，出现在我们面前。
　　我这个来得有些迟的新年，就这样开始了。
　　因此晚餐要配得上这种心情，必须是奢华的和式大餐喔！

◆── 忘却录音 ──◆

玄雾皋月结束今日的课程之后，回到了准备室。

今日天气是数日不见的阴天，走廊如同黑白照片般寂静。

他开启准备室的门扉，缓缓环顾里头的情况。房里虽然堆满物品，却排除了名为生活感的事物。

灰色的日光照映着，准备室的时间仿佛停止了。

在确认这个风景和玄雾皋月所记录的情报一致后，他踏进里头。

"啪嗒。"门关了起来。

"──"

同时，他感受到锐利的疼痛。他的视线向下移动。那里有个认识的学生。

她拿着小刀，深深地刺入玄雾皋月的腹部。

"谁？"

他静静地问着。

学生没有回答。

她的手只是颤抖地拿着小刀，就连头也抬不起来。

他观察着她的身体。

身高、体重、发色、发型、肤色、骨骼。

在玄雾皋月的记录中，拥有这个学生特征的只有一名学生而已。

但是──

"你是为了杀我才在这里等吗？"

学生没有回答。

他耸了耸肩，把自己的手放到对方肩上。

动作那么轻柔，仿佛要缓和她内心恐惧似的。

"那么，你可以离开了，你该做的事都做完了。"

这句话让学生不由得震颤。

即使面对杀害自己的人，玄雾皋月还是那么温柔。

比起杀人，这个事实更让她感到害怕，于是她松开手中的小刀，迅速跑开。

他一直目送她的背影到最后，却还是不知道，

那个学生到底是谁呢？

虽然藉由各式各样的特征分析出一名学生，但是那名学生的发型却和资料不同。光靠这么一点，她对他来说便是从没见过的人。虽然只是发型改变了，但要这一点与记录不同——那名学生便成为初次见面的人。

他将准备室的门关好，并从内侧锁上。

在他持续流血的同时，他一边将房里各式各样的锁都锁上。

最后在身体无法行动后，他背靠着墙壁缓缓坐了下来。

死亡并不是什么特别的事，不管何时，我都已经接受了这个结果。

他观察着自己的身体。

流出的鲜血染成一片赤红，这和至今所记录的玄雾皋月身体不同。

即使如此，再过不久就要死去的恐怖感，却和自我一样非常稀薄。

他——不，我正采集着现在的玄雾皋月。

……出血很严重，恐怕是没救了。

距离死亡的时间，大约还有十分钟左右吧？

那么接下来——他吸了一口气。

至少到死亡为止的时间，就好好利用吧！

但是十分钟实在太短，要思考什么，该找出什么答案呢？

不，时间的长短并不是问题。

他在现在诞生，然后在十分钟后死亡。

简单说来，这十分钟便是他的人生，再也没有比这更长的时间了。

来，思考些什么吧！

试着思索些什么吧！

如果是过往的自己，光是去思考"需要思考何物"便已经耗尽全力。

不过，不可思议的是，在他逐渐终结的人生当中，他以让人诧异的节奏，获得了思考的主题。

气息非常絮乱。

十分钟太漫长。

出血十分严重。

人生极为短暂。

他的脑海逐渐被空白洗净，毫无意义的他，把脑中的思绪说了出来。

"对了，首先应该思考的是关于出生前的部分啊！"

最后，他获得了答案。

所谓终极的忘却，便是出生之前的记忆。

仅有出生前的记录，是人们所没有的。

自己出生之前的世界，无意义而且平和。哎呀，原来我所苦恼的事物如此简单。

"换句话说，只要自己没有出生，这世界就是平和的。"

非常开心、极其愉悦地，玄雾皋月露出了笑容。

虽然不知道那种事有何意义。

但是，只有这一点。

在如此漫长的时间里，他第一次实际感受到自己在笑。

— 7 —

魔术师说："即便是我，也杀不死言语。"

不过，虽然如此，那玩意儿总有一天也会走向灭亡吧？

所有事物最终都会消失、毁灭、进而死亡。

如果不是如此，过去和未来的境界就会变得模糊不清，事物便是因为无法挽回，才会受到重视，而不愿使之消逝。

……话说回来，为什么只是因为事物逝去，就认定永远不存在呢？

即使消失、即使遭到遗忘，事物的存在的事实，依然不会有所改变，改变的只有自己用以接受事物存在的心。

我应该明白地说出来才对。

因为——从忘却之中追求永远，没有意义可言。

被遗忘的事物，仿佛理所当然般遭到忘却，以从此不再扭曲的型态沉睡着。忘却这种行为的本身，便是定义永远的一种方法。

我现在可以了解，那个过去在我体内名为织的少年，为何要让我忘却过去的那段日子。

为了让我活到现在的心不因而改变，他让真正重要的回忆在我的体内沉睡。

即使回忆不起来，但是他曾经存在过的事实不会改变。

……那个魔术师，明明很清楚这件事，却不愿承认这就是答案。没有自我的他，正因为没有确实的事物，所以才会希望言语这种不会死的事物永远存在。

这真是不值得啊！

言语构成的永远，才是真的毫无价值可言。

◇

到了一月七日，我终于摆脱那件古板的礼园制服。

我——两仪式将鲜花留在校园里，便从礼园女子学园的校门钻了出去。

虽然花了一整天时间取消掉原本预定的转学手续，但事件既然已经解决了，学校应该没什么好抱怨才对。

我穿上秋隆送来的蓝色和服，在外面套上皮夹克，便悠悠然地离开这个森林与校舍组成的世界。

而那里有个熟面孔等着我。

"你这闲人，来这种地方作什么啊？"

"拜托……我也不是一直都闲闲没事啊……嗯，虽然不是闲着没事，但今天刚好有空。"

所以啰……干也耸着肩边说道。看见干也的模样虽然让我感到放心，但同时也感受到如同针刺般的恶寒，我不由得摇了摇头。

本来是暂时不想跟干也见面的。

那段回想出来的记忆片段，让我心中的不安一点一点扩大。不过，现在比起那个恐怖，我倒想多看看这家伙脸上像是呆瓜的表情。

"……这样啊？那我就陪你打发时间好了，刚好我也听了些无聊的故事，告诉你也无所谓。"

我边说边踏出了脚步。

干也一边说我不老实又口出粗言，一边窥视起我的脸。

在聊完玄雾皋月与黄路美沙夜的故事时，我和干也通过了我们居住的城镇。

一边走路一边谈话，竟然不知不觉就走过了自己的家。

在彼此默契十足的情况下，我们改以橙子的事务所为目标。

"……但是，为何只公开一年四班的事件呢？照鲜花所说，玄雾皋月不是采集了全体学生的记忆吗？"

我将到最后依然存在的疑问说出口后，干也以难懂的表情点了点头。

"那是因为黄路美沙夜的心愿是向一年四班学生报复，所有忘却的记忆，会以信件的形式回到学生们手上，正因为美沙夜心里如此希望，因此一年四班以外的学生，就仅限于采集忘却之后便结束了。"

"你把我当成白痴吗？这一点我也知道啊，重点在于，为何只有黄路美沙夜的愿望会引发事件呢？"

"你说的也没错……一定是因为只有黄路美沙夜最特别，其他学生愿望是直接由玄雾皋月来成形，但黄路美沙夜并不是如此。她的愿望由她亲手实行……我觉得这个差别实在太大了。"

虽然玄雾皋月说他自己只是一面镜子，却只有在面对黄路美沙夜的时候，违反了自己的原则。

"可是，为什么？"

干也并没有回答。

我们暂时沉默不语，默默在冬日冷冽空气里行走。

在冗长的静默与思忖之后，干也以哀悼般的神情凝视着我。

"式，其实……玄雾皋月真的有妹妹。"

他没继续再说下去……理由或许只是这样就足够了，即使她是他真正的妹妹也好，就算不是他真正的妹妹也好，如今也只有玄雾皋月知道真相……可是，就算皋月本人，也没有用来确认的方式了。

真相永远隐藏在黑暗之中——讽刺的是，即使是这一点，也有所谓的永远存在。

"……真是个诡异的故事，玄雾这人还真可怜啊。"

我心里真的这么想才会说出这句话。

因为这个没有自我的魔术师，跟数个月之前的我非常相似。

……但听见我的这种感伤，干也却用意外的眼神看着我。

"真让人惊讶，式明明输给他却还帮他说话。"

"我没有帮他说话，我只是不恨他而已。"

对，不憎恨。

不可能感到憎恨。

那是因为——

"因为那家伙跟干也很像吧。"

"咦？"

"干也姓黑桐，是黑色的桐树吧？玄雾那家伙则是黑色的雾啊！"

我用无聊的答案回答。

干也在一旁露出苦笑。

"原来如此，那就看谁比较机敏，对吧？"

干也似乎全把我说的话都当作玩笑话，还露出天真的笑容。

……不过，也不是用谁比较机敏来作比较吧？

"这已经一种是死语了啊，干也。"

我斜眼看着干也这么说。

"啊——"

这时我注意到某件事，不由得低声地笑了出来。

"咦，怎么了。"

"没什么……我无法杀死的东西，你却在刚刚把它杀死了。"

我的回答让干也歪头陷入了思考。

这也是当然的，我的自言自语对干也来说，只是一句没头没尾的话而已。

"没什么啦，这只是无意义的自言自语而已，忘了它吧！这是件理所当然的事罢了。"

没错，在现代，即使是语言也会死亡。

不具有普遍性的语言，将被剥夺意义而成为单纯的发音……正好就像那个在幼年期被丢下后持续成长的魔术师一样。

"你到底在说什么啊？不好意思，我的个性可不像式那么危险，我就连殴打别人这种事都没做过，更不可能提到杀人啊……嗯嗯，没有，我想一定是没有的——"

真好笑，干也更加深入思考起自己的话了。

我想正因为是他，所以他应该在反省自己是不是无意中伤害到别人了吧？

……这种个性虽然挺像笨蛋的。

但我心里却想继续看这家伙这样下去。于是两仪式放弃告诉他理由，让嘴角保持笑容继续行走着。

夕阳西下，天际的星星开始闪烁。

如冻结般的明月，也出现在头顶上。

等到我们察觉时，已经超过橙子的事务所，走在不知名的路上。

我们凝视着对方的脸，互相为对方的粗心大意叹了口气。

"真像白痴。"

当我听到干也这么说，心里稍微愉悦了起来。

真要说理由的话，其实我应该算知道了吧？

因为对我来说,这是我第一次和别人在夜里散步——

/忘却录音·完

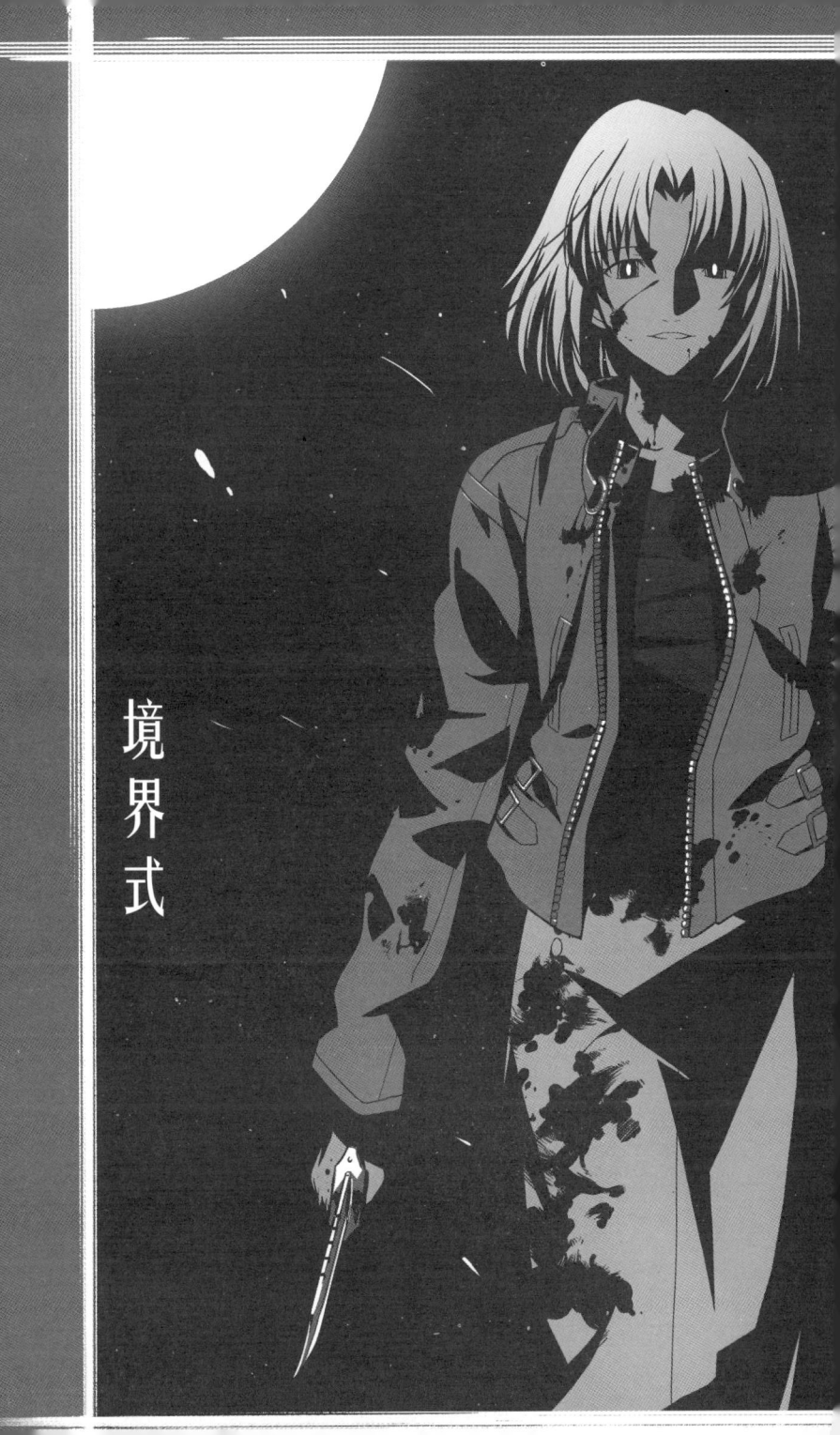

境界式

0

总之，先找个人狠狠揍一顿吧！

不论对方是谁都行，最好是我揍完之后心里也不会产生罪恶感的家伙。

地点要在四下无人的地方，一来必须避免受到校方处分，二来我也不习惯惹人注意。

在考虑了一个星期之后，我决定了对象与地点。

对方是同一所学校的学弟，在走廊上曾经瞪了我一眼的金发男学生。

地点决定在他常出没的电动游乐场附近。

那个家伙每个星期都会向素不相识的客人暴力以对，他非常在意游戏的输赢，因此会去痛殴赢了自己的对手。

当然，他不会在电动游乐场里动手。有点小聪明的他，总是在目标离开时叫住对方，然后强拉到暗巷里，对他所受到的屈辱进行泄愤。

因为都是没有目击者的暴力事件，所以也没人向他兴师问罪。

对我来说，这家伙是非常适合下手的对象。

◇

"——我讨厌弱者。"

当我鼓起勇气告白时，她抛下这句话就飘然离开了。

的确，我从出生起就对那档事没兴趣，但我的勇气与主见，没坚强到可以去和人斗殴的程度，这也是不争的事实。

因此我是弱者。

为了矫正这种软弱，我只得去揍人，这不但是能最快速证明本人实力的方法，而且我对"揍人"行为本身也很有兴趣。因为活了十七年岁月的我，要说还有什么没做过的事，也就只剩这一类的事罢了。

◇

于是我引他上钩。

晚上我到电动游乐场去，玩游戏的时候让他一次次败北。

当我踏出大门，他一边瞪视我，一边把我拉到暗巷里，他似乎真的很愤怒，因为他先前都是用聊天的方式引人上钩，不过他今天不发一语就直接出手。

……我安心了。虽然他确实经常打人，但我心里总是有种自己滥用暴力的罪恶感。

不过，目前这个问题也解决了，既然他打算揍我，那么即使我揍他，也没有什么是非黑白、罪责或刑罚的问题了。

他猛力拉着我的手，一直往巷内走去。

他"喂！"了一声，随即转过头来。

在他转过头之前，我已经朝他头部揍了下去。

"砰"的一声，他倒卧在地。

如此无力而无情的倒卧方式，和人偶很像。

倒落在地的他，鲜血从头颅不断涌出。

"咦？"

让人难以置信。

只是用单手就能握住的木棒往他挥舞而下,居然可以如此轻易杀死他。

"怎么回事?"

我不由得如此抱怨。

难道不是吗?这完全是一桩意外事件,不带有恶意或杀意的杀人案件。我明明原本没有这种打算的!

"我真的不知道。"

没错!我不知道。

没想到人类这种生物,居然如此脆弱,而且很容易死。

不过,明明他们平常就一直在做这些事,为何却只有我杀了人?

老是对他人施暴的他们,以及仅施暴一次的我。

然而,却只有我杀了人。

我不了解。

是我太过倒霉,或者他们非常幸运呢?

殴打的对象死了,纯粹是因为某一方运气太差吗?

我不了解。我不了解。我不了解。

连这种差异、等待我的未来、杀了他是否有罪、这下该怎么办,这些我都不明白。

不过,其实我是知道的。

杀人者会以杀人犯的身份被警方逮捕,这点常识我还知道。

没错,即使我本身一点罪孽也没有。

"这样不行,我一点也没错。因为我没错,所以不该被警察逮捕。"

嗯,这种思考模式没错。

所以,我必须隐藏这桩杀人案件才行。

幸好现在没有目击者,只要把这尸体藏起来,我就能一如往常地继续过活了。

但是该怎么做？

不但没有可以掩埋的场所，要火化迟早也会露出马脚。在现代社会中，要完美处理尸体，简直是不可能的事。可恶！如果这里是森林或深山里，动物就会把尸体吃掉了……

很自然地吃掉？

"啊，对了，只要吃掉不就好了吗？"

当我想到这个过于简单的答案时，不由得乐到想跳起舞来。

今晚的我怎么这么聪明？没错，用这方法不就可以简单处理掉尸体了吗！

但要怎么做？到头来，当成肉吃还是太大块了，不可能在明天早上前一个人吃光这么多肉。

那至少把血喝掉吧！我将嘴凑上他头部的伤口，试着喝起血来。

黏稠的液体充塞整个喉咙。喝了一阵子后，我开始剧烈咳嗽起来。

……不行，实在喝不完。血液这东西会黏在喉咙里，没办法像水一样不停喝下去，弄不好还可能会因此呛死。

怎么办怎么办，肉吃不完，连血也喝不尽！

我抱着头紧咬着牙关。

现在的我，已经只能不停发抖了。

……我杀了人。

……我连隐藏这件事都做不到。

……我杀了人。

……我的人生要在这里结束了。

我陷入混乱，连出口都找不到。

"为什么不喝到最后？"

从我背后传来这样一阵声音。

我转过去，看见一位身穿黑斗篷大衣的男子。

他的身材瘦长、筋骨结实，好像在烦恼什么，脸上的表情很苦闷。

"少年，你是被人类的道德感所束缚吗？"

男子没有去看尸体，只盯着我看。

"道德？"

我喃喃自语，陷入沉思。

话说回来——为什么我会想吃了他呢？在我啜饮鲜血时，也不感到厌恶，把嘴凑到稀烂的伤口上，我居然不觉得很恶心，我到底是怎么了。

吃人……不是比杀人更不能做吗？即使是穷凶恶极的杀人犯，也不至于会去吃人，如此恐怖的事，他们甚至连想都不会去想。

因为，吃人显然是一种变态的异常行为。

"不过……我觉得那么做很自然。"

"是吗？那是因为你是特别的。

达到杀人这种极限状态时，并没有什么其他的选择，大多数的人格都会在那时刻逃离自己的罪孽，但你用你独有的方法去面对。就算从常识看来那是'不正常的事'，你也不认为那是罪孽。"

黑色的男子，向我走近了一步。

比起被看到杀人现场的恐怖、我更感觉像是被选上般地兴奋。

"你说我是特别的？"

"没错，常识已经不在你身上了。在名为常识的世界里，异常者并没有罪。因为异常者做出违反常理的事是理所当然，不能用常识来判别善恶。"

男人更加走近，将手放到了我脸上。

异常者。狂人。变态。心不在焉。

我不是那种人，不是那种脱离常轨的人。

但——如果我真的已经疯了，就算是去杀人，那也是无可奈何的事不是吗？

"我很奇怪，并……并不普通。"

男子无言的点了点头，开口说道：

"没错，你不正常。你疯了对吧？既然如此……那么，就彻头彻尾地疯狂吧。"

男人的嗓音让人感觉舒服，完全渗入我的身体。

嗯，就是这样没错。

这是为何？光是接受这件事，就让身体的战栗以及对未来的不安，全都转化为舒适的快感。

前方雾茫茫一片，完全看不到。喉咙一阵干渴，连呻吟的声音都发不出来。

那种体内熊熊燃烧的痛苦，比我先前尝试过的任何药物都更有快感。是的，即使全身静脉注射碳酸水，也无法达到这种痛快的境界。

我莫名地被男人抓住脸，有生以来初次痛苦着。感觉好炙热、好亢奋，感动得想大声嘶吼。

所以，我选择在此地变成疯狂。

◇

少年仅耗费了一个小时，就吃完整具尸体。

他并未使用任何工具，只靠自己的牙齿和嘴，将体型比自己

177

还大的生物吃得一干二净。

他分辨不出人肉好吃或难吃，只不过在耗费将之咬碎罢了。

"花了一个小时吗？真是出色。"

身穿黑外套的男人，看完少年进食之后，开口对着他说。

那名少年回过头来，双唇都是鲜血。那不是因为吃人而沾上的鲜血，纯粹是因为不断嚼食肌肉与骨头，让自己的颚骨碎裂、肌肉腐烂而已。

即便如此——少年吃尸体的行为依然停不下来。到最后，那具尸体彻底从这条暗巷里消失。

"不过那还是有限度的，只是对自己的起源有所自觉，也只能做到这个地步而已。如果起源这玩意觉醒，就没办法变成现实。"

少年一脸茫然地倾听那个男人说话。

"再这样下去，没过多久你就会被世间的常识所困，被别人当成吃人的疯子，你的人生就会这么结束。但那绝不会是你期望的结局。

你会不会想——拥有不受任何事物束缚的超能力，以及超越一般生命体的特殊性？"

黑衣男子的说话声，不像是声音，而像文字。

话语声仿佛是带有强烈暗示的咒文，直接烙印在少年早已麻痹的思考上。

被自己的鲜血沾湿咽喉的少年，像在对着伸出援手的神祈祷般，用力上下晃动着头。

"许诺终了，你是第一人。"

男人点了点头，扬起了右手。

不过在那之前——少年开口问了唯一的问题。

"你是什么人？"

身穿黑色外套的男子，眉毛一动也不动回答：

"魔术师——荒耶宗莲。"

那句话异常沉闷，如神谕般在暗巷之中回荡。

◇

在最后，魔术师询问少年的名字。

少年说出了自己的姓名。

魔术师板着脸孔，微微笑了。

"里绪（Rio）——真可惜。只差一个字，你就是狮子了。"

那是真的感到很遗憾般，带股阴郁的嘲笑。

7／杀人考察（后）

身体冻僵了,
仅有吐出的气息略带热度。
望着彼此即将停止的心脏鼓动。

然后,极为珍惜的记忆
随即就会消失而化为眷恋。

在雨天。
如白雾般来临的放学时间。
在黄昏。
教堂景色犹如烈火燃烧的色彩。
在下雪时。
第一次相会时,
雪白的夜与漆黑的伞。

只要有你在身边,只要你露出微笑,就是幸福。

明明情绪不稳,却可以感到安心。
只要有你在身边,即使只是并肩走路,我也感到高兴。
明明不在一起,却又在一起。

只是短暂的时光。
由于树缝之间的光线似乎很暖和,
于是停下了脚下的步伐。
你笑着对我说,总有一天,我们站在同样的地方。
……我心里一直期盼,某人能这么对我说。

——那的确是,
犹如梦境,日复一日的眷恋。

序

一九九九年，二月一日。

这个时间接近二〇〇〇年，众人纷纷开始留意著名预言家的预言。

我——黑桐干也，和式并肩走在寒冷至极的冬季街道上。

现在是严冬时分，大约傍晚五点太阳就已经西下，夜幕已经开始低垂。

我口里吐着白色烟雾走在回家路上，身上衣着的穿搭依然缺少变化。

我穿着毛衣搭配简单的黑色牛仔裤，再披上一件深绿色大衣。

式在蓝色和服外面，搭上一件大红皮衣，脚上穿着伦敦靴样式的长筒靴。

虽然式身上的穿著，会让人想问她会不会冷，但她从四年前就一直是这身打扮。

式的特色之一，就是很能忍受酷热或寒冷。

我结束了一天的工作，正走在回家的路途上，式前来陪伴我……老实说，我觉得她必定在打什么主意。

"那你今天是怎么了，怎么这么难得，特地跑到事务所来，如果你有事，在房间等不就成了？"

"没怎样啊……只是因为最近治安不太平稳，所以想送你一程而已。"

她一脸不悦，脸看着旁边这么说。我觉得她似乎刻意在闪避我，两人一时之间无法继续交谈。

这个身上总是穿着和服的怪人，她的全名叫两仪式。她是我从高中时期就认识的好友，在发生很多事件之后，我和她的关系发展到现在这样。

式的身高正好一百六十公分整，浑身散发中性韵味。得体的五官，更加强了她中性的气质。再加上她说话总是用男性的口吻，更让人觉得性别难辨。犹如陶瓷般的白皙肌肤、深邃而乌黑的眼眸，搭配一头及肩的散乱黑发，让她变成不知该说是带有日本风格或者是西洋风格的女人。

式挺直着背脊，犹如在观察暗下来的景色般随意漫步。她那种模样，与其说是威风凛凛，更让人觉得像是紧绷了神经的肉食性动物。

"……式，感觉你最近有点怪怪的。"

"是吗？我不记得自己做过什么让你可以取笑的事。"

她满不在乎地如此回答，实在让我很难接话。

我拿她没办法，只能默默和她并肩行走。

我们两人走在住宅区的路上，朝着热闹的火车站方向前进。街灯一如往常地明亮，但街道犹如深夜般寂静。原因很简单，因为只有我跟式两人在这条道路附近行走。是的，从十天前开始，这个城镇就没有人在夜里独自外出了。

其实我知道，式之所以特地来事务所接我的理由。

因为现在这个城镇面临与三年前同样的情况。

在我就读高中一年级的时候，这个城镇的人们因为杀人案件而惶惶不安。

杀人犯会在深夜现身，没有缘由地杀害路人，当时的受害者高达六人。这个案件在警方奋力搜查却毫无所获的情况下落幕。

杀人案件约莫在三年前的夏季前后发生，到了三年前的冬季过之后，又悄然平息。这个事件发生在我和式即将升高二的寒冷二月天。

在那之后，式因为交通事故失去意识，昏睡了很长的一段期间。后来我虽然从高中毕业，考进大学，但还不到一个月时间，我就自行退学。其后我到橙子的事务所开始工作，一直呈昏睡状态的式，则是在去年夏天清醒过来。

……没错，对我而言，那些杀人案件已经是过去式，不过对式来说，却相当于半年前发生的事。

从电视媒体大幅度播报杀人案件再现的新闻之后，式的精神状态一天天紧绷起来。

她那个模样，让我感觉像是她在三年前事故前夕的心绪不稳……神似当时拥那个名为"织"的人格，以及宣称自己是杀人犯的两仪式。

我们两人来到了火车站前面，街道一如往常地热闹。

如此喧闹而且交通繁忙的地方，和人烟稀少的住宅区不一样，杀人犯不至于在这里出现。

人们宛如在相互保护般聚在一起，让街道变得更加热闹。

夜才刚刚开始，人潮却如永无止尽地一波接着一波涌现。

路上，放在店里的电视正在播报新闻，果然主题仍是杀人案件，式停下了脚步，盯着屏幕看到出神。

"干也，是杀人魔耶。"

式轻笑了一声如此说道。

我瞥了一眼，发现新闻标题的"杀人犯"被划了个叉，改用"杀人魔"这个新词汇。

"……嗯，因为被害者人数总计超过十人。的确和一般杀人犯给人的印象不太一样。不过，用杀人魔的字眼未免也太过头了，写明杀人嫌犯不就得了吗？干嘛这样拼命渲染呢？"

这是我在认真思索之后发表的感言，不过式却不表认同地瞥了我一眼之后，毫不客气地指出这很像我会说出口的一般评论。

"这种用法非常精确喔，杀人和杀戮毕竟不同，如果这些案件确实有犯人存在，那么这家伙必定是个杀人魔，这家伙一定会因为这个称号而非常高兴。杀人魔杀人不需要任何理由，只会因为被害者往左或往右转之类的原因动手，因此这家伙不是杀人。"

式盯着屏幕低声说道。

屏幕浅浅地映照出式的面孔，看上去像是她正在瞪视自己。

"你是说，杀人犯没有杀人？"

面对一脸疑问的我，式点了点头。

"杀人跟杀戮不同，干也，你记得吗？人一辈子只能杀一个人。"

式的视线从屏幕上移开，面对面与我对望。

她脸上的表情与平时无异，双眼依然流露着漠不关心的眼神，眺望着遥远的远方。

……但是我却感觉到，那对漆黑的瞳孔中有一股哀伤。

"只能杀一个人？"

这句话是什么意思呢？依稀记得她以前也说过类似的话语，可是我却回想不起来。后来我非常懊悔。

要是在这个时候、这个瞬间我回想起那件事，或许我们后来就变成那样的结果了。

"先不管了，这不过是一件无聊的事。我们还是快点回家吧，我刚起床不久，不填肚子就平静不下来。"

"才刚起床？式，学校方面发生什么事了吗？今天才星期一，不是可以睡一整天的日子吧？"

"放心啦，我早上都乖乖待在教室里。从十一月起，我就是个缺席天数只有个位数的好学生哦。你吓到了吧？"

……说真的，确实让我吓了一跳。

在我点了点头之后，式一脸满足露出笑容，抓住我大衣的衣角。

"很好，那你就给我一点奖励吧！听说你带鲜花去过赤阪的餐厅吧？我正好一直想去那间餐厅吃看看。那件事害我第一次对鲜花萌生杀意。"

式开朗地说完这些吓人的话后，抓住了我的手，开始硬是拖着我走。

目的地虽然还不确定，不过必然是吃上一餐就得花上我一半薪水的餐厅，可是，我却阻挡不了兴头上的式。

……真拿她没办法，我暗自埋怨起说出新年当天秘密的鲜花，放弃之后开始满怀期待。

不过，老实说。

现在的式，感觉有点像以前的她，含有名为"织"的少年人格，总带着危险气息却又爽朗的她。

这件事让我毫无缘由地愉悦起来，也未去质疑这种不协调感，因为和今天的式交谈所带给我的快乐，已经超过我内心的种种不安。

就这样，在二月开始的第一天，我和式一同走在夜里的归途上。

那是毫无异常，如同日常生活的光景。

……然而，后来回头去想，

对黑桐干也来说，这确实是他凝视两仪式的最后一日。

◆──杀人考察──◆

1

■

——一九九五年四月。

我和她相遇了。

■

在杀人犯被封为杀人魔后经过一个星期。

前来公寓叨扰的刑警秋巳大辅,在凌晨五点先把我这个外甥吵醒替他准备早餐,然后一边啃吐司,一边看着今天的早报。

报纸的日期是一九九九年二月八日。

被新闻报导称为杀人魔的犯人,从隔天起每天杀害一人,到现在已经过了一个星期的时间。

"……真是,看来他还挺喜欢杀人魔这个称呼嘛,我真没想到工作量突然会变这么大。"警视厅搜查一课的不良刑警大辅,仿佛事不关己地露出笑容。

话说在前,这个人跟这个事件可是有血亲般的紧密关系,因为不管是三年前的杀人案件或是这次的杀人魔事件。他都为了逮捕犯人而四处奔走。

"大辅哥,你在这里偷懒没问题吗?报纸上不是又刊登了昨晚的受害人？"

我开始享用早餐，与大辅哥隔着桌子面对面坐着。

应该很忙碌的大辅哥，则是藏在报纸后面"喔"了一声，他回答的声音感觉很开朗。

"这个嘛……该怎么说呢。这个星期事情变化很大，说不定得要请自卫队出动了。"

大辅哥一边从报纸后方伸手拿咖啡杯，一边说道。

……这个人会跑来我这边大部分都是为了要发牢骚。

但因为平日受他许多照顾，我也不能不听他抱怨。

"出动自卫队……上面打算发动战争吗？"

"只是有这么一个方案而已，听清楚了，我接下来所说的话不能传出去，这可是机密，连亲人也不能说喔！"

我回答"嗯"一声后，报纸另一端就传来一句"好"的回答。

看来他一定没听过"国王的驴耳朵"这个故事。

"听清楚了干也，三年前的事件虽然和这次一样，但这次的事件仍旧没有可说是证据的证据，也没有能说是动机的动机，那时的证据只有你们高中的校徽而已，之后虽然也拿犯人的皮肤去鉴定，但现在却没有符合的对象。在此之前将案件不断塑造成毫无关联性、有如意外事件般的犯人，这一周突然变了个样，竟然开始每天杀害一个人，这是至今未曾出现的例子。"

……原来如此，这么说来的确是这样没错。

三年前发生的杀人案件，时间虽然从夏天一直持续到冬天，但这段期间的牺牲者只有六个人。

而且，根据大辅哥的说法，这个星期的杀人速度实在太异常了，从去年秋天开始，这次的杀人魔就一直在犯案。虽然警方封锁消息，当成单纯的失踪事件处理，不过到了今年，有失踪者家属向媒体透露消息，因此连续杀人案再次发生的新闻就浮上了台面。

"干也，你知道这个变化的意义吗？"

"……也就是说，他留下太多证据？"

大辅哥很无趣地说"算是吧"。

"你相信吗？听清楚喔，这家伙先前犯案整整四年都没有出现目击者，这一次居然连续失误，简直像是另一个人。让人甚至开始怀疑这是他人模仿先前的手法在犯案。"

"但是杀人现场的状况不是都一样？之前被害者的死法警方都特别保密，所以其他人是不可能模仿手法来犯案的。"

"是这样没错，不过，事实真是如此吗？真要说的话，四年前的案件还比较像是因为兴趣而把尸体当作道具，轻易就能得知这是精神异常者干的。不过这次的案件不太一样，尸体部位大部分都消失了，只留下被切断的手脚。从这个差异来看，或许这个案件和四年前案件的凶手不是同一人。再怎么说，在都市里进行的犯罪，根本不太可能藏匿得了尸体，当你花了好大一番功夫藏匿好尸体，却在现场留下了蛛丝马迹，这不是很矛盾吗？但根据担任鉴识工作的老伯的说法，这样其实刚好。你可别笑啊！

据说这次的犯罪，应该是大型肉食性动物干的。干也，你听说过有谁养的鳄鱼逃走的消息吗？"

"……这个嘛，我没听说过。"

我说完之后拿起了咖啡壶。

姑且不提鳄鱼的事，这种谈话内容实在让人很不快。

大辅哥说这次的事件与四年前的事件可能是不同人所为……这样一来，事情会怎样发展呢？

四年前——式说自己杀了人。

不过也一定是骗人的，她绝对不会杀人。就算想杀也下不了手，我至今以来一直这样相信着。可是……为什么到现在我的心情会这么不安呢？

"大辅哥，你刚刚提到有目击者？"

为了甩开心中的不安，我提出了这个问题。

大辅哥"嗯"一声回答我。

"上周开始的事件都一定在闹区发生，因为是在巷子里犯案，所以杀人现场附近都有人群来往……虽然这还算不上是确切的证据，但这里还有两件有趣的事。第一，在杀害时间前后，有人看到附近出现穿着和服的人。"

……要镇定。

我冷静地催促他继续说下去：

"虽然还不清楚他的性别，但这点实在很可疑，因为我们已经将其列为重要关系人并开始追查，所以这点应该会很快解决吧！虽然我认为有三成机率是白忙一场，但上头却认定那就是杀人魔。而另一点则是关于被害者了……小弟啊，关于这件事其实还得要你帮帮忙才行。"

"真稀奇，你竟然会指名要找我协助啊？"

……那个身上穿着和服，在杀人现场被目击到的人物。

除了式以外，我想不出还有谁以那副装扮在夜里四处走动。

我感觉手指一阵僵硬，仿佛手上的咖啡杯随时都会掉落，但我还是尽力维持冷静。

"干也！你别这么说嘛！药物你很熟吧，例如药物的种类跟药头的势力范围之类的。"

"我只是比常人多了解一些而已，警方应该比我更清楚这种事吧，你们那边不是有专家在吗？"

"你这么说也没错，但是我想听听看不一样的意见，因为那些想法顽固的老伯们，实在搞不清楚年轻人之间流行什么，包括我自己在内。"

大辅哥随即拿出一张照片和报告用纸放在桌上。

照片上有两个玻璃瓶，其中一个内放着像邮票的物体，另一个则是放着像药草的物体。

报告上有着ＴＨＣ、mescaline等字眼，并且加注了公克单位。

……那显然是违法药物的相关资料。

"看起来像邮票的东西是ＬＳＤ，纯度和最近流通的差不多……但药草之类的玩意我就不知道是什么了。如果检出大麻碱，那应该是大麻没错。"

"那个啊，鉴识科的人说他没看过那种大麻。而且你刚说大麻碱？但检验结果显示并未含有ＴＨＣ或ＣＢＣ之类的成分。"

我不由得蹙起眉头。

大麻……这种被称作为"吗啡"的麻药，是因为含有大麻碱这种物质才能成为麻药，不含ＴＨＣ的大麻，就像没有轮胎的车子一样。

"什么啊，那这东西就不是吗啡了，难道是荨麻？"

"……荨麻是什么东西？"

"就是不含精神药物物质的麻，即使是日本产的麻，也有1%以下的ＴＨＣ成分，最优良的外国麻甚至有一点8%的吗啡，这不是可以忽略的数值吧？接下来，用人工加以改良的就是荨麻，据说ＴＨＣ含量只有以前品种的三十分之一。"

"哦——"报纸后方传出感叹之声。

……不过，荨麻大部分是作为纺织纤维用的，用来当作鸟饲料的荨麻，则是从国外输入的，因此可能还是具有危险性。

"那……这张照片怎么了吗？"

"在这个星期，有一半以上的被害者身上都有这两样东西……基本上，被害者都是在深夜出来晃荡的小鬼，换句话说，嗑药的人一定会成为被害者。"

"大辅，那样说是偏见喔。"

我说完后，大辅哥"嗯"了一声沉默下来。

"原来如此，所以你才会想打听最近流行什么药啊？因为我这一年都没和那些人碰头所以不清楚，说不定是把其他药和ＬＳＤ组合而成的新产品。"

ＬＳＤ又称为Ｌ，是在邮票大小的纸上沾满药，然后用舌头享受的代表性幻觉剂。

而混合这方法则是将两种药一起使用，虽然效力很强，但随便尝试新的混合法非常危险，有名的像是"高速球"，就是将"古柯碱"混合"海洛因"而成。

"……懂的还真多！你该不会和某些危险人物有往来吧？"

"没这回事，这种程度的知识，只要有兴趣就能轻易查到。我先说清楚，我对药可没有兴趣，相关的知识是高中时学长教的，因为他是药师的儿子，药物方面的知识知道得比较多。"

"这样啊，那哥哥我就放心了。"

大辅哥说完便站了起来。

"好了，也该回去工作了。啊，有件事忘了问。到头来大麻到底是哪种麻药？麻药有分成ＵＰ系与ＤＯＷＮ系吧？"

听他这样问，我不由得叹起气来，为什么我得跟当了好几年刑警的人说明这种基本常识呢？

"大辅哥，亏你这样还能一直当刑警，吗啡不属于任何一种，它是种能当ＵＰ系，也能当ＤＯＷＮ系使用的方便药物。虽然其他麻药对大脑造成的影响已经解开了，但含有麻的ＴＨＣ却还是未知数。它含有现存各种麻药特性，对人体造成的影响太复杂了，还不是人类能掌握的东西。所以，有可能因为使用方法而产生不得了的影响。"

大辅哥往玄关走去边点头道："原来如此。"

"什么，竟然在下雨！"

他说完之后，随即飞快地走了出去。

"……真是的，那个人直到最后都一直在发牢骚啊。"

虽然如此，他确实让我原本抑郁的心情轻松许多。

我简单地吃过早餐之后，打了一通电话去橙子小姐的事务所。告知她我今天请假的目的之后，所长她丢了一句："你别太逞强啊！"就挂了电话。

我感叹着自己行踪已经被她看穿，披上了绿黄色大衣。

……式下落不明已经超过一个星期，自从杀人魔开始每天晚上出现猎捕目标之后，她再也没回过自己的房间或两仪家的老家。

她没和任何人联络，也没人见过她。

无须猜测她的行动有何含意、或者是为了何种目的，如果杀人魔的重现与四年前的案件有关，那么式就和这个案件有所关联。

我不清楚让街上陷入恐惧的杀人魔的真面目为何。而四年前说自己杀了人的式也失去那阵子的记忆，真相究竟是什么依然无法确定。

……或许我无法接受案件的真相。

但我已经等待的不耐烦了，在有大事发生之前，我必须找出案件的真相。

因为这不是关于某个陌生人的案件。

这是从四年前开始直到现在，一个有关两仪式和黑桐干也的案件。

为了解决这个事件，这是我有生以来第一次自行着手调查。

我来到外面之后，街道上笼罩着一片灰暗。

我撑起一把黑伞，打算先去犯罪现场看看。

虽然昨夜的犯罪现场被警方封锁了，但先前的犯罪现场应该不难进入。

走完三个地点之后,时间已经到了下午。

如此看来,要看完所有的犯罪现场,应该要到晚上了?虽然这不是毫无意义的行为,但这种行动的成效毕竟不大。可是,手上没有任何线索的我,也只能不断重复这种基本调查的行动。在进入下一阶段的调查之前,我必须先了解所有的事,即使是路上小石头的数量也不能放过。

……真是的,没想到自己的执念深得如此病态。

黑桐干也在雨中穿梭于发生杀人案件的暗巷里。

冬季的雨水冰冷,让人心情难以平静。

从三年前开始,这个季节的雨就让人相当厌恶。

因为这会让我回想起那个我眼睁睁失去了她的日子。

"我想杀了你。"

身穿红色单衣的少女说完之后,随即拿刀往黑桐干也的喉咙刺了下去。

这个被雨水淋湿的少女,名叫两仪式。

而被打倒在地,压制在地上的我,什么事也办不到。

我只能眼睁睁凝视着不断逼近的死亡。那是犹如断头台的利刃似的,不带丝毫怜悯的一击。

但那把刀没有刺进喉咙,在前一瞬间停了下来。

"为什么?"

声音来自式她自己。

那名拿着小刀的少女，无法下得了手杀我。

真是悲哀。

仅能藉由杀人来彰显意义，以及不想杀人的意志，两者不停杀害着对方的存在。

这种矛盾实在太过明显，甚至让我忘了呼吸。

但我知道，那只是一瞬间。非常些微的幸运。

……因为她无法反抗两仪式。

少女瞪着自己停住的手腕，憎恨着它们。

真是凄惨的手，真是凄惨的——自己啊。

愤怒爆发出来，小刀往下刺去。

那是为了这次要确实杀掉黑桐干也的缘故。

不过，就在这个时候，似乎有人介入了我俩之间。

那是穿着如袈裟般黑色大衣的男子。

他从侧面踢飞了压制着我的式。

"开什么玩笑，我可不是希望这种崩坏方式。"

男子说完这句话，就把我拉了起来。

被一脚踢飞的式，"啪"的一声，以更激烈的招式往男子攻了过去。

式手上的小刀掠过那名男子的太阳穴。

如线般的伤口之中，喷出粉末般的血液。

式就这么疾冲而去，瞪视着那名男子。

男子干笑了一声。

"连我也杀不了？看来那家伙不是完全没用嘛！"

男子拉住我的手冲了起来。

式随即追上。

不过男子的脚程非常快,感觉就像飞的一样。

他离开两仪宅邸的范围之后,随即松开了我的手。

并且告诉我,如果我就此离开,就可以安全回家。

"破坏那个还太早了,唯有彼此相克的螺旋,才是适合那个的结局。"

男子说完之后便消失无踪。

对我来说,只有眼前宽阔的归途。

以及从背后式的脚步声。

……那时候,

比起独自回家,我宁愿选择和她在一起。

当时的那个决定是否正确?老实说,我到现在也不确定。

而式一直到最后,都无法对我下手。

"如果我不能杀了你,"全身上下被雨水濡湿的她,脸上露出了微笑,"那我也只好消失了。"

少女在我面前朝着车灯飞扑过去。

虽然雨中响起一阵剧烈的煞车声响,但依然还是来不及了。

倒卧潮湿柏油路上的少女,失去了体温,犹如一尊坏掉的人偶。

……我从未亲身经历过如此痛苦的时刻。

我想,以后应该不会再有任何事,会像现在这样让我如此悲痛吧?

我的眼眶的确泛着泪光。

可是……

在那时候的黑桐干也,无法真的哭出来。

雨到了夜里依然下个不停。

今夜非常寒冷,像这样在雨中撑着黑伞,仿佛回到与她初次相遇的下雪天。

我抬头望向夜空,理所当然地看不到星星和月亮。

我思忖着,希望在这片天空下的式,千万别受寒了。

— 1 —

■

五月。

我认识了一个叫黑桐干也的人。

我看了第一眼就喜欢上他,连我这样的人,他都能毫无区别地对待。

我单纯喜欢上他那不带心机的笑容。

■

"可恶,居然下雨了。"

我恨恨地念了一句,从路过的便利商店伞架上顺手拿走一把塑料伞。

我虽然想就这么继续走下去,但看来已经失去目的了。血的腥味在雨水冲刷之下,已经无法再继续追踪了。

时间是二月八日,刚到早上的时间。

路上的行人零零落落,甚至会让人误认只有自己一个人在行走。我漫无目的地行走,然后同样漫无目的地停下脚步。

然后,我像在观察他人似的,打量着自己的身影。

手上撑着一把廉价的伞,上半身穿着脏兮兮的皮衣,和服裙襬沾满了泥巴。我不过是在巷子里睡了一个星期,外表就变得如此肮脏。虽然我不在乎自己的外表看起来如何，但一直闻到自己的体臭实在让我受不了。

"好，今天不露宿街头了。"

我说出这句话之后，觉得听起来还算让人愉悦，因此脸上露出一星期以来首次出现的笑容。

两仪式，是我的名字。

我拥有两仪这个"二分太极之意"的姓，以及"式"这个正如字面意义的名。是平常人口中所谓的超出常识范围的人。

之前在我体内，有另一个受到压抑的杀人冲动，称之为"织"的人格。我认为，名字发音和我一样都是"Siki"的他，正是我心中的恶。

对他而言，"杀"这个意念，是他对所有事物会先涌现的情感。

总而言之，他老是要杀光所有我认识的人，因此，我在心里一次接着一次杀害他。

这不是指一个人在一个人格下压抑自己的欲望，我是真的杀害了和我一样的我。但这并非因为我讨厌杀人这个行为，只是为了让两仪式能勉强存在于常识中，控制织那种非道德行为而已。

"杀人"这件事——对身为式的我来说是难以抗拒的诱惑，是一直威胁我的阴影。

我认为，一定是爷爷所说的话束缚住这样的我。

我爸爸虽然也是出身自两仪一族，却没有双重人格，因此他才会因为我这个具有血统之人的诞生而感到高兴，废除了平凡的哥哥的继承人之位。

……打从出生开始，我就是特别的存在。

我总是独自一个人、被周围的人孤立，这也是理所当然的。不过这些不会让我寂寞，因为在我体内，还存在一个名为织的人格。

小时候的两仪式，名义上是只有一个。

我们能够做自己想做的事，对"杀"这件事也没什么罪恶感。

一直到我六岁，身体变得只要有道具什么都能杀的时候，爷爷过世了。

爷爷跟我一样是异常的人。

在体内拥有不同人格的爷爷，就是因为让自己痛苦、破坏自己、否定自己，最后让自己变成混沌不清的人。

被关在地牢里将近二十年之久的爷爷，在死前叫我过去，对我留下了遗言。

神智不清数十年的老人，在临死之时清醒过来，并且留下了遗言，而他留下的遗言正对身为式的我说的。

我一刻都没忘记那句话，在被告知"杀人这件事很重要"的影响之下长大成人。

……我活到十六岁而不杀人，应该就是爷爷留下的遗言。

式和织为了守护彼此而携手，顺利地融入常识之中。

直到邂逅那个名叫黑桐干也的人为止。

自从我认识了干也之后，我就变得很奇怪。

因为我很清楚，自己只是融入了常识，并非活在常识之中。

……如果不知道的话就好了，明明我就不想知道的。

世界上还有那种我得不到的温暖。我很想要那个东西，即使想要那个将意味我的毁灭。

不论怎么找借口，我都是在体内饲养杀人魔的Siki。

然后，我被迫接受自己明显异常的事实。

我真想恢复凡事否定的自己，那个没有痛苦的自己。从那时开始，我和织之间就出现了差异。明明之前可以完全掌握织的行动，可是他的行动开始变得难以了解了。

四年前，我读高一的时候所发生的连续杀人案件，是来自于织的记忆，我并不知情，式在这个事件上只是外人。

但我的视网膜却记住了这件事，我记得自己总是站在杀人现场，凝视着沾满鲜血的尸体露出微笑。

后来，我在现场被干也目击到了，当我得知干也即使亲眼目击，也不愿相信我是杀人犯时，我暗自下定决心。

我不能让自己再异常下去了。

无法获得的幸福，不能实现的梦想，这些我都不需要。

如果我不让自己过分点解决掉那个幸福的男人，我一定会受不了的。

……然后，我发生了意外，昏迷了两年之久。

从昏迷状态清醒过来的我，早已不再是以前的式。

织因为意外而死。

我连身为式的记忆，都像是别人的东西般无法体会，只能当个空虚的人偶。

那样的我之所以能够存在到现在，是因为织消失之后造成的空洞被填满了。

然而，讽刺的是，填补空洞的对象竟然是当初让我崩溃的人。

没错，我已经不是空虚的人偶了。

但是那段已成为过去的罪孽碎片，却让我感到相当痛苦。

……从昏睡中清醒的我，忘掉一段很重要的记忆。

和织的记忆不一样，不是随着织死去而消失。

身为式的我，所经历过的记忆并未丧失。式只是刻意忘却不该想起的回忆罢了。

结果那个多事的魔术师，却强迫我想起那些记忆。

……没错，我回想起来了。

在三年前企图害黑桐干也的是自己；那个总是站在杀人现场、不道德的自己。

我每晚在街上游荡，找寻杀害猎物的自己。

……老实说，我不清楚杀人魔是谁。

真要问是不是我，我应该只会给出肯定的答案。

因为过去的我，即使变成那种人也不奇怪。

然而，现在的我和四年前一样，无法过正常的日常生活。

原因很简单。

因为我嫉妒那个杀人魔，所以打算把他给找出来。

如果真有杀人魔，也就能确定四年前的犯人并不是织——更何况这种对象相当值得我和他一战。

我发现了。

四年前的我，是因为织所以才将杀人当作嗜好。

但现在的我已经没有织了，可是却还继续追求杀人。

真是的，为什么我不早点发现呢。

真是的，为什么我这么早就发现呢。

织是因为他只懂得杀人，但嗜好杀人的，并不是别人而正是我自己，就是这样一个简单的方程式。

……

我住的旅馆，是由机械来负责柜台事务的爱情宾馆。

干也曾经说过，要隐藏自己的行踪时，找这种旅馆住是最好的。确实，这种不需证明身份的系统，让我省下许多不必要的麻烦。

身体沐浴干净后，我躺到床铺上。虽然没有睡眠的打算，但回过神时已经是半夜二点了。

由于进房时间是下午六点，看来我睡了六小时以上。

而现在就算我醒过来，周遭还是空无一人。

这是到目前为止都十分理所当然的起床景况。

但我情绪却非常糟，有如在发泄般地换好衣服。

明明不过独处了七天，我是在不高兴什么？还是说……这七天其实并不短暂，反而漫长得让人难以忍受？

"……不可能会有那种事。"

我好像是在说给自己听似的，说完之后随即离开了旅馆。

时间刚过深夜两点。

在万物俱寂的深夜里，我独自走在暗巷之中。

由于这几天以来的杀人案件，所有的一般道路因为有警察在巡逻而无法使用。不过，这对杀人魔来说，其实没有什么差别，而我也和他一样，在蜘蛛网般复杂的大楼缝隙之间穿梭。

没有特定的目的。

我只是赌赌运气，在深夜的街头流连而已。

……因此也会引来这种麻烦事。

"想要的话就去其他地方去吧！"

虽然我停下步伐如此说着，然而对方却没有反应。

这里是巷子和巷子交叉的十字路口。在那里，有四道人影把我团团包围。

每个出口都被他们堵住，在他们眼神里，没有一丝理性光泽。

他们似乎正透过非法药物进行精神改造，不过这些人好像是改造过头了。

"我说的话也听不见了吗？"

那道人影像是在示意般面对着我。

我把手伸入皮衣口袋，紧握小刀之后叹了口气。

"也好，我正无聊呢。你们想要刺激是吧？好，那就如你们所愿让你们舒服吧！"

那道人影朝我的方向逼近。

他们的目的，只是毫无意义的暴力而已。

我并未拒绝他们。相反的，我甚至感到亢奋。

我心中那股无从发泄的焦虑感，不断地黏腻地激荡着。

所以……

今夜，我想亢奋到进入忘我的境界。

杀人考察
2

■

时间是五月。

不如来说说关于她的事吧。

直到现在,我只要一看到她,依然会陷入忘我的境界。

仿佛一见钟情般,全身都会感到麻痹,甚至连呼吸都忘了。

光是凝视着她,就会让我为她彻底疯狂。再这样下去,说不定我哪天会因为窒息而死。

我的日常生活受到侵蚀。

被同一所高中里,那位有如奇迹般的女学生。

我多半是爱上她了。

爱上那个不曾交谈,也未曾听过声音的女孩。

这股思念之情日增加,增加到令人害怕的地步。

■

——翌日,二月九日。

昨夜的雨在半夜停了,街道在满是乌云的天空下迎接早晨的到来。

我昨晚观察杀人现场直到深夜时分,最后到朋友公寓借宿一晚。然后一直睁着眼睛等待天亮。

"……哦,早啊!干也!需不需要替你做早餐呢?"

学人刚从床上爬起来,揉着眼睛在我眼前说。当然,我毫不客气地吐槽回去。

"我说学人啊,一个冰箱里只放了啤酒的人,不能随口说出这种话!"

"哈哈。那我去向邻居要点吃的东西好了。"

我那身材魁梧的好友,一边抓头一边回答。突然之间,他像是见鬼似的凝视着我。

"喂,你的脸色很苍白耶,身体很不舒服吗?"

经学人这么一说,我照了一下镜子。我的脸色果然白得像蜡像似的。

"没问题,已经逐渐恢复了。药效很快,服用十分钟后开始发作,药效持续的时间大概四个小时。相较于幻觉,各种感觉的增强情况还更明显。"

"……你真是个怪胎,你嗑了哪种最近在流通的药啊?"

学人以眼角斜视桌上那些邮票大小的纸张和烟草。

我点了点头之后,随即站了起来。

"那烟草麻烦你顺手处理掉了,至于ＬＳＤ,因为没什么害处,如果你缺乏娱乐的话,不妨就嗑看看吧?一定比去什么游乐园之类鬼地方更爽喔!"

我捡起掉落在地上的大衣,然后穿上了它。

时间是早上七点,街上差不多也该出现人潮了。

我想,我已经没继续如此悠闲的余裕。

"什么嘛,你要走了吗?再多待一会儿吧!你的脚可是一直在发抖耶。"

"嗯,是这样没错。但现在不是休息的时候。"

学人歪着头，脸上的表情充满疑惑。

我用手指了指关掉的电视，告诉他我刚才看到的新闻内容。

"今天，不对，昨天又有牺牲者出现了。不是有个叫做'巴比力翁'的著名高级旅馆吗？杀人魔好像在那附近的暗巷里出没，这次还一口气杀了四个人。"

学人响应了"哦"的了一声之后，便打开了电视。

这个时段全都在报导新闻节目，许多频道都重复播放杀人魔的新闻。

内容都和我刚才说的相同，如果要说加进什么新消息，那就是——

"喂，搞什么啊，犯人好像穿着和服耶。"

我没有回答学人，随即往玄关走去。

我苦于药物所造成的平衡感失常，一边穿上了鞋子。

这时候学人探出了头，像在窥视位在玄关的我一样，并且拿出我放在桌上的两种药物。

"干也，我忘了问。这两种玩意儿如果混用会怎样？"

"我个人不推荐你这么做。因为那只会让你感到不舒服。"

我说完之后，便离开了朋友的公寓。

……没错，如果说我的脸色像病人一样苍白，我认为一定是药物造成的。因为，我为了刻意压抑那股食欲，一个晚上就把学人屋里所有能吃的食物吃得一干二净。

……

今天早上新闻所报导的杀人现场，从学人的公寓走路过去花不到一小时。

当然，杀人现场因为有警察看守而无法靠近，我只能像在看热闹一样远远眺望着。

杀人现场位在暗巷终点的十字路口,从我在大马路的位置上看不清楚里面。

如果待得太久,除了浪费时间还会惹来警方不友善的目光,因此我走回大马路上。

我原本打算到附近那家"巴比力翁"旅馆绕绕,不过后来觉得还是算了。那里的柜台没有服务人员,监视器录下来的影像,也不是我这种人看得到的。

毕竟,就算式住在那栋旅馆里,现在也应该不在了,就算去了也没有意义。

我离开杀人现场后,就往一位住在附近的朋友公寓走去。

事情的经过是这样的,那位朋友在这一带买卖药物,就是俗称的药头。虽然只和他通过电话,但以前曾受他的委托帮他解决一些小事,这次想靠交情和他打探最近的消息,于是他约我见面再详谈。

接着,我来到了那栋公寓。

这栋位在远离都市喧扰的两层旧公寓没有人烟,不过,这也是理所当然的,因为在这栋即将拆除的公寓的住户,也只有我认识的那位朋友。

我走在一边发出嘎嘎声、感觉很不安全的楼梯,敲着位于二楼尽头的房间大门。

感觉门后似乎有东西沙沙作响,过了几秒钟之后。

木制的大门开启了,一名留着茶色长发的女性从里面探出了头。她的年龄感觉比我大一点,特征是穿着适合这季节的红上衣。现在的她兀自盯着我的脸瞧。

"我是今早打电话过来的那个人。"

"我知道,你进来吧。毕竟我是一个人住在没有邻居的地方。"

她瞥了我一眼之后便缩回房里,我则是略带迷惑地跟了进去。

房里的摆设凌乱,就像大辅哥的房间一样。地上堆满了衣服和杂志,房间正中央则有个像台座的物体。

我看到她钻进台座里坐下,才发现那原来是电暖桌。

我发现到她的视线示意着"你还在等什么?"随即畏畏缩缩地钻了进去。

不知为何,电暖桌居然没插电。

"哦?原来你长这副德行啊,真是让我意外……"

她的下巴放到了电暖桌上,然后就这样把头往旁边倒下。

……不过,对我来说,这人是个女人这一点比较出乎我的意料之外,不过既然她是药头,或许伪装性别对她而言只是小事。

"是吗,我只是喜欢穿男装而已。"

"耶?"

由于她回答了我没有说出口的疑问,我不由得吓了一跳。

看见我的反应,她笑了出来。

"哈哈哈哈,你真是容易被摸透啊!你本人给我的印象和在电话里差满多的。我还以为你会是个长得更像爬虫类的人,没想到会是戴着一副小眼镜,把情报看得比人更重要的聪明人。不过,你外表长怎样其实没差——那么,你想问什么问题?"

她的眼神瞬间犀利起来,仿佛脑袋里有开关能切换情绪似的。

感受到一阵压迫感的我,开口说:"首先是昨天的事,听说有人目击到那个杀人魔,你知道吗?"

"嗯,是指穿和服与皮衣的怪女人吗?不用打听我也知道,那是真的。因为看到的人就是我。"

她的话让我惊讶不已。

……新闻只提到穿着和服的人,但实际上竟然已经连性别都确定了。

"那大概是昨天半夜三点时的事，雨停之后我出门了。这阵子生意很清淡，可不能一直待在家里享受。我想你应该也知道，那间旅馆的那群人可是我的老客户。虽然最近都没看到他们，但我想今天应该会不一样吧——就在这时，我看到了，四个大男人一起往一个女子扑去，真叫人看不下去啊！"

她像是在回忆昨夜发生的事一样地说着。我咬紧牙根的声音连自己都听得见，不自觉地瞪着她。

"你说是穿和服的女性，但新闻是说性别不明吧？在那么暗的情况下，还真亏你看那么清楚。"

"嗯？那当然啰，虽然说远看只能看得到影子，不过，她的身材相当完美。说起来呢，乍看之下是分辨不出来的……咦？你认识那个家伙？"

她维持趴在桌上的姿势，一脸诧异地望着我。但我一句话也没说。

"算了，反正也和我无关，我们约好不过问对方什么。不过，你还是不要和她有所牵扯比较好。她不是凡人。因为我和不正常的家伙打过交道，因此可以感应到她是危险人物。

……不过啊，用药作乐的人根本没什么危险，因为不用药麻痹自己就没法飞翔的人，平时一定是个正常人。所以比起这个，恐怖的是那场空手战斗……那个女的被四个男人包围竟然还能手下留情，她利落地砍伤了袭击过来的家伙，但被砍的人却完全没流血。但那不是因为不杀生而手下留情。

你明白吗？她只是为了能一砍再砍，所以故意不造成致命伤而已。虽然不知道那群男人是察觉这一点，还是因为疼痛而恢复正常，他们开始想要逃离那女子，朝反方向跑起来，接着，她就从背后砍下致命的一击，大概是觉得想逃走的猎物没价值了吧……活到最后的那个人最惨，虽然哭着求饶，但还是在一阵痛苦后被一刀毙命。

之后的事我就不知道了，那个女的杀了四个人后，竟然不逃跑而只是站在原地。我因为好奇她在做什么而探头去看，正好对上她的视线。因为光线昏暗，我只能看到一片影子，而她的眼睛就好像会发出蓝光一样。我连叫也叫不出来就逃走了，但事后想起来，那样的反应反而救了我。要是出声的话，那女人一定会追上来吧？"

她没有任何肢体动作，只是淡淡地说着昨夜发生的事。

虽然很不甘心，但她的话中没有任何谎言或夸饰。

"……不过，这话听起来不具真实性。因为你是在连对方脸孔都看不清楚的地方窥探是吧？你也没去确认是否流了血，或者进一步确认受害者是否真的死了。"

"是的，要拿来当证据确实很薄弱，因此我才没向警方提起。反正，再怎么说，我也不会和那一群人合作。会说出看到穿和服的人，应该是别的家伙吧？因为那里是同类聚集的地方，所以应该有其他看到的人。"

"……原来如此，换句话说，目击者判断不出那个穿和服的人的性别。"

"是没错……不过这一点有些诡异，在光线那么昏暗的环境当中，既然看得出身上穿什么衣物，理应看得出性别才对。一般而言，看到影子应该会认为那是穿着裙子，而且因为那女子在和服外套着皮衣，所以也看不清楚和服的袖子部分。只有我才看出那是和服，虽然让我感到很自豪，但似乎还有其他眼力不错的家伙在嘛！可是，怪就怪在为什么这样看不出性别？"

"这点的确很奇怪，如果对方误认她穿着裙子，应该就能知道她是女性。但那个目击者明明说不出她的性别，却知道她身上穿什么衣服，感觉真是诡异。"

……感觉起来像是已经设计好的一样。

这次的事件原本就已经很不寻常，加上事件本身进展得太有秩序，更让人感觉很不确实。

一点一滴逐渐明朗化的杀人记录。

一点一滴夸张的杀人魔行动。

犯人的真面目有如一张张掀开的扑克牌，

这简直就是……

"对，像是幼稚小孩玩的游戏。"

她带着笑意这么说。

我又一次被抢先说出尚未出口的话。

我一脸困惑地望向她，她脸上还是挂着像猫一样的笑容，然后整个人趴在电暖桌上。

"你要说的就是这些？那我没什么其他情报了。"

我无法立刻回答她的问题。

今天早上的新闻，让我被迫接受具决定性的事实，我直到现在还觉得喘不过气。

在杀人现场有人目击到穿和服的人，我为了确认那人是谁，为了反驳那个人不是式，因而来到此地。

不过，这里只有几乎算是最糟的答案在等待我。

——可是，那又如何呢？这件事只不过和三年前的情况一样。因为我没有亲眼确认任何事。

"……嗯，关于昨夜的事就谈到这吧。"我像是讲给自己听一样换了思考，因为还有两件事必须询问。

"另外还有个很单纯的问题，杀人魔的目击者是这次才开始出现的吧？特别是这一周，完全不是发生在以前那种偏僻的地方。这次跟三年前的事件不同，进行杀害的地方全都在街上是吧？就算没看到杀人场面的目击者，连事件发生前后看到可疑分子的人都没有，你不觉得很奇怪吗？"

"……嗯，经你这么一说，情况的确是这样，不过这样就怪了，杀人魔留下的杀人现场，几乎全在我们的地盘上，不过药头并不想跟警察扯上关系，来买药的人，也不会刻意去向警方通报，因为这么一来，连他自己也会变成可疑人物。对我们而言，可疑人物泛指一般人，不过一般人如果穿着和服，本来就会很惹人注目不是吗？现在只有年老的良家妇女会穿和服这种衣服了。一想到年老的良家妇女会跑来买药，真的是诡异到极点啊。"

她一边用脸颊靠着桌子，一边喃喃说着像暗号一般的话。

"……这样啊，简单地说，越是平常的事，就越不会被认为是异常。举例来说，因为你是药头，所以即使在卖药的杀人现场出现，以目击者的观点来看，反而更像是日常生活中的一幕。"

"嗯……"她的脸色顿时一沉。

不过，从她没抱怨这一点看来，她应该也同意我的论点。

"但我刚才说过，平常有卖药交易很正常，可是事态演变到现在这么夸张的地步，他们不会觉得买药的人很可疑吗？"

"我想也是，不过目击者昨夜第一次出现，也就是说，至今都没有目击犯人罪行的药头或买家出现——就算有，也是目击者想保护的人，归类起来只有这两种可能而已，像这种一直在都市里杀人的犯行，没有目击者反而让人觉得奇怪。"

"是这样吗？那只是因为没人看到，所以没有目击者吧？"

"我指的是没有人看见的场所，就以密室杀人来说，不是经常拿来当故事题材吗？这件事也是一样，看上去好像完全没有意义，因为把秘密当成犯罪来表现，这和犯人自己举手承认没有两样。"

"啊？我的脑袋不好，所以听不太懂，密室杀人不是犯人用来避免警方追查的方法吗？为何反而不能做了？"

"这可是一桩杀人案件啊,尸体所在的房间,如果是密室的话,那就证明不是门外的人干的。为了不造成任何人的困扰,所以让该处成为密闭空间,这就是密室的意义。

换句话说,只要处于密室状态,就一定得是自杀事件。如果打开密室后发现有人被杀,还会让你去思考明明没有人进去,犯人应该怎么杀死被害者的问题——那么,这种隐藏罪行的方式,基本上就是错的。

这样你了解吗?所谓密室的意义,就是自杀,若想设计成密室,就不能让人觉得会有下手杀害的犯人出现。如果把密室当成杀人现场,那就失去设置密室状态的意义了……相反的,假设会有目击者的场合,如果没有目击者出现才是奇怪,在街上杀人却完全没有目击者,你不觉得很不自然吗?"

她"哦"了一声,然后抬起头来回答:"不过,不是有目击者出现吗?像是我啊,还有其他人。"

"没错,因此才奇怪,既然这次有目击者出现,那先前的案件也应该要有目击者出现才对。"

推理的过程虽然粗略,但是大致上没有错。要是以前都没出现目击者,正好证明昨夜发生的案件和连续杀人案件无关。

"……这样啊,没有目击者,代表是在不让人发现的情况下进行杀害。像这种被某人看见的案件,不是杀人魔的做法。"

她理解之后双手交叉,脸色随即沉了下来。

我感觉自己的想法又先被她看穿了。

"你脑袋还真不错,戴上那副眼镜,真的感觉比较聪明——那么,你觉得会是哪一种状况?昨夜的案件是另一个人下的手,或是先前的案件有目击者存在?"

"这用得着问吗?"

我生气地断定,但并没有回答问题。

因为两边都支持的答案，跟自己的理论互相矛盾。

她看着像在闹脾气而转过头去的我，再度笑了出来。

"对哦……你是男生嘛。那接下来该怎么办？你要证明她的清白吗？"

"在这之前，我要先确认一件事，老实说，我正为了这个目的，才会和你联络，你能告诉我吗？最近才出现的'混合药'，药头到底是谁？"

"哈哈哈哈，原来如此啊，你这个聪明的家伙。"

她露出豪迈的笑容，朝着我瞥了一眼，原本屋内的悠闲气氛，霎时变成充满紧张感。

"'混合药'这玩意是ＬＳＤ和大麻的新产品，这种组合又称为'印契'。但这次的新混合药与至今任何一种都无关，它的成瘾性非常高，只要一次就会上瘾，加上效果很强，常用的话会损害身体。赌命的快乐根本不能算娱乐，对吧？对症下药才是药物的正确使用方法，以这种标准来看，那玩意儿可不只是违法的东西。"

"是吗？可是我有试过，那种感觉除了让人想吐外，其他都满正常的。"

"已经流通了吗？一个药物不是有分耐受性和成瘾性两种？耐受性指的是每用一次，身体就越熟悉药物的效果。容易产生耐受性的药物，每次使用量都会增加，所以很花钱。

而成瘾性可分为身体与心灵的两种，讲简单点就是用来判断容不容易戒除的标准。以生活的使用频率来看，成瘾性越高的药就会使用越多次。不过到头来还是看本人的意志，这个要下定决心的话，比老烟枪决定要不要继续吸烟都还容易。所谓药物会毁掉一个人，不过是迷信的说法而已。重点在于，当事人的意志强度就是全部。拿我来说好了，酒，香烟，咖啡这些东西还比较危险。

我实在很想问问政府，为什么那些药物违法而这些东西却是合法的。"她握紧拳头雄辩着。

……但是，因为我处于不能赞同她、也不能否定她的立场，所以只能缩着身体乖乖听她说。

"可是，确实有这种容易产生耐受性，身体的成瘾性也高的恶魔药物，这种东西真的会毁掉自己，所以我讨厌这种药物。关于'血芯片'的药头，我一点也不知情。一来不想见到，二来也不曾见过面。"

她说出了一种我没听过的药物名称。

"血芯片？"

面对感到惊讶而发问的我，她"嗯"地应了一声，这举动感觉还满可爱的。

"就是那个新的混合药。那真是相当夸张的东西，只需用两张纸配上十公克的干燥大麻而已。"

她竖起指头表示价钱。

的确，这只能用夸张来形容了。虽然日本的行情比外国高上不少，但她所比的价钱竟然还比国外低。勉强要说的话，是连高中生都能拿零用钱买到的程度。

"那东西感觉像是想拼市场的快餐啊。"

"嗯，不过已经很长一段时间都是在这种价格了哦，那人不会像黑道一样等身体产生耐受性，成瘾性变高时再一口气抬升价格，而且还把更上一层的混合药提供给那些已经无法满足的人。那就是被称为'血芯片'的纸剂，虽然不知是不是高纯度的ＬＳＤ，但评价相当不错。

纸剂是用口腔来摄取的对吧？可是效果却还超过静脉注射的方法，只不过我没有尝试过就是了。"

"这件事，很有名吗？"

"当然，在这一行算满有名的，我还比较惊讶你竟然不知道呢。因为'血芯片'的药头只跟小孩做生意，我们也不知道他的货究竟是怎么来的。组织末端的药头虽然知道，但上头并不当成一回事，他们认为那不过是小孩玩意儿而已。

因为这样，所以警方也不清楚'血芯片'这种玩意。那些人只会把黑道当成目标。像我这种跑单帮的药头有什么内情，警方根本不会追查——"她爽朗地哈哈大笑。

可是相反的，我的情绪却很阴郁。

……这件事我连听都没听过。

那个拿混合药物给我的药头，一定隐瞒了这件事。或者是因为针对我个人，所以才没透露这个情报。

"谢谢，这消息很有用。"

我向她道谢后便站了起来。

想问的事全都问完了，再来只剩下采取行动。

"你得小心哦，对使用'血芯片'的家伙来说，药头可是很有价值的呢……刚才我不是提到最近没生意吗？因为这一带没有卖'血芯片'的人只有我而已了，谁叫我讨厌那种药物呢。不过这样一来，至今建立的客户全都跑掉了，感觉起来就像新兴的宗教一样。"

她坐在电暖桌里很不悦地碎碎念。

我穿过散乱的房间，手握住了门把。

就这样头也不回地提出了最后一个问题。至于答案我并不抱有期待。

"对了，你知道那个药头的姓名吗？"

"咦，你不知道吗？"

她说完就告诉我那个人的姓名。

……听完的瞬间，我感到一阵晕眩。

但这样一来，至今接不起来的事就全都明白了。我努力冷静地再次道谢后，便走入灰色的街道里。

2

■

时间是六月。

我觉得最近的生活过得空前充实。

我不知道和人闲聊如此快乐。

在放学后或下课时间。

等我察觉到时,才发现我一直等待他的到来。

等我察觉到时,才发现与他聊天时,心脏会跳得飞快,让人心痛。

胸中那股不想与他分离的不安,只有在和他交谈的时候,才会转为那份疼痛。

嗯,承认吧。

我的世界被分成两半,其中一半的现实,都是依赖黑桐干也这个人的存在。

■

我醒来时已经是太阳下山之后的事了。

我从为了睡觉而潜进的大楼屋顶上,跳到另一栋的屋顶。

这个被我当床铺使用的大楼屋顶,是相关人士以外禁止进入的地方。所以我从隔壁出租大厦的屋顶,跳到这个没人会来的屋顶睡觉。

……这种笨蛋般的生活，我已经过了一个星期。

从大楼走进巷子，我察觉到一股安静的不协调感。

我——两仪式从出生开始锻炼的肌肤，感觉到了危险的东西。

我谨慎地移动到巷子里，刚巧有张今天的报纸被丢在那里。

日期是二月九号，整个版面都是有关杀人魔的话题，还有犯人的模样。

"杀人魔……杀害四人，身穿和服的人物为关键角色……"

我念出来后，不由得疑惑地歪了歪头。

这是怎么回事。

杀害四人？是指昨晚那四个家伙吧。

也就是说，我杀了他们吗？虽然至今都一直忍耐，但我确实感觉到昨天自己凶暴许多。

……因为我为了找寻不知是否存在的杀人魔，而徘徊于夜晚的街道上，说不定跟三年前一样，我的意志反而想那样做。

我思考了一阵子，便丢掉了手上的报纸。

"可是，我不记得自己干过这种事。"

说完我便迈开了脚步，肌肤会敏感的感受到危险就是这个原因，以后我得比之前更加小心，避免被别人发现而行动。

要比之前更常走暗巷。

要比之前躲在更污秽的地方。

……要比之前更加舍弃人性。

那是痛苦又无聊，而且没有意义的行为，我虽然知道却无法阻止，越来越觉得自己和笨蛋一样了。

……真是的，我到底为什么要做这种蠢事。

吃不饱的饮食、无法消除疲劳的短眠，不断重复着。

没有目的，简直像在逃命一样徘徊在夜晚的街道上。

式在想什么，为了什么才在做这种事？

像这样有如野兽般屏息追逐猎物，感觉自己像为了成为杀人魔而追踪杀人魔一样。

不对，说不定。

那才是我真正的目的吧？

可是不能杀人喔，式。

……我想起这句话，本来就已经很不悦的情绪，现在变得更加阴沉了。

为了不再多去思考，我继续在夜晚的黑暗中走着。

这种事，越早解决越好。

……嗯，就是这样没错。

得快点结束这种事，然后早点回去才行——

■

时间已经过了半夜两点，街上安静地像尸体一样。

路上没有走路的行人，也没有吵闹的车声。

建筑物挡住光线，这是一个月光和星光都被乌云笼罩的夜晚。

没有任何人，应该不会发生任何事的街道，但确实存在着异常。

在大马路上。

——远处的路灯下看到一道人影。

两仪式停下了脚步。

——人影的举动感觉很可疑。

以前,她曾看过与这一模一样的光景。

——不知为什么,我跟踪起那个人影。

一边忍耐涌到喉头的恶寒,式有如被邀请般走进暗巷内。

……
往更深的暗巷里走,那里已经是个异世界了。
形成死巷的地方不再是道路,而发挥着密室的功能。
这个被周围建筑物包围的小路,应该连白天都不会有阳光吧?在这可说是都市死角的那个缝隙,平常总有个流浪汉在这度日。
可是,现在不一样了。
两旁褪色的墙壁被涂上了新漆。
这条连路都算不上的小径,感觉很温热。
原本一直飘散的水果腐烂味,现在被一种浓厚且不同的味道污染。
周围是一片血海。
原以为是红漆的东西,其实是人血。
淹满了道路,直到现在还不断流动的东西是人的体液。
刺鼻的气味是黏稠的红色。
在这些东西的中心,有一个人的尸体。
我看不见她的表情,那个已失去双手双脚,并且膝盖以下被切断的物体已不是人,而是不断洒血的洒血器。

被切断的四肢不见了,不,尸体的四肢并不是被切断的,而是被比断头台还锋利的嘴凄惨吃掉的。

"咕噜。"响起了一声让人胃部纠结的咀嚼声。

那是吃肉时发出的原始声音。

这里已经是个异世界了。

连血的红色,也被温热的兽臭给逼退。

——某个人在那里。

那个黑色的纤细轮廓,让人联想到蛇的下半身。

对方的身上穿着和她一样的红色皮衣,无力下垂的右手拿着一把小刀。

那头留到肩膀的头发随意剪裁,让人分不清是男是女。若只单看整体轮廓,对方的模样跟她几乎完全一样。

不同的只有一处。

站在那里的那个人,头发不是黑色而是金色。

被暗巷腐败的风所吹动的金发,让人无法不去联想到某种肉食动物。

那是草原上以百兽之王之名而让人畏惧……名为狮子的猛兽。

"……"

眼前光景,式以前就已经看过了。

理应失去的记忆,不断地掠过她的脑海。

……没错,那是四年前夏天结束之前发生的事。

她体验过和现在相同的经验。

就和今日一样，在充满死寂气氛夜里，她在街上瞥见可疑的人影，于是跟踪在他后面——当她回过神时，发现自己已经站在尸体面前。

这段从跟踪到伫立于尸体前面的记忆，她完全没有印象。

因为那不是式，而是织所采取的行动。

"你是什么人。"

式在暗巷的入口，看着尸体还有"自己"。

金发的Siki双肩微微颤抖着。

那不是因为害怕，而是因为喜悦。

"两仪——式"翻动着金发，影子慢慢转过身来。

……连脸庞的形状，竟然都跟式很相似。

有如看着彩色镜子一般，式凝望着金色的自己。

金色的Siki瞳孔发红到让人感觉凶残，耳朵上戴着银色的耳环。他身上充满的各种色彩，仿佛在挑衅缺乏色彩的式。

还有伸展到脚掌的黑色皮裙；

以及用厚皮缝制的红色皮衣；

不过，他并不是女性。

金发的Siki不是式，只是一个被称为杀人魔的青年而已。

"我认识你，你是——"

式开口了。这时，杀人魔跑了起来。

他一手拿着小刀，身体放低到有如贴着地面一般跑在狭窄的暗巷里。

一直线。他心无旁骛地冲向两仪式。

式马上拿好小刀，由于惊讶而挑起一边的眉毛。

冲过来的身影，动作并不像人。影子有如蛇一般扭曲蛇行着。

狭窄的暗巷，对杀人魔来说是个宽广的狩猎场。

影子宛如动物，快速穿过由式的视线与身体构成的警戒网。

明明看得到，却无法掌握其动向。

当距离缩短到对式还太远、对他却是一击必杀的射程时。

他的动作顿时从蛇转变成猛兽。如同火花一般喷射出来。

野兽跳往式的头部上空，用小刀刺向她的颈部。

"锵"的一声，两把小刀相互碰撞。

对准式头部的小刀，抵住和式用来防御的小刀。

霎时——跟双方的小刀一样，两人的视线交错了。

式充满敌意的眼神，以及杀人魔充满喜悦的眼神。

杀人魔"嘿"的一声冷笑，往后方远远地一跃。

好像要从式身旁逃离一样地跳开后，他像蜘蛛一样落在地面。

那个一跃长达六米的东西，将手脚伏在地面上，像动物一样地吐着气。

他很明显地已经不是人类了。

"为什么？"他开口说话了，"你为什么不认真打？"

杀人魔背对尸体，一边淌着鲜血一边作出抗议。

名叫式的少女没有回答，只是盯着这个酷似自己的对手。

"……你和四年前不一样了吗？你明明现在是想杀我就能杀，却还是不肯跨越那一条线。我需要同伴，两仪式，你这样让我很困扰啊。"

接着响起一阵粗重、仿佛要把心脏吐出来的喘息声。

让人非常意外——名为杀人魔的那个生物，竟然还有进行对话的理性。

杀人魔的呼吸现在也还是像随时会倒下似的紊乱粗重。

那到底是因为亢奋，或者真的很痛苦呢？

式稍微考虑一下究竟哪边是答案，但很快就厌烦了。因为不管是哪个答案，对她来说都无所谓。

"……原来如此，名字听起来那么可爱，我还以为你是女的。不过那时我有说过，这是最后一次谈话了吧？学长。"

听到式冷淡的口吻，杀人魔摇了摇头。

"是那样吗？抱歉，那么久以前的事，我不记得了。"

杀人魔忍住笑意回答。和他的口气相反，他目前感到非常愉悦。

当然，式一点也不觉得有趣。

因为不管杀人魔是谁，她唯一的目的就是把他找出来，然后处理掉而已。

"你杀了几个人？"

式眯细了眼睛问道。

杀人魔笑着说他不记得了。

"你呀，竟然以为一个狂人会记得自己的行为吗？那是不可能的，不要再问这种无聊的问题了。狂人理所当然会做危险的事，所以在这三年，从没人说过我是杀人犯……我可是就算杀人也是无罪的哟！搞不好每天不杀点人还不行哩。啊、对了，虽然是这样，我甚至还留下容易判读的证据，这都是为了你。我想只要特地留下明显易懂的尸体，你就会想起四年前的事。虽然因为你一直视若无睹，所以没什么效果；但看来是在别的地方产生效果了。

没错，就是杀人魔。世间赐予我这无名者的名字——这不是很符合我吗？因为我实在太高兴了，所以这一周就去满足他们的期待，杀人魔得照大家所想的去杀人才行。没错吧？两仪，你应该懂。所以才十分羡慕地跑来找我。因为你想早点获得自由，早点找到我这种同类……没错，我知道，我知道的。我全都知道。因为我是最了解你的人！"

回响在暗巷里的呼吸声越来越大，开始成为危险的存在。

杀人魔的舌头，舔弄着沾满血的嘴唇。

面对那个与自己相似、有着狂人般发红双眼的人，式一句话也没有回答。

激烈的嫌恶感封住了她的话。

因为连跟他说话都觉得污秽，所以式一句话也不说。

就算杀人魔的话里，包含难以抗拒的真实也一样。

——想成为杀人魔。

他这句话让她蹙起眉头，动作轻微得不想被人察觉。

可是，具备各种动物感觉的杀人魔没有放过这个变化。

他"嘿"地翘起了嘴角。

"……你看，你在勉强自己了。这种事你早就知道了吧？你之所以做什么都不满足，是因为你抗拒自己的起源。不需要忍耐，去做想做的事就好了啊！"

式没有回答。

她以看着害虫的眼神，俯瞰这只伏身在地面的动物。

杀人魔提出了最后的建议。

"……这样子？如果到这个地步你还是不肯过来这边，那我只能杀掉影响你的原因了。只要把现在保护两仪式的人杀了就好。如此一来就可以解决了。你可别说你做不到啊，你明明就很想杀人！"

愉悦至极的他，在把话说出口的同时，被瞬间出现在眼前的两仪式，卸下了一只手臂。

"你说谁？"

"咦？"

他的视线捕捉不到。

杀人魔看不见式那脸上毫无表情、只有瞳孔绽放蓝光的快速行动。

由于肉食动物攻击猎物的动作太过迅捷，超出人类视觉能够捕捉的范围。即使杀人魔具有同等级的动态视力，却还是看不见两仪式的动作。

那把卸下杀人魔一只手臂的小刀，毫不容情往敌人的头颅挥舞而下。

"——要杀掉谁？"

"哇——"

杀人魔惨叫一声后跳了起来。

往后跳的话一定会被式追到，如果想要逃走，就得逃到她怎么样也追不上的地方才行。

在瞬间完成思考之后，他纵身跃至围住暗巷的墙上，然后再继续往上跳。这种像梧鼠般的动作，让他迅速逃至安全之处。

杀人魔像蜘蛛一样，伏身在离地二十米左右的大楼侧面，一脸畏惧地望着下方的情况。

拥有湛蓝眼眸的死神，正从地上直视着他。

她身上散发出的凛冽杀气，顿时化为刀刃贯穿他全身。

他首先感受到的是害怕。

然后，一股为之欣悦的感觉充斥全身。

"啊啊，你果然是真品啊。"

没错，她是货真价实的真品。毫无疑问，是理应跟自己居住在相同世界的存在。

而且，她会显露出本性的原因他也很清楚，他彻底地理解，光是开口说要杀掉某人，两仪式就会变成远胜过自己的杀人魔。

"太简单了。妨碍者，杀掉就好。"

他爬上墙壁，离开了暗巷内。

虽然感觉到式追来的气息,但说到逃走,没人能胜过他。

虽然这里一棵树也没有,但这城市对他来说就是密林,隐藏身躯、找寻猎物,都是比呼吸还简单的事。

在没有月亮的夜晚,杀人魔高兴地吼叫着。

他有种预感,长达四年的仰慕终于有结果了。

◆——杀人考察——◆
3

■

时间是七月。
我讨厌弱者。
她坦诚地说。
我讨厌弱者。
两仪式就这么拒绝了我。
我讨厌弱者。
她的话意,我无法完全了解。

那一夜,
我第一次打人。
那一夜,
我第一次杀人。

■

二月十日,晴时多云。
车上音响播放的天气预报,报出跟昨天没有差别的天气。
我一边握着方向盘,一边瞥视手表,时间正好是正午。

平常这个时间，应该是在事务所质问橙子小姐把用途不明的钱花到哪里去的时间，但我今天却请了假，奔驰在工业区的大马路上。当然，不是用自己双腿，而是开车奔驰。

"黑桐，你最好适可而止哦。"橙子小姐的忠告似乎并未发挥效果。

昨夜又有人被杀人魔杀害了。

……我不会忘记，昨夜被害者被人发现的地方，正是四年前第一个被害者遇害的暗巷。

虽然可能只是偶然，但我认为那证明事情已经到了无法挽回的地步。

事情不能再有一丝拖延了。

昨天在药头的公寓进行一整天的调查工作，我最后得知贩卖"血芯片"这种新药的药头就住在港口附近的公寓，而黑桐干也现在正前往那个地方。

越是接近港口，交错而过的车辆就越多卡车。

在灰暗的天空底下，我开着车往环绕灰色大海的工业区开过去。

在去年夏天有一座在被命名为"BroadBridge"的桥梁，在建设中途因为台风而几乎全毁，到现在还看不到开始重建的影子。

药头住的公寓可以俯瞰"BroadBridge"的海边风景。

我从车上下来，充满大海气味的海风迎面吹拂。

冬天的大海很冷，海风如寒冰冻伤肌肤。

空无一人的港口，感觉比城里冷上数十倍。

我往坐落在无数仓库旁边的公寓前进。

可能是被海风侵蚀的关系，公寓外观破破烂烂的。

那是一栋已经只能说是废墟的两层木造公寓。

这栋公寓药头并不是用租的，整栋公寓都属于他的所有。在四年前，这栋公寓还是一位名为荒耶的人拥有的……正因如此，要找到药头的住所很简单。

确认过六间房间的门都上了锁以后，我烦恼了一阵子，潜入二楼角落的房间。

屋龄三十年以上的公寓房间门锁，用一把螺丝起子就能简单撬开……真是的，我做出相当失控的事了。不过现在不是管那些道理的时候。

"看来是中大奖了。"

我从玄关进入厨房之后，喃喃自语起来。

房间的空间很狭隘，玄关与厨房是一体的。

往里面走，只有一个六个榻榻米大小的房间，这是一间象征七十年代的廉价公寓。

房间的样子跟昨天那位药头的房间相差不远，从厨房看进去的房间深处，有如被台风扫过一般是真正的废墟。

从没有窗帘的窗户可以看到一整片大海。

在散乱垃圾的房间内，只有那扇窗户像挂着的美术品一样，十分不搭调。

那是一扇映出灰色的海洋、甚至感觉可以听到海潮声的窗户。

我似乎被那个东西吸引住，走进房间内。

"……"

我打了一阵冷战。

感觉像是后脑充血，好像就要这么往后倒下一样。

我忍耐住这种感觉，开始浏览周围的景象。

……并不是有什么特别想寻找的东西。

就算这里有那种新药的配方，我也没兴趣。我只是漠然的，想要找到可以算是线索的东西而已。

但是，说不定已经没有那种必要了。

"——式。"

我说完后,拿起了散乱在房间里的照片。

那是我还在念高中时的两仪式的照片。

散乱在房间里的不只有照片,还有像是以校园为背景的肖像画。

虽然数目不多,但这房间充满了以式为题材的东西。

年代从四年前的一九九五年至今,连今年一月暂时转入礼园女子学园的照片都有。

房间里头除了这些之外没有任何日常用品。

这是被两仪式的残骸所覆盖、有如大海一样的小房间。

……这是他的体内。一个人的房间等于表现那个人的世界,但若装饰品溢出了称为自己的容器,房间就不是世界而是那个人的体内了。

我感觉到背上窜过一股恶寒。跟这个房间的主人说不定无法用谈的,那么——我就该在他回来前先离开才是。

虽然我知道该怎么做比较好,但自己还是想与这房间的主人谈谈看。不……我认为不那样做是不行的。

于是我留在房里,接着注意到一本放在窗旁桌上的书。

它有着绿色的封面封底,应该是日记吧?

特别摆在那种地方,感觉就是希望有人去阅读而放置的。

"……这就是房间的心脏吗,学长。"

我拿起了日记。

正如作者所希望的,我打开了那个禁忌之箱。

到底过了多久呢?

我伫立在充满照片的房间里,读完了他的日记。

这本日记写着杀人纪录。

所有事情的开端,就是从四年前那场像是意外的杀人案件开始。

我深呼吸了一下,仰望天花板。

这本日记从春天写起,最前面扉页记载着最初相遇的时刻,这一点我记得清楚。

这是日记主人第一次看到一位少女时的记录,是他故事的起点。

那是——

"——一九九五年四月。我和她相遇了。"

突然间……

玄关后方传来了这句话。

"叽叽"的脚步声往我的方向接近。

他慢慢带着与以前一样亲密的笑容,举起手来"呀——"地打个招呼回到家里。

"好久不见,三年没见面了吧,黑桐。"

"……"

我惊讶到无法发出声音。

从外头走进来的他,简直就是式。

女用的裙子加上红色的皮衣。随便修剪至肩膀的头发,还有中性的脸庞。

只不过他头发是金色的,而瞳孔则像是戴着有色隐形眼镜那般,像兔子一样的鲜红。

"你比我预期的还要快。老实说在我计划中,你来到这里还是很久以后的事呢。"

他低下了头，仿佛感觉有些遗憾般说着。

我回了一句"是啊"，同意他的说法。

"嗯……有哪个地方出错了吗？最后一次和你在餐厅交谈之后，我应该消除了所有可疑的迹象才对。"

"……是啊。你认为自己根本就没错，不过其实还是有线索的。你应该知道十一月的时候有一栋公寓被拆了吧？在那之前，我刚好有机会调查公寓的住户，当时我看到了你的名字。这件事一直让我很在意，因为那栋公寓很诡异。既然你住在那里，那你一定以某种形式和那栋公寓有所牵连。

我说得没错吧？白纯……里绪学长。"

学长拔了一下金发，点了点头。

"原来如此，是公寓的名册啊？荒耶先生也真是的。搞了个无聊的小动作，多亏他，我才会这么早跟最不想见到的对象相见。"

学长一脸困惑地笑着，走入了房里。

……我这才察觉。

白纯学长的左手彻底消失了。

"看来你已经知道一切了吧。没错，在三年前的这个季节，你到两仪式家会遇到我，其实不是偶然。

为了让你看到她的杀人现场，我才会找你吃饭。不过，我那样做其实也是多余的，结果我还是被荒耶先生当成了失败品……不过，我现在依然认为我的行动是正确的，因为我不能忍受你在不清楚她本性的情况下成了牺牲品。"

白纯学长坐到靠窗的椅子上，一脸怀念似的诉说着。

他的那副模样，和我先前认识的学长没有差别。

在读过日记并且听到'血芯片'药头的消息后，我以为学长应该是已经改变了。

但是，这个人还是跟以前一样，是以前那个为人善良的学长。

关于写在日记里的事件，责任并不全在这个人。黑桐干也知道，事情起源自不幸的意外，而且都是那个已经不在世上、叫荒耶的人所造成的。

可是就算如此，我还是得告发这个人的罪行。

"学长，你从四年前就开始不断地犯罪。"

我正视着他，对他说。

白纯学长稍微移开了视线，但还是静静点了点头。

"你说的对，但四年前暗夜杀人案并不是我做的，那是两仪式下的手，我只是想保护你，所以赶在她之前一步而已。"

"你说谎，学长。"

我断然地回话之后，从口袋拿出被称为'血芯片'的纸片，放开了手。

红色的纸片缓缓地飘落到房间地上。

白纯里绪用痛苦的眼神看着我的动作。

"……学长。你想要做的，就是这种事吗？"

这位在我还是高中生时，因为找到自己的理想而自行退学的学长，默默摇头。

"……的确，我的方向走偏了，是因为我从小就熟悉药物，还是因为对自己的技术太有自信？我只不过想做出可以得到自己的药物而已。

……真是的，为什么现在会变成这样呢？"

强忍自嘲般的笑容，白纯学长用手抱住自己，感觉他像是在撑着发抖的身体。

可能是察觉到我的视线吧，学长看向自己已经不见的左手。

"这个？如你所想，是被两仪式弄的。虽然我认为一只手没什么大碍，不过这八成也没救了。这就是所谓的杀害吧？虽然伤

237

口可以治疗，但死去的地方无法治疗。荒耶先生说，复活药是使用魔法的人才能达到的领域。"

使用魔法的人。我之前想都没想过会从这个人嘴里听到这个字。

不过，这是必然的。

四年前。

那是白纯里绪因为意外杀人而被荒耶宗莲这个魔术师所救的时候，也是与式在一起的我被那个魔术师所救的时候。

从那时开始，就注定会走到这个地步。

——即使如此。

杀了人的你，还是得去赎那个罪才行。

"学长，你为什么会一次又一次的杀人？"

听见我的疑问，白纯里绪闭上眼回答：

"……我也不是因为想杀才去杀人的。"

他痛苦地说着，并把手掌放在自己的胸口上。

他仿佛要扭掉胸口一般，在手掌上加重力道。

"我从未因为自己的意志而去杀人。"

"那是为什么呢？"

"……黑桐，你知道起源这个东西吗？既然在苍崎橙子那边工作，应该多少听过吧？那是事物的本质，称作存在的根源。也就是说，那是决定自己存在为何的方向性。

那家伙唤醒我的存在根源，被那个名叫荒耶宗莲——披着人皮的恶魔。"

很遗憾，并没有人教我什么是起源，纵使听见起源被人唤醒。我也不知其意义为何。

"……虽然我不太懂，但你的意思是指那就是原因吗？"

"对。起源研究是什么我也不是十分了解，或许苍崎橙子知道该怎么解决，但我想大概已经太迟了。起源这东西。我认为简单来说就是本能，指的是我和你所拥有的本能。这玩意在每个人身上都有不同的形状。有那种本能完全无害的家伙，也有像我这种拥有特殊本能的人。我的本能，很不幸地相当适合荒耶的目的。"

学长在深深叹了口气之后，继续说了下去。

在如此寒冷的天气里，他的额头居然冒出斗大的汗珠。

危险到绝望的气氛，在四周紧绷。

……虽然感觉到再这样下去我的下场不会很好，但我还是无法逃出这个地方。

"学长。你没事吧？你的样子很奇怪。"

"不用担心，这只是常有的事。"

在经过像吐丝般绵密的深呼吸后，学长点了点头。他用似乎随时会断掉的声音，希望我让他继续说下去。

"……听清楚了，黑桐。本能在表层意识具现化成人格时，将会驱逐所有理性，会凌驾我这个名为白纯里绪的人格。毕竟对方可是我的起源啊，仅仅二十多年程度所培养出的白纯里绪，不可能永远压抑住起源……荒耶先生说。觉醒自起源的人会受制于起源。黑桐，你应该不知道吧？我的起源，是'进食'这个现象。"

学长一边咯咯笑着。一边说出这番话。

他的呼吸。已经乱到让人看不下去了。

学长似乎在忍耐恶心的感觉。手腕拼命地用力，身体的颤抖也越来越激烈，牙齿喀喀作响着。

"学长，你感觉——"

"……你别管。让我说明下去吧。因为这可能是我最后一次进行正常的对话了。

……好，具现到表层意识上的本能会让身体产生微妙的变化，当然，不是说外表会改变，而只是重组内部构造而已。这应该叫做回归原始吧？所以就连产生变化的本人，在改变之前都不会察觉到。"

学长压抑笑意，把放在胸口的手举到脸上。接着用手掌盖着自己的脸庞。他缩起来的背部每笑一次就上下晃动着，他的身体状况看起来跟气喘病人一样危急。

白纯里绪忍耐的笑意，就像是吃了笑菇的人，病态到叫人看不下去。

"……哈哈，就是这么一回事。我在不知不觉间就变成那种东西。起源是冲动，在它醒来时——我……就，不再是……我。我只能看似理所当然地去吃些什么东西。可恶、干也你能了解吗？吃东西竟然是我的起源！为什么那种东西会是我——我最大的本质啊！

难道要我因为那种无聊的东西而让自己消失吗！我不想承认，我不想因为那种事而消失。我——要死也想以自己的身份而死。"

白纯里绪口中响起叽叽的磨牙声，离开桌子旁边。

他眼里含着泪，双肩激烈地上下抖动，仿佛拼命为了压抑某种凶暴的情绪而战斗。

"……学长，去找橙子小姐吧！如果是她，说不定能想到些办法。"

学长跪在地上，摇摇头。

"……没用，因为我是特别的。"

说完这句话，学长抬起了脸。

他的痉挛越来越激烈，但表情却十分平稳。

"你真是温柔。是啊，不管什么时候，只有你是白纯里绪的同伴。我之所以能像现在这样维持自己，也是因为有你在吧？嗯，我也一样，并不想杀你。"

学长就这样抓住我的脚踝。他握住的力道非常强劲，让我感觉就像要断掉一样。

但是我并不因此感到害怕，因为力量越强劲，代表白纯里绪的绝望越大，我没有办法抛下这样的他不管。

"白纯——学长。"

我什么也做不到，只能呆呆站在原地。

学长靠着我的大衣，撑起膝盖。他的痉挛更加激烈，身体看起来就要裂成两半了。

他突然低声地说："我……杀了人。"

像是挤出来的小小忏悔。

"嗯，是这样没错。"

我看向窗外的大海回答。

"我——不是普通人。"

像是倾吐出来的小小自戒。

"——请你别这么说。"

我看向窗外的大海回答。

"我……一点办法也没有。"

像是要哭出来的小小告白。

"——只要活着，就不会有那种事。"

即使如此回答，我也只能凝望窗外的大海而已。

……他的话语有如哭泣一般。

在我们俩的问答中也找不到任何重点。

我不知道这样能给他多少的救赎。

但在最后，白纯学长用像是从喉咙挤出来般的细低声音这么说："黑桐，请你救救我。"

……我没有办法回答这句话。

我这次彻底地、强烈到想要诅咒一般地了解自己的无力。

"咳——噗！"白纯学长的声音响了起来。

他高叫一声后，就一手把我甩到墙壁上。

在"碰"一声用力撞上墙壁后，我把视线转回学长身上。

白纯里绪用充血的眼睛静静看着我。

"……不要再来找我了，下次我会杀掉你的。"

他用模糊的声音说完后便跳上桌子。

"喀锵！"玻璃破碎的声音响起。

"学长！跟我去找橙子小姐吧！这样的话，一定可以——"

"一定可以怎样？一来没有治好的保证，二来就算我恢复正常也什么都没有了。与其要被审判杀人的罪行，不如就这样活到最后一刻。而且我正被两仪式追杀，我得快点逃离她才行！"

他笑着说完之后，金发飘逸地从窗口一跃而下。

我连忙奔至窗边，然而眼前的港口已看不见学长的背影。

"为什么要做这种蠢事。"

我好不容易才平静下来，一个人自言自语。

就算那样做，也无法解决任何事情。就像白纯里绪找不到出口一样，黑桐干也同样找不到像是出口的东西。我一边因为无力感而紧咬下唇，一边离开那充满式的残骸的房间。

虽然没有解决的方法，但还是有着必须去做的事。我非但要找出式，而且也不能放弃学长。

没错，即使没有救赎的方法，为了白纯里绪好，我不能再让他继续杀人了。

◆──杀人考察──◆
4

■

时间是八月。

自从那一天起,我就再也没睡过一次觉。

心里头好害怕,甚至不敢出门。

我讨厌这样苟延残喘的自己,因此连镜子也不敢照。

我真是个最差劲的人。

对什么事都提不起劲,也没胃口吃下任何东西。

虽然身上没有一点伤,却已经破破烂烂。

如死人般地过活。

到第七天的时候,我发现了。

当时死去的人,不是只有他而已。

真是的,为什么没人告诉我这件事呢?

杀了某人,等同于杀了自己,这么简单的事实。

■

当我从港口回到自己房间时,天色完全暗了下来。

隔了两天才回来的房间,当然是空无一人的。

桌上的摊开的城市地图,留下了喝剩的咖啡的马克杯。在这个受寂寞支配的空间里，式的身影和她的容貌也变得稀薄了。

"……"

我不自觉地叹了口气。

没错，我是有点期待这种平凡的日常生活——当我回到房间时，式若无其事地擅自睡在人家的床上……

从去年的十月开始，式就常常做出这种没来由地跑到我房间，然后什么也不做就这样睡着的奇特行为。

我担心她是在绕圈子向我抱怨，于是便去找秋隆先生商量。

当我把式这种无法理解的行为告诉他以后，秋隆先生无言地把手放到我的肩上说"小姐就拜托你了。"这听起来好像也是绕圈子抱怨的答案。

……现在回想起来，那还真是安稳的每一天啊。

我深信这种生活会永远持续下去。

电话铃声响起。

大概是橙子小姐打来的吧。她多半打算拿请三天连假这件事来讽刺我。

"喂，我是黑桐。"我不情愿地拿起话筒说。

然后，在话筒的另一端，传来倒抽一口气的声音。

虽然什么根据都没有，

但我就是能察觉到，那是她打来的。

"……式？"

"你这个笨蛋。"

式用紧绷的声音打从心底怒骂着。看来她是真的很生气，透过话筒都可以感觉到式的情绪。

"你从昨天起就跑哪去了！你知道外面很危险吧，你都没看新闻——"

她还没说完便沉默了。

我当然有在看新闻，就是因为有在看，所以才无法一直待在房间里。

"……算了，没事就好。我暂时会到橙子那边去睡，就这样。"

式只是为了告诉我这些，似乎从昨夜就一直在打电话的样子。

现在这反而让我感到局促不安。

式既然知道了杀人魔的真面目，为何还不回来呢？

"式，你现在在做什么？"

"跟你没关系。"

"有关系，你在追踪杀人魔吧？"

一阵沉默后，式答道："没错。"

她的声音非常冰冷，连话筒这一头的我也不由得打了个冷颤。

那是仅存着杀意的恐怖声音。

式打算把杀人魔——学长给杀掉。

"式，不行，你回来吧。你……不可以杀那个人。"

"哦？你见过白纯了吗？哼，那该怎么办呢？这样让我觉得更不能放过那家伙了。"

她突然改变原本冷淡的口吻，笑出声音来。

"式！"

"我严正拒绝，我的忍耐已经到达极限了，我没有放过这头久违了的猎物的打算。因为那个家伙是许久没碰上的非人类对手。"

非人对手。

去年夏天，为了自己的快乐而杀人的浅上藤乃，难道与和自己意志相反而杀人的白纯学长一样吗？

……嗯，是一样的。不管理由为何，他们都只因自己与生俱来的冲动而杀人。

世人一般将他们称为杀人魔。

"不过即使如此,就算对方是多么罪孽深重,杀人也是不能做的事。"

"我听腻了你的一般论,黑桐。白纯里绪已经不是普通人了,那家伙杀得太多;所以说,他是杀了也没关系的对手。"

"世上不存在那种杀了也没关系的人。"

"别说傻话了!那家伙已经没救,无法再变回人类了。"式坚决地说着。

正如她所说,或许白纯里绪已经不能被称为人。

但是即使如此——我还是希望那个人仍然是人。

"但是学长不是还跟我们一样吗?总之你先回来吧,如果你杀了学长,我可不会原谅你的。"

……没有回答。

她在思忖半晌之后,丢下了简短的拒绝语句。

"不行,我做不到。"

我反问她为什么。

她犹豫了一下,以干枯的嗓音说:"因为我和他一样也是杀人魔。"

我的脑中霎时一片空白。

因为我非常不愿意承认她的告白。

"……你和他不一样,你不是没有杀过人吗?"

"那只是碰巧到现在都没杀人而已,但我是无法改变的。干也,你想一想。四年前的我非常接近杀人这个行为,虽然织的人格只知道杀人,但也仅只于此。织虽然只知道杀人,但他并不喜欢杀人。你只要思考一下就能明白了,我从沉眠中醒来后,明明织已经消失而只剩下式,明明没有织却还是想要去杀人。很简单吧,到头来想杀人的并不是织,而是活下来的式。"

从话筒传来的声音很沉重,如同在诅咒自己一般的失意语调。虽然跟式平常的声音没两样,但在我听来却不是如此。

"所以不行,因为我不会回去那里了,所以你不等我也没关系。"

式一边害羞地笑着,一边这么说。静静地用着哭泣般的声音。

我沉默不语。老实说,真是有够不爽。

"听清楚了,式,那只是你误会了而已。"

她没有回答。没差。我自顾自地继续说下去。

"你不是说过吗?人一辈子只能担负一个人的死,你不但很重视那件事,而且——你比任何人都了解杀人的痛苦。"

没错,式从小就一直在杀害织。

你是名为织的被害者,也是名为式的加害者——你知道那是多么悲哀的一件事。

因此我相信,相信那个伤痕累累,充满哀伤的式。

"你没有杀过任何人哦。只是凑巧都没杀过人而已?别笑死人了,这种凑巧能持续到今天吗?你是因为自己的意志而一直忍耐着。人的嗜好因人而异。式,你的嗜好只是刚好是杀人而已。不过,你却一直忍耐着。所以今后,你一定也能继续忍耐。"

另一头传来咬紧牙根的声音。

式静静地、却非常激烈地开口:

"什么叫做一定?我不了解的东西,你又凭什么知道。"

我早就知道这个答案了。

"那是因为你很温柔。"

我了解那个在三年前没把我杀死的你。

……式没有回应。

两人隔着话筒,因此我无法得知她现在的神情。

我们的交谈,

只能听得到彼此的声音。

——然后交谈在道别的话语结束了。

"……黑桐,你真是一点都没变,我说过了,式最讨厌你这样的个性。"

说完之后她立刻挂掉电话。

话筒另一端传来制式的电子音。最后一句话……和去年夏末,两人被雨淋湿时说的话意义相同。

◇

二月十日,时钟的指针指着下午七点。

或许是原本不擅长的东西,升级为厌恶的东西,因而变成了我的原动力,我忘记两天没睡好的事实,从房间里离开了。

— 3 —

■

时间是八月。
我越来越疯狂了。

■

那是因为你很温柔。
我回想起这句无聊的话语，不由得加快了脚下的步伐。
心里涌现的只有凶残的情绪，我极度不悦。
"……真是个幸福的男人。"
我恨恨地咬紧牙根，在脑海里狠狠揍了那家伙少根筋的脸。
完全没变！没错，那家伙真的和四年前一样，一点都没变，依然痴痴相信两仪式这个杀人魔，露出笨蛋的笑容面对我，像对待正常人一样对待我，完全不觉得自己会被杀，因而才会让我出现无聊的幻想。
……没错，幻想两仪式这个异常的人，或许也可以正常地活在阳光底下。
四年之前，式对那个完全没辙。
我现在终于了解那种感觉了。
……因为我会杀了干也，因此必须从他的身边远离才行。我一直认为，我对两仪式这个自我，一点也没有痛苦的感觉。

……不过，如此一来，我就和以前一样了。

看来，我没有资格批评干也，因为式一直以来都觉得黑桐干也很碍眼。

跟黑桐干也讲完电话后约两小时，我抵达了白纯里绪的住处。追踪那家伙非常简单，只要跟着他身上麻的味道，然后一路追踪到起点即可。

那座位于港口，用来保管船货的仓库，似乎就是杀人魔的根据地。

港口空无一人。

晚上九点后，没有会来自街道的好事者，也没有人住在这里。

港口所拥有的，只有来自海面的反光，以及矗立的路灯光芒而已。

的确，如果在这里的话，不管做什么都不用担心被打扰。

我左手拿着小刀，右手拿着投掷用的刀，走向目的地的仓库。

那栋建筑跟学校的体育馆一样大，与其说是仓库还不如说是某种工厂。高约八米，让人意外地用窗户排满了一整面墙，虽然窗户高达七米而无法看见里面的情况，但若在白天，仓库里一定很明亮吧？

要用一句话来说明的话，就像是被铁墙围住的温室。

我虽然打算从窗户进入，但没有那个必要。仓库的入口，也就是那扇生锈的铁门，微微地开着。

以陷阱来说，还真是普通。

我从门缝间走进了仓库。

里头跟外头煞风景的港口不同，呈现非常奇特的景象。

从像是天窗的窗户里流进了月光。

高约五米的草种满了仓库，大部分的地面都是土，只有像通道的地方铺上了水泥。人工创造出的热带园地，就是这栋仓库的真面目。这里简直跟丛林没什么差别。

"……"

我右手的小刀感应到什么而颤抖了一下。

那家伙正躲在这密林中窥视着我的行动。

……虽然也想陪他玩玩，互相观察一下。但还是算了。看来因为与黑桐干也对话而不爽的我，已经失去常人拥有的耐性。

我拨开茂密的草，直接走向猎物。

"！"

那家伙惊慌地逃开。

但已经太迟了。

我追到他的身后，并挥下左手的小刀。

在挥中的前一刻，他跳了起来。

跟昨夜一样，朝墙壁跳跃……的确，身为人类的我，无法像鸟或蜘蛛般进行立体移动。

可是我已经看腻这种特技了。

我将右手的小刀射向敌人，把他打了下来。

然后跑到他落下的地方，跨坐在他身上。

"什——"

那家伙——白纯里绪仰望着我。

因为昨夜一战而认为战力相同的那个东西，现在因为无法掌控巨大的强弱差异，连话都说不出来。

与我相似的男子，什么也不说，只是看着要挥下小刀的我。

那不是昨夜的杀人魔，而是如干也所说，一点害处都没有的"人类"。

"拜托,你,等等。"

猎物自己明明都不知道意思,却还这样说着求饶的话。

但我对那种话没有兴趣,就这样把小刀刺了下去——

眼前的场景,似乎和某个时候某种情况很类似。

"咦?"

我和那个家伙同时发出诧异之声。

我那把——逼近那家伙咽喉的小刀竟然停住了。

"怎么……"

我不知道发生了什么事,于是把气力贯入左手。

我不会让他逃走的,我要杀了这家伙,并成为杀人魔。这样一来——我一定能够一个人活下去。就算回不去,也能毫无痛苦地自在活下去。

……明明可以的,

但我的左手,怎样就是无法杀掉白纯里绪。

"不会原谅。"

这句话在我脑海里回荡着。

猎物就像蛇一样,从我手里逃走。

不过他的背后全是空隙。

那家伙身上的死之线,我也看得相当清楚。

接下来只要一如往常地挥舞左手即可。

"我不会原谅你的。"

然而,我却放过了最后的机会。

简直像个小丑一样。

明明一直渴望杀人,却无法跨过最后那一条线。

只因为那个男人说过的那些毫无意义的话。

"那根本算不了什么!"

没错,那根本算不了什么。

即使无法被某个人原谅也无所谓。

就算全世界的人都不原谅我也没关系。

可是,为什么。

"都是那家伙的错。"

如痛苦般的憎恶,让我说出了这句话。

逃走的猎物狰狞地笑了。

刚才都还很怕死的猎物,发现了我的异常,变回昨日杀人魔的模样。

怎样都无法下手杀死白纯里绪的我,不管是打倒变回杀人魔的那个东西,或是从他身旁逃走,我都做不到。

― 4 ―

■

时间是八月。

就和荒耶先生所说的一样。

我是对的。

因为如果发疯了,杀人也是一件没办法的事。

■

……雨正在下。

淅沥沥的雨声很吵,让我睁开了原本紧闭的双眼。

"……什么嘛,原来我还活着啊。"

我从沉眠中醒来之后,躺卧在水泥地上看着眼前的景色。

草长得很茂盛。植物的高度高过我的身高两倍有余。

自高处窗户射入的日光,由于雨的缘故呈现灰色。

即便如此,从一整排玻璃窗射入的光线依然很强,亮得让人觉得不是在建筑物里。在不知不觉之间,外面已经是早上了。

灰暗的植物园。

我就倒卧在那附近。

虽然我记不太清楚,不过应该是败给了白纯里绪。我的双手被铐上手铐,身体不听使唤,多半是被注射了不知名的药物。

我的意识模糊，完全无法思考，也只能就这样被铐着手铐睡在水泥地上。

虽然我睁开了眼睛，却什么也看不见。

——这里好冷。只听得到雨声。

我无意识地凝视着淋湿玻璃的冬雨。

或许是被注射药物的缘故。

我的意识不存在于现在，而是观看着三年前的遥远过去。

……正在下着雨。

那一夜非常寒冷，仿佛连骨头都会冻碎。

式连把伞也不撑，只是追逐着黑桐干也。在滂沱大雨之中，凭借着路灯的光线前进。

湿漉的柏油路面折射光线，让我看不到那家伙的身影。

即便如此，式依然迅速追上了他。

刚才虽然遭到陌生男子阻碍，不过这一次可就没人出手帮他了。

式朝着愣愣地伫立的黑桐干也挥舞小刀。

少年的鲜血，渗入路面上如小河般流动的雨水里。

……不过，小刀只是轻轻掠过罢了。

"为什么。"

式屏住呼吸，黑桐干也则是奔跑起来。式随即追了上去，然后重复做着同样的事。

这个捉迷藏游戏，一次又一次地持续。

真是诡异。

少年奔跑一阵之后，又停下脚步，仿佛是在等待少女。

在雨中的式，就是无法杀了黑桐干也。

"为什么！"

我情绪不禁激动起来，抱住了头。

那家伙又在远处停下，一直被大雨淋着。

当我看到他那模样——胸口感到一阵苦闷。

"和黑桐在一起会感到痛苦。因为他让我看到无法得到的事物，所以让我如此不安稳。

因此——我必须杀了他，只要除掉他，我就不会再做梦。我必须让这种痛苦的梦消失，恢复成以前的我——"

虽然我像小孩一样大声喊叫，但想哭的情绪却越发强烈。

在雨中的式，似乎正在哭泣。

黑桐停止奔跑，和她面对面站着。

……不太会说话，个性又笨拙的干也。那位少年竟然停了下来等待自己。

就在那时，式理解了织的想法。

……没错，杀了干也，就不会再陷入痛苦，也能恢复成以前的自己。

然而，相对的——会连那个梦也没办法做了。

虽然做梦会感到痛苦。

可是不能做梦又是多么可怜的事！

结果一直阻止杀害干也的并不是式、也不是那名黑衣男子。

而是最喜欢做梦甚于一切，而且只能做梦的织。他不愿破坏名为干也的梦境。

……就算无法得到，即使再怎么痛苦，梦正是最重要的生存意义。

所以无法除掉他。

杀了那家伙的话,我会更加痛苦。这颗心也无法再忍耐下去。

只要这么做——

式往干也的方向走了过去。

少女在距离少年有段距离的斑马线上停下脚步。

在视线模糊的大雨之中。

远处传来汽车的声响。在最后一刻,式露出了笑容。

……没错,答案其实很简单。

"既然无法除掉你——那就只有让我消失了。"

露出笑容的式,留下这样一句话。

那是非常温柔,非常幸福,如做梦般的微笑。

就在下一瞬间,逼近的汽车轰然地发出煞车声,将她撞飞出去。

那是我在记忆中三年前的那一天。

在那个时候。真正该死去的其实是我。

在两仪式体内清醒的是织。

但织代替我在那时死去了。

……如果不这么做的话,织就无法守护自己的梦。因为这个身体如果只有织留下来,那么他将会持续随机杀人的行为。因为可以实现织的梦想的,不是织自己,而是式。

——在式体内的织,平时只能沉睡。

虽然我们是从最初的同一个人格分离而出,不过,只有身为式的我,才拥有身体的主导权。既然身为式的我存在着,那么此时织也只能沉睡。

织总是一直沉睡着。

他一直怀有式披压抑的心愿，完全被限定在否定他人、伤害他人、杀害他人的方向。因为这正是他被创造出来的原因，所以织只能以杀人魔的身份存在。只有在两仪式对当时相处的对方抱持杀意的情况下，织的人格才会在两仪式的体内出现。

然而，织也希望他能像现在的我一样正常生活，仔细想想，这也是理所当然的。因为我们拥有相同兴趣、一起成长，甚至连憧憬的事物也是相同的。

式……身为肯定之心的我，至少还会模仿，但织连这种事都办不到。即使如此，织还是认为，即使再怎么受到他人的厌恶，总有一天，我们还是可以在一起。

不过，那是他无法实现的愿望。

因此——织做的梦，是 Siki 过着幸福日子的梦。

喜欢做梦的织。

唯有在梦里才能实现心愿的织。

那也等同是式的心愿。

我们在现实世界里碰见了那个梦。

织那个可以过着幸福日子的梦。等于否定了自己存在的希望。

只要当时喜欢的那位同班同学，只要式和那个同班同学在一起，就能实现他的梦，但只要织存在，总有一天我会杀掉那个同班同学吧。

自己亲手毁掉自己的梦。

织不喜欢这样，他不想破坏黑桐干也这个梦，他想让 Siki 获得幸福；因此选择了唯一的手段——也不为什么，只是为了守护自己的梦。

他终于获得了幸福。

可以一直做着那个梦。

"……至少,也要让那家伙记住织。因为现在的我,正是织做的梦。"

因此我才会下意识使用织的话语。

如此一来,我就可以让周围的人把我当成织。

……雨不停地下。

我的意识仍然朦胧。

视野突然变得扭曲,一股无法抗拒的睡意侵袭而来。

在这之前,

我回想起身为另一个我的织,我想起他的心愿,并且将之遗忘。

"谢谢。我没办法杀了你。"

……感觉有些可悲,只能透过杀害这种方式和他人建立关系的式,连将这句话传达给她想传达的对象也无法做到。

— 5 —

■

……即使如此,我还是无法安心下来。

孤身一人太让人不安了。

我发现,必须要拥有和我一样的狂人同伴才行。

■

二月十一日,星期四。

一早就开始下雨,我来到了橙子的事务所。

我并非回到工作岗位上,而是为了要前往港口,有些事非得先和橙子小姐商量不可。

我讲完有关白纯学长的事之后,橙子一脸无趣似的弹了下手指。

"所长,你有什么看法呢?"

虽然我因为她摆出一副学长的事和她无关的态度,因此瞪视着她,不过她却摘下眼镜回瞪我。

"我没什么看法,既然起源觉醒是四年前发生的事,那就代表白纯里绪没得救了,他彻底变成另一种生物了吧?"

橙子一边说着,一边叼起了烟,单手托腮思忖着。

"不过他居然是起源觉醒者?荒耶那家伙,留下了无聊的临别赠礼，如果对平常人那么做，原有人格必定会彻底遭到摧毁，白纯里绪的双面性，可以说是当然的结果。"

"所长。那个，所谓的起源，指的是什么？虽然学长说是一种本能，可是我不认为那玩意能削弱人类的意志。"

我说完了之前一直抱持的疑问以后，橙子小姐点了点头，把烟夹在手指上。

"个人的深层意识不可能改变肉体本身，像苍崎橙子或黑桐干也，仅仅二十年所培养出来的意识，当然敌不过'肉体'这个更为坚固的自我。若掌管人格的是脑髓，那表现个人的就是肉体。虽然最近出现某些说法，认为人类只要有大脑就不需要肉体，但结果也只是在轻蔑自己的人格而已。不过我觉得这种事要怎样都无所谓啦。"

……我总觉得这番话好像离题了，而橙子小姐一阵思考之后，又提出了奇怪的问题。

"黑桐，你相信前世这种东西吗？"

"……前世，是那个自己出生前乃是动物这种东西吗？……该怎么说，我两边都不相信。虽然并不否定，但也不肯定。"

"真像黑桐会说的答案。不过，在这里先假设为有吧……以科学的观点，也有所谓转生的理论存在。所有分子都会流动吧？除了精神、灵魂、生命之类的观念以外，所有的物体都能转换为其他物体。

所谓的起源，便是追溯这种无秩序法则的方法。在魔术师里，甚至也有人试着让前世的自己附身而使用其拥有的能力。这是尝试让自己出生前的能力超越时代而继承下来。而起源则是指更上一层的东西。如果有前世的话，那之前应该就还有前世吧？前世不是人，再前世甚至连东西都不是，但存在之线还是会一直延续下去。你这个灵魂的原点，创造你这个存在的场所，确实存在。

但是那个地方并没有什么生命之类的东西，有的只是某种开始之因，决定事物的某种方向性而已。

在一切起源的漩涡之中，某种方向性如同闪电般发生。'做……'的意义流动。适合那个流动的物质集结成形体，而那个东西有时会变成人类。

在开始之因所发生的事物方向性，是指根源漩涡混沌里所产生的'做……'、'非做……不可'之类冲动，也就是让所有有形物体存在的绝对命令。这种混沌冲动，据说是魔术的起源。

简单来说就是本能。例如有的人只对小孩感到兴奋。虽然一般认为原因是出在儿时的经验，不过儿时的经验并不能扭转成人的意识，那在出生前就已经决定好了，灵魂有所谓的起源这种模型，即使我们知道，也无法对抗其存在的方向性。"

橙子小姐就此打住不说，不过我总觉得最后的几句有种诡辩的感觉。

……但也有我能够接受的地方。

就算是我们不想做的行动，也无法违背欲望而不去做。

按照橙子小姐的说法，人类、植物、矿物，都具备这种方向性，且被束缚而生存着。

"这些通常无法察觉，不过也有人一出生就离起源很近。这种人和超能力者一样，能力越是优秀，就越容易遭到社会排挤。

顺带一提，追寻死亡的式，起源是虚无；想违背常理的鲜花，起源则是禁忌。式因为离起源太近而受到那股冲动吸引，不过，鲜花不就很普通吗？因为起源毕竟只是原因，不至于能支配人。只要不是因为某种因素而对那个东西产生自觉……"

橙子锐利的视线望了过来。

她想说的我也知道。

"……换句话说，一但有了自觉，自己的人格就会败给那种方向性？"

"没错，从存在的一开始就累积到现在的起源方向性，光是白纯里绪自身不到十七年的方向性，根本不可能有能力对抗，他也只能不停重复自己的冲动罢了。不过'吃'还真是一种特殊的方向性啊。我可以了解他为何被荒耶看上了。听清楚了，黑桐，如果拥有'吃'这种起源，白纯里绪的前世应该是捕食猎物的生物。起源觉醒者可以取得累积而来的前世，你别把白纯里绪当成一个人，反而要把他视为动物集合体比较好。如果白纯里绪的人格残留着那就罢了，不过，要是那个人格消失了，他真的会变成'动物群体'。"

变成那样其实也颇耐人寻味，橙子小姐说完之后露出讽刺的笑容。

虽然她一直是那么冷酷，不过这次我无法默默容忍。

"变成这样也是那个魔术师所造成的吧。如果学长自己一个人的话，就不会产生——"

"是这样吗？光靠施术者本人，无法施展出让起源觉醒的魔术。必须等到起源者有所自觉，才能够让他觉醒。起源觉醒这种秘术，只要施术者和受术者意见相左就无法施展。白纯里绪是透过自身的意志做出抉择。他透过自身的意志变成动物，透过自己的意志杀人。被剥夺走的生命无法偿还，等他恢复成白纯里绪的时候，一切为时已晚。

虽然白纯里绪本人说他无法克制自己，不过那是不可能的……因为我看你似乎想帮助白纯里绪，因此给你一个忠告。你听清楚了，起源觉醒者确实会失去自身的人格，不过不会分裂成两个。如果白纯里绪的意志残留下来，那么残留的意志便可克制自身的冲动。他的人格可不像双重人格那样自由转换。黑桐，他是透过自身意志在吃人的！因此，你把他当成自己所认识的白纯里绪，这样的想法愚蠢至极，白纯里绪只是在骗你，意图博取你的同情而已。"

橙子小姐好像在斥责对生命恶作剧的学生一样，目光非常严厉。

我原本以为她是几乎不会担心别人的人，不过，在这个时候，我对魔术师……橙子小姐的偏见，似乎减少了那么一点。

看着一脸无法接受的我，橙子意外地绷起了脸。

"黑桐你不会惊讶吗？我说的是，白纯里绪并非因为输给冲动才会吃人喔。"

"咦？不，我非常惊讶。"

我淡淡地答道，橙子感到无趣似的蹙起了眉头。

"结果橙子小姐还是无法帮白纯学长一把吗？"

"嗯，这是那个男人为了追求灵魂形态而抵达根源的终极技术。我的专门领域在肉体部分。至于灵魂我就无计可施了。"

"这样子啊……可是既然学长的人格还残留着。我应该还能替他做些什么吧？"

"最多只是让他安心吧？不过那种事毫无意义可言，白纯里绪的人格能留到现在，已经可以说是一种奇迹，一来，或许明天就会产生变化……二来，或许他早已放弃人类的身份。"

……是吗？不过，即便如此，他还是说出了"救救我！"这句话。就算从很久以前开始，他的人格就不再是白纯里绪，不过他想要获得救赎仍是真实的——

"真是的，黑桐，你的想法真容易理解啊。罢了，我也不会阻挠你，不过对方可是杀人魔哦。那种玩意还是交给式就好，式不是为了解决四年前的案件而在追踪杀人魔吗？"

经她这么一说，我不禁低下了头。

解决四年前的案件。听上去虽然如此，不过从她的态度来看，感觉不是那么单纯。我曾经眼睁睁失去过式一次。我也了解，当时的式和昨夜电话里的式感觉很像。

情况和四年前相同，杀人魔现身了。式说自己也和杀人魔一样，而且似乎真的开始往那一边倾斜。

她到底为了什么而想杀人？

"橙子小姐，人类杀害人类的理由到底是？"

我因为再也无法忍受，因而提出这样的问题。靠着椅背的橙子小姐说出了一个答案。

"向对方抱有的情感，超出自己的容许量的时候吧，自己能承受的感情量是一定的，有些人容量大，也有人容量很小，不论是爱情或者是憎恨，当那种感情超过自己所能容纳的量，那么超出的部分会转变为痛苦，如此一来，便不能忍受对方的存在。不能忍受的时候该怎么办呢？也只能使用某种方法消除掉。不论是忘记或者离开，总之，要使其远离自己的心。当那种方法达达极致就是杀人了，为了保护自己而丧失道德，取得虚伪的正当性。"

对自己毫无办法的憎恨，目的不是为了报复，而是为了从那种情感当中保护自己才去杀人？

也就是说，无法忍受的苦痛将转换为敌意吗？

"不过，不是也有人会杀害无辜者吗？"

"那不叫杀人，而是杀戮。只有在人类拿自己的尊严和过去比较，让其中一个消失时才叫杀人，并担负杀人这种意义与罪孽。杀戮就不一样了，虽说遭到杀害的一方是人，不过杀人的一方没有身为人类的尊严，也没有随之而来的意义和罪孽。比方说意外事故，不会有人因此担负罪孽吧？"

……杀人这件事，也就是杀了自己。

"那杀人魔到底是什么呢？"

"不是正如字面上的意义吗？因为是杀人的魔鬼，因此就和天灾一样，受到牵扯只能自认倒霉。"

……式确实说过与这句话意义相同的话。

在十天之前,和式分离的夜里,她看到新闻之后,告诉我杀人魔并未杀人。

她说:"人一辈子只能杀一个人。"

我说:"人一辈子只能背负一个人的死吧?"

"我——回想起来了。"

没错,那两句话的意义一样——以前她告诉过我,那是她爷爷说的遗言。

式虽然一直很重视,而且也遵守了这个遗言,不过却又想抛诸脑后。

是我和杀人魔把她逼到那般境地。

我不清楚式对我抱有何种情感。

但那种感情让她痛苦,所以只能杀掉我来解决。

但是,知道杀人之苦的式,却没有办法杀害任何人。

既然如此——不如变成不需担负任何苦痛与意义的"杀人魔",她心里是这样想的。

然后,杀人魔在她附近出现,并且开始进行活动。

因为那个杀人魔想让杀人魔——两仪式变成他的同伴。

"我先走了。"我从椅子上起身说道。

橙子小姐一脸不悦的模样。

"什么嘛,你这样就结束啦?外面还在下雨,多坐一会儿也无妨啊。"

"是的。可是我不走不行了。"

我行了一礼便迈开脚步。

背后随即传来这句道别的话语。

"是吗。那么我留你下来,未免也太不近人情了。黑桐,一路小心啊,有缘明天再见啰!"

◆──杀人考察──◆
5

我做了一个让人怀念的梦。

"人一辈子只能杀一个人。"

真是——这样吗?

"是的。为了到最后让自己死去,所以我们只有杀一次人的权利。"

为了自己?

"没错。人一辈子只能承受一人份的人生价值,为了原谅无法走到尽头的人生,所以大家才会用尊重的态度看待死亡,因为生命等价,即使是自己的生命,也不是自己所拥有的东西。"

"那么,爷爷呢?"

"爷爷已经不行了,我杀了好多人,因为我承受了杀害他们的死亡,已经无法承受自身的死亡了。因此,爷爷的死,将会在没有任何人承受的情况下,前往虚无之处,那是非常寂寞的。"

"只能杀一次吗?"

"嗯,能杀人的次数只有一次,在那之后就不带任何意义了。仅仅只有一次的死相当重要。如果你杀了他人而用掉自己的死,将永远没办法杀死自己,也无法作为一个人而死去。"

"……爷爷你很痛苦吗?"

"嗯,我已经走到尽头了。再见了,Siki。如果你能迎接一个平稳的死亡就好。"

"……爷爷?"

"爷爷,你怎么了。为什么要带着那么寂寞的表情死去呢?"

"喂!爷爷——"

响起了"啪"的一声。

跟外头的雨声不同,那是黏稠而让人厌恶的声音。

我从梦中醒了过来,并睁开了双眼。

在野草相当茂盛的仓库里,我双手被铐着,被人丢到水泥地上。

……状况和刚才并没有什么不同。身体的无力感已经开始消失,而在我眼前有个与我相像的男子。

白纯——里绪。

我就这样保持倒在地上的姿势,确认着眼前的对手。

那个人带着难看的笑容俯视着我。

"已经清醒了吗?公主殿下还真是性急啊!"

白纯说完之后蹲了下来,他手上拿着一根针筒。

"药物对你来说似乎没什么用,我一开始就该用这个的。"

白纯拉住我的手,拿着针筒刺了下去。

因为药物而麻痹的我,甚至感觉不到疼痛。浑身使不上劲,双手也被铐住,只能瞪着那个男人看。

"你的眼神真是不错,两仪式应该就是要这样才行。我刚刚注射的只是肌肉松弛剂,还要请你在那里乖乖躺着。"

白纯里绪坐到水泥地上,以舔舐般的眼神端详着我的身体。

我看着窗外的雨。

"……这三年还真是漫长！要是你能理解我一直在等待的心情就好了。"

那家伙嘴里似乎咬着什么。

我对白纯里绪很冷漠，对方虽然也很清楚，却兀自说着自己想说的话。

"……从荒耶的说法听来，我似乎是失败品，他竟然说我相反过头了。我跟你为什么会完全相反呢？两仪呀！我们明明这么相似，你也知道自己不是存在于这世上的一般人吧？两个狂人，就得要彼此感情深厚才行。"

……我没有回答。

真的，我并不是在无视他，因为两仪式正想着另一个完全不同的人。

那个东西继续无聊地独白。

"……因为你发生了意外，所以我一直苦无机会登场，之前预定让那两个人破坏你的计划，所以我得老实一点，别碍手碍脚……充分地利用他人，等到没有用处的时候就舍弃，这一点很让人不爽吧？可是光是靠我自己没办法对付荒耶，因此，我只能照他说的做，离开你身边。所以你别再那么别扭了，你又不是忘了所有的事。不过，我很清楚，荒耶无法将两仪式逼入绝境，做得到的人，只有同为狂人的我而已……我知道这天一定会到来。"

那个东西靠近了我。

他像狗一样的趴下，舔着两仪式的脚。

响起了"啪"的一声。

黏稠的声音，潮湿的感觉。

带刺的舌头，一边舔一边往上游走——让人感觉想要发抖。

"……"

我发不出声音来。

回响在灰色仓库里的，只有那个粗重的喘息声。

我的身体明明无法动弹，感觉却变得更加敏锐。

宛如身处热带夜晚一样，我不停地出汗，像是被水淋过一样，全身溶进汗水里。

"……"

脚边的和服下摆被撕裂了。

那个叫做白纯里绪的生物吐着热气，继续埋头于舔舐的行为。

沾满唾液的舌头，缓缓从膝盖往上游走。

他很仔细地一直舔到大腿内侧，不断重复发出黏稠的声者。

那糖水般的液体，附着在肌肤上的感觉非常恶心。

"……"

我只能忍着不发出声音。

于是那个吸附在我肌肤上的东西，用非常缓慢的动作，从脚爬到了腰部。他的舌头一点也没损害到和服下摆，单纯在布料上爬行着。

"啾噜"、"啪擦"。

黏稠的声响让人感到不悦。

不断流出的唾液，从我的衣服外侧渗透到身上。

……被铐住的双手非常的痛。

野兽般的舌头仔细沿着我的胸部来到脖子。

他从脸颊一路舔到眼睛。

呼呼呼的喘息声，不断在我耳边回响着。

想到自己的身体满是唾液，闻到散发动物恶臭的呼吸，让我开始恶心作呕。

"死狗。"

我如此骂道。

那生物开心地笑着，使劲咬住我的咽喉。

"啊——"

因药物变得敏锐的感觉，现在极为强烈。

像是脑髓被千刀万剐，我发出了尖锐的惨叫。

或许是白纯里绪因此感到满足，于是他移开了嘴巴。

我的脖子上留下野兽的齿印，沿着脖子流下的血，都有种淫靡的感觉。

"……还不行，还不到吃的时候。因为那会让你无法恢复原状。"

那个东西低声念着，然后站了起来。

"因为白纯里绪爱你，所以要慎重对待你……吃东西是我的起源，当那股冲动涌现时，我就见一个吃一个地吃下周围的人。但是，应该因此消失的白纯里绪竟然还存在于此。我才不会输给冲动，因为有你这个同伴，所以我才会放过白纯里绪一马。"

白纯里绪像是在逃避自己的欲望一样离开了我身边。

"但是！昨夜你竟然还没办法动手杀我。到头来，你还是连一个人都没有好好杀过。杀掉荒耶那种不是人的家伙也没用。你明明是远胜于我的杀人魔，为什么——连一次都没有杀过人！"

白纯里绪的气息依然紊乱，望向倒卧在地面上的我。

"这样让我很困扰啊！我不能没有同伴，这样会让我无法安心下来，心里总是局促不安！明明……明明我只承认你是我的同伴，结果却遭到你的狠心背叛。再这样下去，白纯里绪不就会被起源吞噬吗？"

这种误解真是愚蠢至极。

自称为白纯里绪的那个物体，踩着静静的步伐在草丛中消失。

"你等着，我立刻——除去束缚你的原因。"

271

只留下这样的一句话。我虽然知道那句话的意义,但就是无法思考那会带来怎么样的结果。

这必定是因为药物的缘故。

我就在这种意识不清楚的状态之下,尽是想些没完没了又毫无意义的事情。

犹如被窗户玻璃弹开的雨滴数量,或是明天的自己会变得怎样……

话说回来,我到底为了什么会去找杀人魔?

最近发生了不少事,因而让我忘却了初衷。

我——确实是,确实是因为想安心下来,因此才跑到城里去。

再次发生的杀人案件,加上四年前的模糊回忆。

……我担心自己可能又会杀了那个人。

"原来如此啊,若是真有杀人魔存在,那么我就不是杀人魔了。"

我说完之后,发现自己泫然欲泣。

我好想回到过去。

真想过着清醒之后的这半年以来,和那个人度过的每一天。

我想要证明自己也可以像凡人一样活下去,因此必须和杀人魔这个对手了断。然而,我却忘了这个目的。

我一直潜伏在暗巷之中追踪杀人魔,也坦承自己内心有杀人冲动。

就在自己也弄不清楚的状态之下追踪白纯里绪,然后让自己陷入现在这种绑手绑脚的困窘。

若是以前的我——若是三年前的我,就算杀人魔再现我也不会在意吧?

……我变得软弱了。

只能一个人躺着,厌恶自己沾满白纯里绪唾液的身体。

外头下着雨。

我觉得自己真是非常愚蠢又凄惨。

我实在无法原谅他,可恶、真让人不爽,如果让我变成这样的原因在这里的话,我真想抱怨个两句。

因为我并没有什么错。让我变成这样的责任,全部在那个人身上。

……没错,全是那个人的错。

因为有那个人,我才会变成这样。

因为有那个人,所以我变得软弱。

如果没有那个人,就不会有这样的自己。

所以,如果那个人不在了,我也会活不下去——

"……我这个笨蛋。"

由于药物的效力,脑袋一直不是很清楚。

我的身体热到让人喘不过气,汗水如同眼泪般流着。

这种模样要是被人看到,我可是会羞耻而死。

所以,不快点去不行。

我不能一直待在这种地方做这种事。

这里不是我想待的地方。

我得快点回去才行,回去自己的家,那个我该回去的地方。

然而,不可思议的是,

当我这么想的时候,脑海里所描绘出来的,并不是两仪家的宅邸,而是黑桐干也在里头等着的,那栋平凡无奇的公寓——

◆——杀人考察——◆

6

——最后。

我来到了那栋仓库。

从橙子的事务所离开之后,大概两小时的路程,就能抵达港口的无人仓库。

在去找橙子之前,我就已查出此处就是白纯学长的真正住所,也是他藏药的地方。

在雨中,我靠近那栋即使在仓库街里也算很大的建筑物。

仓库的正面的铁门关上了,看来是没办法从那里进入。这种尺寸比自己大上几倍的铁门,用螺丝起子不可能撬得开,于是我试图绕到仓库另一边。

仓库墙壁上装设了满满的玻璃窗,虽然可以从那边进去,可是玻璃窗距离地面有五米高,如果没有梯子,连碰都碰不到。

仓库实际上比看上去还大,像是学校的体育馆一样。

所以我想一定有后门之类的地方。我边走边找,很快就找到一扇门。

在铅色的墙上有一个状似普通房门的入口。

于是我一声不响地靠近并转开门把。

门没有上锁,我就这样溜了进去。

……那里是个像杂物间般的狭窄空间。

在眼前有另一扇通往仓库内的门。

当我走向那扇门的同时，响起了"铿"的一声。

"好痛。"

我抱住头。

在察觉自己被人从后面敲了一记之前，我的身体就倒在地面上。

某种物体咕噜一声从喉咙滑下。

等到原本一片漆黑的视野稍微变得清晰之后，我从地面上抬起了头。

我人还在原地，时间应该只过了几分钟吧？

不过我却感觉很冷，身体不断发颤。

我打算站起身子，一只手却感到疼痛。

我左手手肘往诡异的方向扭曲。非但如此，两腿的膝盖内侧也遭到刀刃划伤。

那个位置是以前受过重伤的部位，现在连跑步都感到痛。现在那个部位被划伤，如果打算站起来，应该会出现让我感到几乎昏眩的剧痛。

不过，如果只是这样平躺，倒是不会感到疼痛。伤口堵住了，血也没有流出来。再加上那只形状扭曲的手，骨头部分也不会痛，现在感觉似乎撑得下去。

要说异常，就只有身体那股膨胀的感觉了。

刚刚吞下去的是药吧？

没错，那应该像是止痛药之类的东西，不过能够一吞下就马上生效止痛的，我倒是没听过。

这种非常具有效果、又犹如魔术般的药物。

"……"

我观察起房间的状况,发现某个人就在墙边。

那个人蹲坐在一堆瓦砾上。

"不好意思,因为我个人没有捆绑男人的嗜好,所以只好使用这种方法了。"

他说完之后走到我的身边。

我的脑袋因为药物而一片空白,感觉身体发烫,连眼前的景象都是一片白茫茫。

但即使如此,我还是清楚知道他到底是谁。

"白纯——学长。"

"黑桐,你还不受教啊。我不是跟你说过,你不要再来找我吗?你就是因为这么不听话才会落得这种下场……不过,我也有点开心,因为这让我知道,你果然站在我白纯里绪这边……哎呀,对了。把你让给两仪真是太可惜了。为什么我没有发现呢,要是让你变成我的同伴就好了。"

学长说话的口吻和以前的他不一样。

学长以犹如他人的口吻,态度高傲地说。

不过,就我个人听起来,觉得那只是在演戏罢了。

"……你是没办法制造伙伴的。"

在我开口说话的刹那,剧烈的疼痛感让我吐不出半句话。

虽然感觉不痛,不过我的身体的问题却很严重。我忍着每开一次口,脑袋就像要烧掉的疼痛,继续说下去:

"因为学长制造的药从来也没成功过不是吗?"仓库内的气氛为之冻结。

白纯里绪咬紧牙根瞪着我看。

"我真没想到。黑桐,没想到你可以了解到这种程度。一切正如你所说的,我并非为了取悦那些笨蛋才送他们药的。你说得没错,在我一时冲动吃了人以后,那玩意可以让他们闭上嘴巴。对那些笨蛋而言,我是免费送他们药的大好人啊。基本上不论我怎么做,他们都不会多嘴,不过这也只是其次。"

他耸了耸肩,闭上了嘴。

若是他不再继续说下去,那么只有由我主动来说。

"你卖的并不是药。"

白纯里绪沉着脸叹了口气。

"嗯,你说得一点都没错。我想要找到和我一样的家伙,但那种家伙却只有两仪而已。那么,我就只能采取人工的方式制造了吧?这间仓库的大麻,是我从荒耶那里拿到手的,这种大麻和其他的大麻有些不同,既没有成瘾性,也不会产生耐受性,但是那是人体无法分解的毒啊!只要用上几十次之后,理性就会完全遭到破坏,是一种究极的兴奋剂。"

"遇到那种用了几十次的对象,你就会给他'血芯片'吧?"

"应该说是看上去有希望的对象,'血芯片'是我用自己的血特别制造出来的,起源觉醒者会受到起源束缚。这种人的血不是普通的血了,结论虽不中亦不远矣。有的人只会感觉像一般的药物,也有人承受不了因此死亡。真可惜,如果能承受得住,一定就会变成我的同类。结果害我还得处理一点也不想吃的尸体。"

"……你明明说过不是因为想杀人才杀的。"

我用着好似要烧焦的喉咙说出很愚蠢的话。

白纯里绪的脸暗了下来,仿佛在说:"你怎么这么说?"

"因药物而死并不是我的错,想要药的人是他们,受不了而死的责任在他们身上,我是感到同情啦,因为他们如果像我一样特别,那就不会死了。"

我的头感到一阵晕眩。刚刚吞下的药,似乎让我的意识变得很零碎。

"不过都持续了两年，却连一个成功的家伙也没有，于是我想放弃了。就在此时，两仪清醒过来了，你应该很高兴吧？我也很高兴。没错，我们是同伴？在这种意义上，白纯里绪和黑桐干也是同伴，原因在于——"

白纯里绪嘿嘿冷笑。我只能一直看着他。

"没错，三年前让她毁掉的人就是我和你。你破坏了式的内在，我则是破坏了她的周围。"

果然是这么回事。

我和白纯里绪两人，只要缺少其中一个，式就不会变成那个模样……正如他所说的，在这层意义上，我和他可说合作无间。

"黑桐，事情很简单的。两仪喜欢在半夜行动的性格，实在是很好利用，我只要尾随在她身后，在她即将要去的地方杀人就可以了！一开始还曾经被别人看见，不过几次下来之后我就很熟练了。那天和你吃完饭分开之后，我不是完美地先赶到两仪家的宅邸去吗？那是我故意要让你看到才特意准备的。"

我无法听清楚白纯里绪的话，呼吸不顺畅，感觉像是心脏着火一般。

我不知道、呼吸竟然也能这么困难。

"……星期一连续杀了四个人的人，也是你吧？"

不过，我居然在说话。

他点了点头。

"真是受不了，我好不容易安排他们袭击两仪，她却只让那些家伙无法动弹，没能跨越最后那一道界线，还让我必须负责善后。不过，看起来那件事多少也发挥了效果。"

白纯里绪回到了墙边。

"时间也差不多了。干也，不好意思让你受苦了。没关系的，如果是你的话,很快就可以解脱了。"

他拿起瓦砾上的东西……那是一柄小刀以及棒状物……那把小刀,是式的。

"……你难道把式给……"

"不。我对她什么也没做,因为我知道我需要的是你。她的事现在已经无所谓了。虽然我现在让她在隔壁的仓库沉睡,但明天就会让她回去。"

他用一只手利落地拿着那两个东西,再度来到我身旁。

"那么就开始吧。放心,没什么好担忧的。因为至今失败的理由,在于只给药物而已。荒耶也说过,要让起源觉醒得要双方同意才能达成……没错,所以这次会成功。只要你想的话就能得到一切,绝对不会失败。干也,你可以变得很特别哦。"

……白纯里绪有点钻牛角尖地说着。

我只是摇了摇头。

"自己明明会因此消失也要变得特别?你不是讨厌这种事吗?"

"傻瓜,你竟然相信那种话,当然不可能会讨厌的吧?因为起源觉醒的缘故,我变得很特别。不但力量变强,也能办到普通人办不到的事。

我不会输给任何人,也不会让别人说我软弱。

我能做想做的事,照自己的意思活下去。

这些快乐的事——是四年前的白纯里绪做不到的。"

想要变得特别、想要比别人优秀,这就是他的愿望。

但这应该是每个人都有的愿望吧?若说这个人有罪,绝不是因为这件事。而是——

"当然,我并没有消失,我仍然是白纯里绪。干也,冲动是可以抑制的,根本没什么好怕。我只是因为想吃才去吃而已。不是因为起源的意志,是因为我自己的意志而希望去吃人。"

"……白纯里绪只不过为了引发你的同情而在骗你罢了。"

橙子小姐曾经这么说过。

真是这样子吗——

"什么?你不觉得惊讶吗?我倒是很想看看你诧异的表情呢。真是怪了,干也,你为什么不觉得惊讶呢?"白纯里绪感到不可思议般地问道。

因为这种事——

"我从一开始就知道了。"

"咦?"

感到诧异的人是他。

是的,这种事我从一开始就知道了。

自从读了那本日记之后,我就完全理解了。

不管是这个人早就放弃身为一个人类,或是白纯里绪已经不在的事实。

但即使如此,因为"请你救救我"这句话,是四年前的白纯里绪遗留下来的,因此即使只有我一个人也好,我也要去拯救他。

"……你犯下杀人的罪行,为了逃离那罪行而舍弃自己。以前爱着两仪式的白纯里绪,现在只为了让自己正常化而追求式。其中并不存在任何爱情,你——"

"吵死了!"

白纯里绪放声大吼,猛力踹起我的身体。

还好我的痛觉早已麻痹,没有任何感觉。

"我的事没什么好提的,现在可是在说你的事。"

白纯里绪不悦地说完之后,挥舞手上的小刀。他用式的小刀,把棒状物切下小指般大小的一块,然后塞进自己的嘴里。

"虽然连续服用对身体不好,不过也没办法,因为你实在太倔强了。"

他粗暴地抓住我的头发,把我的脸抬了起来。

白纯里绪就这样把嘴唇贴在我嘴上。

我用来抵抗的舌头被推开,他把嘴里咀嚼的东西送到我的嘴里,硬是要我吞下去。

……我没办法抵抗,只能乖乖吞下。

"这样就万事俱备了。"

移开了嘴后,白纯里绪一脸平稳地说着。

"这次的药,药效高达十倍,你的身体应该会受不了吧?但你要在那之前吞下这个。干也,你得用自己的意志,舍弃掉目前为止的自己。"

他拿出红色的纸片。

……我的视野模糊一片,看不清楚见眼前的景象。

"你在干什么。这是可以让你变得特别的东西哟!让你可以从那种到处可见的普通生活里解放出来!明明可以那么快乐,为什么不肯听我的话。吞下它!干也。如果不是你,我才不给呢!"

他拉起我没断掉的那只手,硬是将血芯片塞到我手中。

白纯里绪看见黑桐干也没有反应,情绪非常焦躁。

"你给我吞下去,干也,刚才你吞下的药物的药效,你的身体怎样都承受不了。你听清楚了,不吞下去可是会死喔!很普通的死和很特别的活,哪一种比较棒应该连想都不用想吧!"

的确连想都不必想。

我摇了摇头。

"为什么?"他的声音仿佛勉强挤出般细微。

明明不理他也行,然而我却回答了他。

"因为感觉好像不太有趣。"

白纯里绪脸上的表情冻结了。

空气仿佛"啪嚓"一声出现裂痕。

……我真是自己找死啊。

"……嗯,因为从学长你的经验来看,感觉好像不怎么有趣。而且我比较想保持学长说的普通状态,我不想成为特别的存在。"

白纯里绪看着我的双眼里已经失去了人性……这个人因为刚刚那句话,已经把我当成了敌人。

"……你在说什么。你到底是什么意思?听清楚了,你不吞下去可是会死喔!你已经没有其他选择了!当时的白纯里绪也一样!明明每个人都——都想变得特别,都想比别人优秀,但你却……"他激动地直说不能相信。

然后,他露出微笑凝视着我。

那个笑容不知道是因为恐怖,或者因为极度不悦造成的。

"为什么?我真是无法置信,黑桐,你为什么会这么说?我知道你不是逞强才这么说,也没有输给任何人的感觉。你是——真的这么希望、但是,再这样下去真的会死。在耍什么帅啊!可恶,你根本就不正常。你不是普通人,怎么想都觉得你不正常!"

"不正常的是你吧,学长。"像是被胃部涌上的恶心感催促一样,我说出这句话。

若是我更懂得察言观色,或许还可以活得久一点。

"你现在已经活得不正常了。杀人的你,不敢正视自身的罪孽,一直在逃避。你用自己发疯了的借口对自己催眠。既然已经发疯了,那么杀人也是无可奈何的事,你说不正常的人自然会做出不正常的事,其实你只是自己骗自己!

不过,这和因为觉得不爽就打人的理由一样,完全没有正当性可言。你却为了正当化装疯,直到现在还一直在逃避。"

没错。自从第一次下手杀人,受到荒耶宗莲诱惑开始,白纯里绪就消失了。

他用化为狂人自己方能存在的理论，把自己武装起来，并且紧追着同为杀人魔的两仪式。因为如果有和自己相同的杀人魔存在，自己的行为就能够正当化，可以因为拥有一样不正常的伙伴而感到心安。

"……吵……死了。"白纯里绪眯细着眼看着我。

不过，我如果不把话说完，那么就失去了来到这里的意义。

"从出生起，就没来由地喜爱好杀人的式，还有为了保护自己，自认喜爱杀人的白纯里绪。"

天然产品与人工物品。

与生俱来的东西和后天捏造的东西。

我很清楚，如果我不说的话，学长是不会了解差异何在。

"以杀人魔这种名称来称呼你不对，你并未背负式所背负的痛苦。因为你没有那种想舍弃却无法舍弃的情感。"

"黑桐，你很烦啊！"

"所以你和式绝对不一样的，根本就是完全相反的两个人。杀了人之后还不承认是自己的罪孽，只会一味地逃避，你不过是个连杀人犯，或者杀人魔都算不上的逃避者——这才是你的真面目啊，学长。"

即使如此，就因为你说想要有人救你。

所以我才想将误认只剩下疯狂这个选项能选的你，拉回到这边的世界来。

"……我说你很烦啊！"

那是充满怨怼，如同诅咒般的愤怒之声。

我没办法阻止，只能默默地看着他举起小刀的动作。

◇

他举起小刀。

充满情绪性地用无法停下的力道,往黑桐干也的头部一刀砍下。

从额头左边利落切下的小刀,把黑桐干也与世界彻底分开了。

6

干也"咚"的一声往地面倒落而下。

他伏在地面上不动,头部不停地流血,濡湿了水泥地。

我愣愣地看着手里的小刀,浑身动弹不得。

我对干也的尸体感到害怕,甚至连接近他都办不到。

因为,干也已经死了。

"对不起,我原本没打算这么做。"

即使我这么说了,回应我的也只有雨声。

我哭了出来。

在很久以前,当白纯里绪还是学生时所留下的感情,现在正在不断地变淡。

像是那个时候。

在白纯里绪要退学的时候,每个人都认为我做了一件蠢事。他们笑我高中辍学还可以有什么打算?但是,只有黑桐干也不一样,他衷心地要我好好加油。

我不可能会忘记的,当时的喜悦,直到现在还存留在白纯里绪心里。

然而,我却杀了那个给了我喜悦的人。

我因为一时激动杀了他……我明知道人类很容易因为一点小事就死亡,但是令人绝望的是,白纯里绪没有躲过那种事的运气。明明在第一次杀人就已经知道了!

不过,错不在我。

"黑桐，你为什么要反抗我。你不是任何时候都站在我这边吗？你不是一直都很了解我吗？

所以——明明只有你不可以反抗我，你却……"

没错，即使世界上每个人都不认同。

只要你愿意认同，一切就无所谓了。

明明只要有你在，无论变得如何都无所谓！

里绪接受了黑桐所说的话。

白纯里绪并不是爱上了两仪式。

紧追着两仪式的是身为杀人魔的我，如果她成为和我同样的存在，那么她就没有任何用处了。

所谓特别的存在，是因为只有一个人，所以才叫特别，因此我早就下了决定，当她恢复成杀人魔之后，我就立刻让她死。

可是，在失去之后，我这才发现。

我所需要的同伴，对我来说必要的是他。白纯里绪这种存在之所以还能留存下来，应该是因为黑桐干也的关系。

我——只有在黑桐干也面前，才能恢复成白纯里绪。

但是现在，连那个人都不在了。

我就像是失去了另外一半的身体。

随着以前占据我一半世界的人物一同消失了。

对不起，黑桐。你所信任的我，看起来要在这里消失了。

"还剩下另外一半。"

因此没问题，我可以活下去。

白纯里绪和两仪式，只要她能恢复成杀人魔，我就可以继续安心地存在了。

……嗯，没错。

我才不需要黑桐干也。从一开始,我不就是这样想吗?为了让自己消失在内部的"冲动",想要因为同为杀人魔的她存在,让自己感到安心。

我从房里离开。回到仓库之后,又开始往大麻园而去。

式——我以前强烈眷恋的女孩。

她比任何事物都更特别,是渴望鲜血的杀人魔。

她即将成为我的人。

我不由得笑了出来。脑海里浮现她沾满汗水和唾液的模样,这种快感让人受不了。

我想——早点动手。

只要开口说杀了黑桐,她必定会变回原来的模样。

真正的杀人魔会攻击我。

那是非常诱人的光景,再加上她身上的药效未退,如果可以从手指开始吃起,吃掉那个站也站不起来的杀人魔——有谁能创造出比这更美好的光景?

没错,没有人做得到,唯有我才有能力做到。

我的舌头不断蠕动,看来它也想尽情吸吮她的汗水,快些品尝她肌肉的滋味。

"可是……汗水?"

我在大麻园里停了脚步。

汗水?汗水怎么了吗?

的确,注射药物时会流汗。

然而——她的出汗量异常,而且她注射的不过是一般的肌肉松弛剂,不应该会流汗才是。

汗水量很大,异常发汗的情况,就像是要排出体内的毒素一样。

"骗人的吧!"

我立刻奔跑起来,连忙赶往两仪式倒卧的区域。我拨开草丛拼命奔驰。不到十秒钟时间,我就抵达了目的地,也见到预料之中的情景。

　"……"

　我感动得说不出话。

　因为,在仓库附近唯一没种大麻的水泥地广场上。

　理应无法站立的两仪式,露出恶魔般的眼神,幽然地伫立在那里……

— 7 —

◇

两仪式的样子,美丽到让人觉得凄绝。

白纯里绪连呼吸都忘了,看得入神。

束缚她的手铐已经失去了效用……不过不是解开,而是她弄断了。

手铐像是大型装饰品般挂在式的右手腕上,而手铐上一点伤痕也没有。

有伤的只有她的左手。

式——为了解开手铐,用自己的嘴咬断左手大拇指以及根部周围的肉。

◇

"哈、哈哈、哈!"

白纯里绪笑了。

"你真是最棒的。"

……就连他的笑声,我也觉得刺耳。

"最完美的杀人魔。"

他喉咙抖动着,看来正在演戏。

而我也已经听够这只死狗的声音了。

……我可没有时间，在这里做这种事。

"那么——开始吧，两仪。只有你能让我待在这个世界里。"

那个东西像被捕蚊灯吸引的蚊子，往我这边走了过来。

但我连看也不看他一眼。

"去找别人吧，我可不干。"

我勉强开了口。

那个东西无法了解我所说的意思，停下来眨着眼。

"你说什么？"

"我说我没空理你。"

没错，我并不需要杀人魔之类的称号。

那种东西就留给这家伙吧，因为我知道，我早已获得我所需要的东西。

我胸口的大洞——空洞的洞穴被填补了起来。

虽然我的杀人冲动永远不会消失。不过我一定能忍受下去。

织杀人的理由，和式杀人的理由并不相同，我不是早在夏天那个事件发生的时候，就已经很清楚这一点了吗？

我是为了获得活着的真实感，才会赌上性命。

不过现在那个理由已经淡去了，即使不赌命去体会活着的实感，我也渐渐感到满足。

因为现在的我，不是以前的式了。

我只要回到那里，并不断和两仪式战斗就好。

虽然输了就到那儿为止，但也不能因此逃避到杀人魔这种过于方便的东西里。

为了填补我胸口空洞的他，

以及还有为了我的幸福而消失的——另一个织。

"你骗人的吧，两仪？"

"再见，杀人魔。"

我随即迈开了脚步。

带着因药物而麻痹的身体,还有咬断的左手,我就像与陌生人擦肩而过一般,从白纯里绪身边走了过去。

那个东西则站在原地,呼吸越来越激烈地盯着我的背影。

"连你也要背叛我吗?"

他说的话,消失在雨声里。

我只是听着雨声。

"我绝不原谅你,你竟然舍弃了因为你杀人、因为你才走到今天这个地步的我?如果是这样,白纯里绪就再也不存在了。现在只有你是挽留白纯里绪的存在而已!"

我强撑无力的腿行走。头也不回地,打算离开这个草园。

直到我听见下一句话为止。

"你想回干也那里去是吗?两仪。"

他低声、带着笑声说道。

我的双脚,停了下来。

"那你没必要出去了,因为那家伙就在这里。"

我猛然吐出一口气。

眼前的景色开始摇晃,感觉像是要倒下一般。

我什么也无法思考了。

但是,为什么。

只有那句话语,我能完全理解呢?

"你——"

我发不出声音来。

原本决定不再回头,我却回过头去。

明明已经——打算不再杀人而生活下去的。

"这都是你的错,两仪。都是因为你一直拖拖拉拉,我只好代替你去做了。"

我听不懂他话中的意思。耳朵好像出了什么问题。

"没错，这是你的小刀吧？虽然弄脏有点不好意思，但还是还你吧！"

"铿"一声，我的小刀掉落在地上。

银白色的锐利刃身，被红色的鲜血给弄脏了。

我的小刀上沾了某个人的血液。

我很清楚那是谁的血……那个人血的气味，我不可能会认错，因为让我一直无法忘却。

"啊，你这家伙，死了吗？"

我说完之后，往前踏出步伐。

因为我必须捡起那把掉落在水泥地上的小刀。

"对，是我杀的，是我为了要让你自由！黑桐那家伙，到最后还装出一副好人的样子啰嗦个不停。说什么我跟你是相反的！很可笑吧？我们明明是这么相似的两个人！"

雨声，听起来真吵。

我走到小刀的位置，蹲到水泥地上。

沾在刀刃上的血迹还很新……这把凶器染血，时间上来说应该是几分钟前的事吧？

啊——

在这么接近的地方，这么接近的时间里。

我失去了那个家伙。

"笨蛋，我不是要你老实待在橙子那里吗？你连死法都如此脱线，还真像你的风格啊。"

"如果你杀了学长，我是不会原谅你的，式。"

一直用这句话束缚我的男人，现在被他所保护的动物杀死了。

到底为什么。

他明明是我的东西。

明明能杀他的,只有我而已。

"……"

我拿起小刀。用两手握着它站了起来。低着头,

只是将小刀抱在胸前站着。

我维持脸朝下的姿势,开口说道。

"好啊,动手吧。"

我低着头,看也不看对方一眼。

抬头也没用。

因为我从刚才开始——就没再看过那只野兽一眼了。

"你说绝不原谅我。白纯,在这点上我们的确是很像。"

野兽跑了过来。

我还是低着头,不去理会它。

赌命之类的行动,待会再说。

现在我还想——多多感受一下。趁刀上还残留他的温暖。

◇

白纯里绪的躯体一跃而起。

面对呈一直线袭击来的敌人,她依然一动也不动。

只听到"唰"的一声,动物利爪削下她臂上的肉。

即使流着鲜血,即使敌人飞身掠过,式仍然低着头。

她的双手温柔地拿着小刀。

像是对待无可取代的宝物般呵护、慎重。

熟悉的温暖越来越少。

就像是自己的体温，或触碰时的肌肤温度。

这样的我，多多少少也是有心存在的，而且我也相信那个人的心。

鲜血淌落、受到伤害、身体逐渐冰冷。

不过，却不会感到疼痛。

因为我很清楚，还有更让人难以承受的疼痛。

……我们淋着冰冷的雨，一次又一次地相互追逐。

对，只有冻结的吐息带有温度。

彼此都像是快窒息似的。

"唰"的一声，肉又被削下了一块。

敌人感觉像在享受狩猎的快感，玩弄动也不动的我。

他用肉眼看不清楚的速度奔跑，每擦身一次就带走一块肉。

……外头的雨仍旧没停。

虽然这只是不值一提的小事，但对我却是让人兴奋的事物。

在雨天，如同白雾般来临的放学时间，听你吹着口哨。

第三次，腿受了伤。

"啪"的一声，沾湿了水泥地面。

深掘至骨头的爪子在脚上和地面涂上了鲜血，连站着都让人感到痛苦。

……没错。连只是站着，都让人喘不过气来。

但我想，有时还是会以笑脸相对。

因为织喜欢你。

在黄昏，在充满燃烧色彩的教室里，我跟你聊着天。

敌人的能力，不是以前的它所能比拟的，不管速度或准确，都超越了真正的野兽。

相对的，我已经成为一个空壳。我的心冻结着，身体在不久后也会无法动弹了吧？

但是，这事实却让我无药可救地觉得快乐。

因为手还能动，在它下次靠近，我要确实解决它。

只要有你在，只有你微笑，那就是幸福。

它第四次冲了过来。

敌人的目标是右手。

我虽然知道，但却动也不动。

因为我不能杀人。

只要有你在，光是并肩而行我都觉得高兴。

血流得太多，我的意识有点模糊。

身体很快就要倒下了吧？

但是，我却还遵守着那个人的话。

不可以杀白纯里绪。

就算死了，他的话也还在我心中活着。

因为我想一直守护那种温暖。

只是短短的时间，因为林缝间的阳光似乎很暖和而停下脚步。

不过，我很高兴。

你把我当作普通人一般对待。
我很高兴你认真告诉我："不可以杀人。"
虽然我没有说出来。
但就我来看，我觉得你美丽的像奇迹一样。

你笑着说，总有一天我们能站在同样的地方。

第五次的爪子接近了。
那肯定是我的死期了。
敌人应该会攻击我的脖子吧。
想解决掉就算不管也会因出血而死的我，只要攻击颈动脉就足够了。

我一直希望，有某人能这样跟我说。

……死亡逐渐逼近。
回想的尽是以前发生过的快乐的事，脸上的表情不禁得意起来。
先前过往的一年，以及这段仅有半年的日子。
时间飞逝的速度，想抓都抓不住。不过我很感激美好得犹如谎言般的幸福。
接下来也不会更好的无聊高中生活。
过着没有争吵，平和的每一天。

那真的是，犹如梦境般的日子。

谢谢你。但是，对不起。
……我抬起了头，眼睁睁地看着那家伙的死亡。

我明白会消失，那个你相信的我，以及你所喜爱的我。

即使知道会消失，我依然要杀了它。

即使因而让从以前到现在的自己完全消失，也一定不会有人陪在我身边。

即便如此——即便如此，我也不能原谅这个杀死你的家伙——

她看着朝自己逼近的敌人。

如此一来，事情就简单了。

犹如飞离水面的白鸟。

走到结局，仅是瞬间的事。

◇

结局来的速度非常之快。

白纯里绪那只伸向她颈项的手，眨眼之间被她切断了。

她顺势砍断敌人的双脚，将小刀插入白纯里绪如气球般飘浮着的身躯，无情地将他摔落至地面。

那把小刀如墓碑般贯穿他的心脏。

白纯里绪"哇！"呼出一口气，一切就此结束。

他脸上留下诧异的神情。

白纯里绪尚未察觉自己被迅如雷电般的速度杀死，生命活动就此终止。

◇

小刀如墓碑般插在白纯里绪胸前。

用双手握住小刀的她，一直保持跪姿不动。

阳光从窗户斜斜照了进来。

被灰色亮光映照的模样，有如替死者送别的神父般，不带有任何的色彩。

白纯里绪的尸体没有流血。

四散在仓库里的鲜艳红色，都是从她身体流出来的。

不，如果是两仪式的话，她可以让几分钟的性命延长许多倍，并藉由接受治疗而完全恢复。

但她却不想那么做。她放开小刀，往后倒了下去。

双唇"哈"地叹出了一口气。

只要她把呼吸的间隔更加延长，并切断伤口附近的神经，用这种方式让身体休息的话，就能恢复到足以去求援的体力。

"不过，还是算了。"

说完，式仰望着天空。

从窗户里看出去的景色，总是在下雨。

在冬天这季节，总是在这种天空下，弄脏了自己的双手。

这副模样没办法回家。

全身脏兮兮的回家，也只会被骂而已。

"即使如此，还是会等着我。"

明明会一起散步。

明明会握着我肮脏的手，走在回家的路上。

明明有那些像是梦境般的每一天。

"真的，好像骗人的一样。"

呼吸停止了。

意识有如蜡烛的火焰般摇摆不定。

即将消失的生命，仿佛海市蜃楼般美丽至极。

她调整呼吸。

不是为了要活下去,而是为了安眠。

那双看着天空的眼眸流着眼泪。

我曾经下过决心。

如果我要哭泣,就得在那个人死的时候才能哭。

我轻闭眼眸,让呼吸越来越平稳。

心里不太后悔,只是静静思忖着。

如果我没有了干也,就失去了活下去的意义了。

就像是野兽了解火的温暖之后,再也无法回去一样,我已无法回到以前那个空洞的自己了。

◆── 杀人考察 ──◆

7

世界，遭到断绝了。

最初我只能这么认为。

咕哇一声，我的喉咙吐出了胃里的东西。

用冲击来拉回失去理性的意志，是身体想要求生存的机能。

我以单手的力量，好不容易撑起了上半身，双腿还不太能使力，我爬到墙边，扶着墙壁站了起来。

视觉终于恢复了，但能看到的只有轮廓，世界白茫茫一片，一切都显得暧昧不清。

"好痛。"

虽然我不知道是哪里在痛，反正就是很痛。

我摸了摸左眼。

出血只剩一点了，或许是白纯里绪逼我吃的药也特别具有促进新陈代谢的功效吧？现在绝大部分的伤口都凝结了，至少不会因为出血过多死掉了。

但伤口本身并没有治好……这也是当然的，被一把小刀从头颅砍到脸颊，整个左眼都被切断了。

我还活着已经非常幸运，而且右眼并未因为左眼的伤而连带失去功能，这一点也很幸运。如果我还希望自己左眼没事，那应该会遭到天谴吧？

我好不容易倚着墙壁走到仓库去。

仓库长满了草，我完全不知道那里发生了什么事。

疼痛与出血，再加上药效，我只能想着一件事。

"式——"

我迈开了脚下的步伐。

仓库的空间很宽广，草丛也很挡路，让我找不到。

我每踏出一步，就会因疼痛而让意识模糊。

我失去意识，不过很快又恢复，然后再踏出一步。

拼命地重复这个动作，但是，我到底在干什么呢？

拖曳着沾满鲜血的躯体，连自己是死是活都不知道。

"……"

我突然跪了下去，倒落在地面上。地面是种着草皮的泥土，因此伤口没裂得很严重。

既然膝盖挂了，那我就用爬的。

但仓库的空间实在太宽阔了，让我遍寻不着。

左眼发烫，右眼也看不见，我一点也没办法。

稍稍休息一下吧？毕竟也不能保证式一定会在这里，也不能保证我不是在自寻死路。

脑袋明明这么冷静地思考，可是我却没有停下来。

"为什么呢？"

当然是想见到式。

但如果找到了式，可是她已经解决了白纯里绪，那我该怎么办呢？

如果你杀了学长，我不会原谅你的，式。我确实这么说过。

没错，我不会原谅的。

唯有杀人这件事我不准你做。

即使不是式的某个人杀了某个人，我也觉得无所谓。我只是单纯地不希望式杀人。

因为我喜欢你。

因为我想要一直喜欢你。

因为我希望你能获得幸福。

我不希望你再受到伤害。

人性真是不得了啊。

即使对方是式，我还是恨犯下杀人罪孽的人。

我相信式，这还真是一句很好用的话。

我只是单纯想相信罢了。如果有人害她杀了人，我就会无法原谅式了。

"如果你杀了学长，我就不原谅你。"

我像在梦呓般地说着话，继续往前方行进。

我拨开了草丛，到达一个什么也没有的地方。

水泥铺成的地板，那个广场照进了一整片的阳光。式在那里。

她旁边倒着白纯里绪的身体。

倒在地上的两个人，看来不像还活着。

"……"

你杀了学长吗？式。

心里充满了懊悔，但那不是相同的东西。

我——现在看得见式，其他什么也看不到。

我缓缓爬到式的身边。

她脸上的表情很祥和。她身上到处是伤痕，沾满了鲜血。

苍白的脸色感受不到体温，不过，她还有呼吸。

啊，她还活着。

我安下了心，向白纯里绪道歉。

他真的死了，我想，不论发生了什么事，最后都是式杀了他。这种结果是只属于你一个人的结局。

因为被害者是你，我认为只有你才有权力悲伤。

即使如此，我依然很高兴式还活着。学长，我不觉得你很可怜，相反的，我有点恨你。

因为如此一来，式就——

这时候，白皙的手指触碰着我。

纤细的手指轻抚我的脸颊。
如轻轻掠过般抚摸着我，那是她的手指。
"黑桐，你在哭吗？"
式以虚弱的眼神如此说道。
她带着"你这笨蛋"的意识，摸着失去一只眼睛的黑桐干也。
我所流的血，在她看来说不定像是泪水。
式无法抬起身体。而我连抱住她都做不到。

在雨中。冰冷的吐气带着温热。
我们彼此看着对方即将要停止的微弱呼吸。

"我杀了白纯里绪。"式说道。
"嗯，我知道。"我点了点头。
式瞥了白纯里绪的尸体一眼，一脸茫然地仰望天际。
"这下子我失去很多东西了。"
她的声音带有空虚和悲伤。
她所失去的东西。
像是重要的回忆、以前的自己，或许还包括我在内。
最重要的是——如此一来，式就无法杀害她自己了。
她无法去担负那个罪孽。
如同她爷爷所说的一样。遵守那句教诲的她，得和爷爷一样，孤零零地迎向死亡。

往寂寞、空虚的死人行列而去。

"没关系啦,我不是曾经说过,我要替你担负罪孽吗?"

赤红色的鲜血,滴落到式的脸颊上。

左眼汨汨流出的鲜血,看上去的确像是泪水。

就在夏季结束之际,我对第一次露出笑容的你发誓。

我要替你担负罪孽。因此——

我会杀你。

到你死之前,直到你死去那一刻,我都绝不会让你孤零零的。

"我可是杀了人喔。"

式茫然似乎不带感情地低吟。

像是责备失去一切的自己,有如要哭出来的小孩一样。

她知道。

那是永远不会消失的罪孽,无论怎样道歉都不被原谅的悲哀。

因为连我也不能原谅这件事。

不论是谁我都无法原谅。

"我不是说过不可以杀人吗?但是你却笨到不遵守我的话,这次我真的生气了,我如果生气了,就算你哭也没用的。"

"什么嘛,就算我哭也不肯原谅我啊。"

"是啊,绝对不会被你敷衍过去的。"

我说着不着边际的话。

如果我这样做能让式感到安心,要我怎么胡扯都行。

式轻轻地……真的轻轻地露出微笑后,静静地闭上眼眸。

她的表情像是睡着般地安稳。

红色的鲜血沿着她的脸颊流下。

我用已经失去知觉的手,抱起全身是伤的她。

如果没人可以原谅这道创伤,连你自己都无法原谅自己的话,至少我可以待在你身边。

我用尽力气,拿出仿佛会让我们两人都死去的力量紧抱着她。

在意识消失前,我说出了最后的誓言。

"式,我——一辈子都不会原谅你。"

话语在落下的雨声之中消失。

的确,留下来的,只有像是相互紧拥般的指尖。

— 8 —

即使二月结束了,街上依然残留着冬天的气息。

温度非常低,新闻甚至报导明天出现四年以来的初雪。

三月份刚开始,冬天的余韵还缠绕着肌肤。

这样看来,春天真正到来会是很久以后的事。

在城里引起大骚动的杀人魔事件,最后以药物中毒告终。

白纯里绪的遗体遭到警方回收,两仪式和黑桐干也两人,则是被害者的身份送医,结果总算是活了下来。

……虽说干也直接被送到医院,不过我可不能按照他的方式送医。

因为我自己咬断的手是橙子做的义肢。

我不能就这样大刺刺地前去医院治疗。藉由两仪家的力量,我被转到了私人医院,然后在橙子的地方接受照顾。

我的身体在二月中康复了,可是干也到今天都还在住院。干也身上的伤和排出体内药物的疗程,让他住院三星期之久。

不过那也只到今天为止了。

虽然以他的身体状况来看还是得住院,但干也以医院很无聊的理由,选择在今天出院。

因此,我才会伫立在这个寒空下。

伫立在国立医院的大门口。

我站在离圆环广场有一段距离的大树下，监视从那里进出的人影。

经过两个小时后，有一道漆黑的人影走出了医院。

他的裤子和上衣都是黑色，只有一只手绑着的绷带才是白色。

一身黑色衣装的男子走出玄关，向护士和医生打过招呼之后，直接就往我的方向走了过来。

我没出声，只是静静地等候。

"……真是的，结果你连一次都没来探病耶？"

黑桐干也一脸不满地说。

"鲜花生气了。她说，要是我出现在病房，她就会亲手杀了我，让我连想去探病的念头都没了。"

我也一脸不悦地回答他。

干也嘴里念着那就没办法了，但还是一副不满的模样。

"走吧。要搭出租车吗？"

"从这里到车站也不远，用走的吧。"

"……算了，这样也好。"

干也补充了一句："不过这对刚痊愈的病人有点辛苦就是了。"

他说完以后，便跟着我走了起来。

我陪伴在他旁边走着，然后一如往常地闲聊，走下前往车站的坡道。

我瞥了干也的侧脸一眼。

……他的头发留长了。

不过其实只有左前方的头发留长，还称不上是长发。

正好可以遮住左眼的长发，让他变成漆黑的人影。

"左眼。"

我说完之后。

干也若无其事地告诉我左眼不行了。

"就和静音小姐说的一样,你记得吗?就是在夏天的时候,那个在红茶店里聊了一小时的女人。"

"那个可以透视未来的女人吧?我还记得。"

"嗯,她曾经说过,如果和式扯上关系,下场就会非常凄惨,结果真被她说中了。下场真的满凄惨的。"

不知道他神经到底有多大条,干也竟然一脸快乐地说出这一番话。

我觉得有点不悦。

这时候是要我做出怎样表情啦?笨蛋!

"不过我的右眼没事,所以不算严重啦!只是距离感有点失衡而已。因为这个缘故,你能不能靠在我的左边?因为我还不习惯,所以对左边还不是很安心。"

干也在说完之前,就把我拉到他的左边去,而且竟然还贴了上来。

"你在干嘛啊?"

我有点诧异,不过还是冷静地回了他一句。

干也又一脸不悦直盯着我看:"你说我干嘛?用来取代拐杖啊,因为在我习惯前的这个星期,一切都要靠式帮忙了,请多多指教。"

干也一副理所当然的模样。不过究竟是要我指教什么?

我绷着一张脸瞪了回去。

"你在说什么鬼,为什么我一定要做那种事。"

"因为我希望你做。如果式你觉得讨厌,那么就算了。"

干也在医院里发生了什么事吗?他居然能在不知不觉间说出这种让我背脊发寒的话。

他凝视着我的眼眸纯净无瑕。

为了隐藏染上红霞的脸,我不禁移开了视线。

"我也不会讨厌啦。"

我低声回答,干也愉悦地笑了起来。

他还真是个幸福的家伙。真是的,为何连我也有那种感觉呢?

"可是,我从明天开始要去上学耶。"

"那你就逃课吧!反正很快就放春假了,老师们也会原谅你的。"

"受不了你!"

明明平时都在啰唆别人要认真上课,现在竟然说出这种不负责任的话。

……真是的,看样子,想必是医院里发生了什么事。当我想到"待会我要逼问出来"的话题时,脸上不由得露出了笑容。

"式,你怎么了?"

"唉,你真是个任性的家伙。"

干也愣了一会儿之后笑了出来。

"就是啊!从好几年前开始,我就任性地喜欢上你。现在也是一样,即使式讨厌我,我也要任性地决定让你照顾我。"

他又不害臊地说出这种让人害臊的话。

我虽然打算回他一句惯用的抱怨,不过,这样也好。

老实说,连以前的式,其实也——

"咦?你怎么了,式。你不是拿这种说词没办法吗?到现在,你不知道说过多少次你很不擅长这些了,不是吗?"

看来我的反应似乎出乎他的意料之外。干也像是替自己挖了个坟墓。

我原本打算不说的,不过现在改变想法了……嗯,反正起码也得说出自己真正的心情一次两次嘛。

"其实并不是那样。"

干也"咦"的一声,似乎感到很诧异。

我为了不面对面看着他，于是把头转到旁边，随即补上了一句。

"干也，我是说，现在的式，其实不讨厌诸如此类的话语。"

可恶，果然还是让人难为情，我再也不说这种蠢话了！

我偷瞥干也脸上的表情。

不过，看来干也受到的精神冲击似乎更严重，他像是看到鲸鱼飞天般整个人愣住了。

我觉得这个状况怪怪的，握住了干也的手。

我拉着缓缓步行的他，加快速度步下坡道。

看，车站就在眼前不远的地方。

我握住手的那只掌心，不知不觉地感受到一股比我还要大的力道。

不知何故，这些琐碎的芝麻小事却让我很开心。

我冷静地抑制浮现在脸颊的微笑，朝坡道下方迈开步伐。

最后终于抵达了车站，我们回到了那个我们非常熟悉的城镇。

弯曲的归途。

即使路途遥远，即使是让人觉得会迷失的道路，也有个人牵着自己的手一路同行。

我想要的，并非是小刀或者其他物品，仅仅只是那只手掌而已。我想，不论以后遇到什么事，我都不会松开自己的手。

我的故事至此结束。

我接受了现在的自己和以前的式，过着日复一日的普通生活。

然后，就如同这个季节……

静静地等待那个严冬结束，新春到来的时刻——

／杀人考察（后）・完

空之境界

◆── 空之境界 ──◆

◇

城镇里飘落着四年以来的第一场大雪。

三月的降雪,寒冷得仿佛要冻结整个季节。

入夜之后,白色结晶仍然落个不停,城镇犹如进入冰河期般一片死寂。

深夜零时。

街道上看不到半条人影,只有路灯发出的光线抵抗着雪幕。

在那原本该是灰暗,却被染得雪白的闇黑之中,他决定出去散步。

不是因为有什么特殊的目的。

只是出现一种预感,因此去了那个地方。

撑着一把黑色的伞,在下个不停的雪中行走。

她果然就在那里。

如同四年前的那一天。

在四下无人的白色夜晚,身穿和服的少女,若有所思,凝视着眼前的暗黑。

"黑桐,好久不见。"

陌生的少女,仿佛和他认识已久,脸上浮现柔和的笑容。

"黑桐，好久不见了。"

这位名叫两仪式的少女，以冷淡的口吻和他打招呼。

伫立那里的人，不是他所熟知的式，更不是织，而是某个让人捉摸不住的人。

"果然是你……我总觉得会见到你，一切如我所料呢。式沉睡了吗？"

"对啊，现在只有我和你两个人。"

她露出了笑容。

那个微笑，仿佛是为了女性这种存在具现而成的，完美无瑕。

"你究竟是谁？"他开口问道。

"我就是我。不是任何一个Siki，是那个存在伽蓝洞之中的我。也许可以说，伽蓝洞就是我。"

她的手放在胸口，闭上了双眼这么说。

如果来者不拒完全接受，那么就不会受到伤害。

即使是自己看不惯的事物，就算是自己厌恶的事物，即使是自己不能认同的事物，只要毫不抵抗加以接受，那么就不会受到伤害。

不过，相反的状态也是成立的。

如果来者皆拒都不接受，那么就注定会受到伤害。

即使是自己习惯的事物，就算是自己喜欢的事物，即使自己可以认同的事物，如果不愿同意而加以排斥，那么注定会受到伤害。

那就是过去的她自己、名为式和织的人格的存在方式。

"只有肯定和否定的心固然完整，却也因此而孤立。是这样吧。不染尘垢的单色无法混合，也就无法变色，永远保持着原有的单色。那就是他们。名为Siki的人格就像是位于同一个根基之上两端的极点吧。两点中间一无所有。因此我才存在于那个中间点。"

"这样啊。原来在中间点的是你。那我应该怎样叫你呢？那个……我还是叫你Siki可以吗？"

他歪着头思考的神情很诡异，让她不由得笑了出来。

"不，两仪式是我的名字。不过，你如果叫我Siki，我会很高兴。这样一来，我等待你就有意义了。"

露出微笑的她，可以当作小孩看待，也可以当作成人看待。

他和她不着边际地谈着一些小事。

他一如往常地说着，她就很开心地听他说。

两人之间的关系与一直以来的关系，没有一点改变。只是她不一样了。

她逐渐领悟到与他之间的差异，有着不可能混杂的绝望。

"对了，式她记得四年前的事情吗？"

他突然提出这个问题。

那还是在他高中的时候。他对式说，他以前曾经和她见过一面，可是式却记不起来。

"是的，因为我和她们都不同。织和式互相为邻，因此相互了解。可是我却是她们无法察知的自我，因此今天发生的事，式也不会记得。"

"是吗。"他感到遗憾似的低喃。

在四年前，一九九五年三月。

他邂逅了她。

契机不过是一件小小的事。

315

中学最后那个飘雪的夜晚，走这条路回家的他，邂逅了一名少女。

那名少女伫立在这条路上，兀自静静地仰望天际。

他就这么回家，入睡前突然回想起那名少女。于是他就出门散步，顺道往那边看看。

到那里之后，少女依然伫立在那里，他向少女打了招呼。

"晚安。"口吻非常自然，仿佛两人是拥有十年交情的好友。

一定是因为那场美不胜收的雪。

即使是素未谋面的陌生人，也不禁想要共享美景。

"黑桐，我有事想问你。虽然有点遗憾，不过在我问了之后，我们今天的交谈就此结束吧。我也是为了这个才会来到这里。"

她那双比外表成熟的眼眸，一直凝视着他。

"你想得到什么？"

这个问题太过突然，让他无法回答。

她的表情如机械般毫无情感。

"黑桐，说出你的心愿。一般来说，只要是心愿，我都可以实现。式好像满喜欢你的，我的权利就是你的东西。告诉我，你的心愿是什么？"

伸出手的她，有一双澄澈透明的眼眸，无尽深邃。

仿佛能看到人心深处的瞳孔之中，欠缺了人性，感觉对方具有类似神灵的气质。

他稍加思忖，眼睛凝视着她，透过眼神去响应她。

他并不是无欲无求，也不是不相信她。

不过，他的回答却是："我不需要。"

"这样啊——"

她闭上了眼眸,叹了一口气。感觉她好像非常遗憾,却似乎带着安心般的怜爱。

"也是,其实这我早就知道了。"

于是她把视线从他身上移开,愣愣地凝视着白色的暗黑。

"你应该不是Siki吧。"

他哀伤地说,她"嗯"了一声点点头。

"唉,黑桐,所谓的人格究竟存在于哪里呢?"

像是在问明天的天气如何,只是个单纯的提问。

她的口气像是对对方的回答毫不关心,只不过随口问问罢了。

即使如此,他还是用手摸着嘴角,认真地思考起来。

"……这该怎么说呢?所谓的人格说是一种知性,应该是在头部吧。"

在头部,也就是说知性栖宿于脑中。

他这么说了,不过她摇头说了不是。

"灵魂栖宿于大脑之中。如果可以只让脑髓存活,那么人类根本不需要肉体。只需从外部施以电流刺激,就可以让脑一直做梦活下去——式曾经提到一个魔术师。他也和你一样,回答说在头部。

但那是不对的。

举例而言,就以黑桐你这个人为例,你的人格,你的灵魂,能将之具现化的,是由你各种经历累积而成的意识,以及你那如空壳般的躯体。光是孕育意识的大脑,无法产生人格。虽然只有脑部也可以活下去,但我们必须先拥有肉体才能产生自我意识。有了肉体之后,和肉体一起培养,就有了现在的人格。喜爱自己肉体的人,应该属于社交型人格,而厌恶自己肉体的人,则属于内向型人格。虽然光有意识也可以培养出人格,但那样的人格是无法认识自己的，一般来说，心灵就会长成为别的东西。那样的话，已经不能称之为人格，和计算机没有什么不同。如果有谁只是一个脑，那个人就必须创造出一个'只有脑的自己'的人格。必须舍弃肉体这个大我，而保存意识这个小我。

不是有了知性才有肉体。

而是，有了肉体之后，知性才得以诞生。

然而，作为知性的根本的肉体，其实算不上是知性。肉体只是一种存在。只是，肉体本身也有人格。因为我就是那个和肉体共生，培养出知性的人格。"

"啊——"他不由得拉高了嗓门。

……据说人类是由三种要素组合而成的生物——精神、灵魂，以及肉体。

若是精神栖宿于大脑，灵魂栖宿于肉体，那么，她就是Siki的本质。

所谓的Siki，是没有心，仅有肉体的人格。

两仪式缓缓点了点头。

"确实是这么回事。我并不是从知性产生的人格，而是肉体自身的人格。

式和织就是在'两仪式'的起源性格之中进行人格交换。职司这一切的便是'两仪式'。她们二人既是两仪，自然还有一个太极存在。象征太极的圆形轮廓就是我。

我创造了和我同等的我。不！既然有意志这种具有方向性的存在，她们两人可以说是比我高了一等的我吧。两个截然不同的人格，却拥有相同的思考回路，追根究柢或许是因为她们是'两仪式内心的善与恶'。源自于自我，也终结于自我。否则，她们两个不可能方向互异，却又能独立存在。"

她露出了笑容。

她凝视着他的眼神当中，充满着前所未有的——冷冽杀意。

"虽然我听不太懂，不过，你的意思是说，你是两个Siki的原型。"

"是的。我就是两仪式的本质。而且是绝不会外显的本质。只是肉体的我无法思考，我本该是就那样到腐朽为止的。因为身为伽蓝洞的我正因为身为伽蓝洞，所以既没有知性也没有意义。

但是两仪家的人，却把知性给了我这个空壳。他们为了把两仪式塑成万能的超人，硬是把各种人格拼凑进来。于是，身为知性原型的我被唤醒了，然后占据了所有地盘，创造出了式和织。"

"啊——"他不由得发出声音。

式与织，阴与阳，善与恶。不因为对立而分离。名叫苍崎橙子的魔术师曾经这么说过，分离是因为要包含更多的属性。

"好笑吧？其实，我应该会变成未成熟的胎儿而消失，结果就这样获得所谓的自我。

刚出生的动物拥有赤子之身，以及相对应的知性之芽。可是，像我这样什么都没有而直接出生的东西，理应是会直接死亡的。本来趋近于'空'的生命，不可能拥有身体而出生。你应该听橙子小姐说过吧？世界会防止导致其自身毁灭的事物发生，因此，一般来说，我即使发生了也不会出生。

像我这样直接从'空'中流出的生物，结果只能是死于母亲的胎盘之中——可是，两仪一族却拥有使之存活下去的技术。因此我就出生了，不过意识却未萌芽。'空'就是无，即便是知性也不具备。我原本就该对外界维持那种状态，一无所知地存活下去。

然而，他们却把我唤醒了。他们不是把既成人格植入我体内，而是唤醒我'空'的起源。外面的世界，硬是被推到了我的面前，由于实在是太麻烦，因此我决定把一切丢给了式处理。

这不是理所当然的吗？外面的世界发生的事，尽是些一目了然、穷极无聊的事啊。"

纯真无邪的眼神露出笑意。

那是带着冷酷，暗藏嘲讽的模样。

"不过，你拥有自己的意志。"

对他来说，她很让人痛心，于是他这么说。

她点了点头。

"没错。不论是什么人，肉体都拥有人格，但肉体本身却不会对自己产生认识。因为在此之前，脑已经创造出知性。

脑的运作所产生的知性，形成了人格，把肉体也包括进去。从那时候开始，栖宿于肉体的人格完全变成无意义。

脑明明是身体的一部分，所谓的知性却将孕育自己的脑和肉体作出区分，完全将大脑当成特别的存在处理？软件失去了硬件之后，就已经不具备形体。然而，硬件失去了软件，也无法独立运作。所谓人格这种的知性，甚至不知道创造出自己的肉体，认为是人格创造出自己。只是我的顺序和别人不同而已。

即便如此，现在在此处和你说话的我，也是因为具有Siki的人格，才能这样和你说话。如果没有Siki，我连语言的意义都不能理解，因为毕竟我只是一具肉体。"

"是这样啊。没有式的人格，你就无法对外界产生认识。不过——"

"没错。我就是没插电源的硬件，如果没有Siki这个软件的话，我就只是一个空壳。

只能凝视着内部，只和死相连接的容器。魔术师们虽然说那是和根源相连,但那种事对我而言根本毫无价值。"

她悄悄地往前走了一步,伸手去摸他的脸。

白皙的手指轻轻晃动他额头上的发。发丝之下有一处伤痕。

"不过,现在我觉得有那么一丁点价值。如果是我,我可以替你治好这点伤。成为某个人的力量,和外面的世界就会产生关联……不过,你什么都不需要呢。"

"因为式擅长破坏啊。勉强去做这种事,我怕自己反而会吃到苦头。"

不知他话里带着几分认真,他露出稳重的笑容。

她像是一只闪避阳光照射的蝴蝶别开了目光,放下手指的动作比落下的雪花更柔缓。

"也是呢。式除了破坏什么也不会。在你看来,我究竟还是式呢。"

"式?"

"因为我的起源是虚无,因此拥有我这个身体的式,就可以看得见死亡。因为在两年期间的昏睡状态中,我看不到外界,只持续凝视着两仪式这个虚无,式终于了解死的触感。

式那时一直漂浮在称之为根源漩涡的海上哦。孤单一人,在'空'之中,具有式的形体。"

确实,如果所谓的虚无是根源的话,她应该会想把一切复归于虚无吧。

所以,式能毫无例外地杀死所有事物。

即使式这个人格想否定,但那却是她灵魂的原型。正因为是虚无,所以才有"希望所有事物死亡"的方向性存在——

"是的,那就是式的能力。和浅上藤乃一样,有一双特别的眼睛,可以看见别人看不见的东西的特殊管道,可以窥见根源漩涡这个世界的缩影。

不过，我却可以潜入更深的地方。不——或许我自己就是那个漩涡。"

她凝视着他，用不安定的声音继续说了下去。

似乎在诉说着谁也无法了解、哀伤的感情。

"根源漩涡。一切的原因交杂在一起的地方，在那一切都存在，所以那是个什么都没有地方。那就是真正的我。虽然只是与那里有所连接，但我也是那里的一部分。换句话说，我和那里是相同的存在，不是吗？

所以我什么都能做到……是啊，重组肉眼无法看见的细小物质的法则；回溯起源改变生物的系统树，这种事情也能够做得到。即使要重新安排现在这世界的秩序也很容易。不是重建这个世界，而是以新的世界，破坏旧的世界。"

说着说着，她露出微笑。

仿佛在蔑视自己，嘴角滑稽地扭曲。

"可是，那又有何意义呢。只不过会让我感到疲惫罢了，就和做梦没什么差别。因此我什么也不看，什么也不想，做着连梦都称不上的梦……不过，看起来我和Siki做了不一样的梦。

Siki说她讨厌孤零零一个。你不认为这是一个无聊的梦吗？

是啊，你说Siki多无聊。多么无聊的现实。多么无聊的——我。"

她低声说着，凝视远方的黑夜。仿佛那是非常重要的、以后再也见不到的景物。

"那也是没办法的事啊。因为我只不过是肉体。反正和她就是同为一体，只好陪她一起做梦了。

Siki凝视着外面，而我则是凝视内部。两仪式的肉体不是连接著称之为根源的地方吗？

因为我只能够看着内部，因此知晓一切。那既痛苦又无聊，而且毫无意义，因此我闭上眼睛……然而一切仍然持续着，和以前没什么差别。

如果能够一直睡着的话就好了。连梦也不做，什么都不用想，一直那样下去。最好是直到某个时候，到了这个肉体腐朽消失时，也察觉不到梦的终结。"

话语像是被纷纷降下的雪埋葬，静静地溶入了黑暗之中。

他什么都无法说出口，只是凝视着她的侧脸。

好像是责怪自己说了那些话，她用小而柔和的声音说道：

"看我真是个傻瓜。你可别介意啊……不过呢，我今天心情好，再给你个奖赏吧！

式并不是喜欢杀人。她自己搞错了。因为她的杀人冲动是从我这里产生的，那就不能算是她本人的嗜好吧？所以你放心好了，黑桐。就算真有什么杀人魔，也是指我。过去想要杀掉你的不是别人正是我呀。"

她像是在恶作剧地微微一笑，像是说"对式可要保密哟"。

他只能点了点头。

仅为容器的肉体。

但是又是形成自我，又促其成长的根本存在。包括了名为Siki的种种一切，位于无意识下的意识。

这种事，即使说出来也不会有人接受。说到底，人类只不过是在自己这个空壳中做着梦而已。明明是那么地显而易见的。

"我得走了。那个，黑桐。你真的是什么都不需要呢。与白纯里绪对峙的时候也是，死亡就在身旁仍然选择了中立。我觉得那真是太不可思议了。难道你就不想要一个比今天更快乐的明天吗？"

"因为我现在已经很快乐了。我觉得这已经够了。"

"这样啊……"她喃喃低语着。

她用一种类似羡慕的眼神，凝视着看起来再普通不过的他。

她心想，没有任何特征，不希望自己成为特别的存在而活着的人是不存在的。无论是谁都抱持着各种想法，对立的意见以及相反的疑问而活着。

如果说那样的化身是两仪式这个人，他就是那种性质特别淡泊的人——

不会去伤害任何人，因此自己也不受伤。不会去夺取任何东西，因此什么也得不到。

不起波澜，像是融入时间一样，作为芸芸众生的平均数而活着，静静地呼吸着自己的空气。

平淡无奇，平稳无碍的人生。

但是如果能够在社会上这样生活的话，那并非是一种理所当然的生活方式。

不与任何事物产生争执，不对任何人带有憎恨地活着是不可能的。

大部分的人并不是出于自己的愿望要过那样的生活。想要成为特别的存在却无法实现，这种形式才是真正的平凡人生。

所以说——从一开始就打算过这样生活，比任何事情都要来得困难。

如此一来，本身就是"特别"的存在。

结果，不特别的人毕竟还是不存在。

人就是在每一个人都互不相同的意义上存在的生物。

只凭借着身为同一种类这种依靠，为了将无法相互理解的隔阂，淡化为"空"之境界而活下去。

明明知道那一日不会到来，却依然做着那样的梦而活着。
这个必定才是无人能够例外的，唯一的理所当然。
……长时间的寂静过后。
她缓缓将视线移回灰白宽广的夜之尽头。
任谁都无法理解的特别性，任谁都不去理解的普遍性。
正因为任谁看来都是普通的缘故，谁都不去深入理解他。
不为任何人讨厌，谁都不被他所吸引的，这样一个人。
他就像是幸福时光的结晶。那么，孤单一人的到底是谁呢？
那种事一定没有人明白。
凝视着飘摇的雪之海洋，她的瞳孔中暗藏着浪涛一般的伤感。
不是向任何人说话，话语低声从唇间漏出。
"理所当然地活着，理所当然地死去。"

啊，那真是——

"多么孤独——"

凝视着没有终点，甚至也没有起点的暗黑。
仿佛宣告着两人分离时刻的来临，两仪式如此说道。

◇

于是，他目送着她离自己远去。
他心里明白，永远不会再和她相见。
雪不停地下，白色碎片埋藏着暗黑。
飘飘晃晃，犹如羽毛落下。
"再见了，黑桐。"

她如此说道，他什么话都说不出来。

"我还真笨。又不是明天就见不到了。"

她如此说道，他什么话都说不出来。

他仿佛某些时候的她，兀自在雪地里凝视夜空。

直到破晓之前，代替她一直凝视天际。

雪不停地下，当整个世界被灰色包围时，他独自走上了归途。

那把黑色的伞，在没有行人往来的路上，缓缓地淡入远方。

白色的雪景之中。

在朝霞消失的黑色，如同夜晚走过的痕迹。

摇晃着、孤寂地消失。

那道不露一丝寂寞的黑影，不停歇地走在回去的路上。

和四年前初次和她邂逅时相同。

独自一个人静静地，歌颂着雪走上归途。

解 说

笠井 洁

《空之境界》这个故事的反派人物,是一位名叫荒耶宗莲的魔术师。荒耶是个企图与"根源漩涡"结合的人物。而帮助两仪式、与荒耶战斗的魔术师苍崎橙子,对于"根源漩涡"是这么解释的:"魔术师们的最终目的,是抵达'根源漩涡'这件事。也有人称之为阿卡夏记录,不过也许想成漩涡一端所拥有的机能更妥当一些。'根源漩涡'这个名称,大概就是指一切的原因。从那里流出全部的现象。知道原因的话结果也自然而然地计算出来了。对于存在体来说那是'究极的知识'。"

德国的神秘思想家鲁道夫·斯坦纳(Rudolf Steiner)曾着有《Aus der Akasha-Chronik》一作。阿卡夏记录就是该书的英文译名。"根源漩涡"可能是奈须磨菇从斯坦纳的阿卡夏记录理论中得到灵感而诞生的。从柏拉图主义到斯坦纳的人智学(Anthroposophie)为止,可以看出神秘思想(Sophia)和神秘学(Occultism)的概念有着共通之处。

也就是在我们肉眼所见的世界背后,还有一个看不见的,隐藏起来的神秘世界;而不可视的世界反而比可视的世界更接近根源。我们所看见的事物只不过是假象,真实则是位于不可视的一侧。

即使我们的眼睛把眼前的水当作水来看待,也不能称之为"真实"。我们从感官中接触到的水,制造出"这是水"的假象时,必须足以映照出究极的实在，我们才能感受到水是真实的。口渴时一杯下肚的水是真实的，但是在潜意识情况下喝到的水，我们可能就不会将其视作为"水"。

所谓的真实，可以用"活生生的"这个词汇来形容。虽然不如神秘思想和神秘学追求得那么彻底，灵疗法和心灵主义也是基于追求"活生生"事物的人类欲望之产物吧。

为什么我们会对"活生生的"事物产生渴望呢？这个世界不是真实的世界，这个自我不是真实的自我，有时候人们会体验到这种痛切的感受。渴望达到真实的世界、真实自我的欲望，会将人们紧紧束缚住。幻想着自己是弃儿，真正的双亲不是现在的双亲；人们在童年时期，会萌生出类似上述那种想法，认为现实世界（自己）是虚幻的，而更接近真实、"活生生的"真实世界应该是隐藏在现实之下。

无论是冒险或是恋爱，我们之所以会深受非日常的幻想故事所吸引，是因为我们会将自己代入活在戏剧性的冒险或恋爱的主角上。近代小说是由骑士道故事发展出来的。身为主角的骑士在历经磨难和冒险的最后找到了圣杯，而所谓的圣杯在各种故事中拥有不同的名字，也许叫做知识（柏拉图），或是太一（普罗提诺），或是阿卡夏记录；也就是这个世上超越性次元的象征。

保留骑士道故事的架构，而将背景搬到近代，就成为歌德的《威廉·迈斯特的漫游年代》这一类的教育小说了。而教育小说中的主角，在经过重重磨练后达到的真实自我、真正的自我，也就是经过近代化的圣杯。

在《空之境界》中，不是只有荒耶一人追寻着"根源漩涡"。两仪一族也是为了到达根源漩涡这个最终目标，而不断重复着"血"的实验。女主角两仪式就是在实验下产生的超人，为了抵达"根源漩涡"而构成的精密系统。因此荒耶才企图将式归为己有。

这因为这一点，荒耶才配得上是故事的主角。因为渴望到达"根源漩涡"而战的魔术师，可以和追求真实世界（自我）而历经重重危难的骑士，以及教育小说主角的子孙相提并论。

善恶双方争夺着隐藏神秘力量的物品，人们对这种故事总是乐此不疲。比方说像是斯皮尔伯格的"夺宝奇兵"系列第一集的摩西圣柜，或是在第三集中成为争夺目标的基督圣杯。

锁定物品的恶人，野心不外乎是藉其威力获得无上的财富、权利或名誉。"夺宝奇兵"的第一集和第三集，都是将反派描写成极为世俗的人物。跟印地安那琼斯为敌的纳粹考古学家，在我眼中完全符合反派的条件。我认为，获取财富、权力和名誉，才是反派追寻的目标。

但是荒耶没有世俗的野心。他不是为了支配世界的野心，才去试图利用从根源漩涡得到的超自然威力。荒耶仅仅是以一个修行者的身份，希望能够达到究极的实在。

无法忍受以到达"根源漩涡"、真实世界（自我）为目标的艰苦修行，在中途打退堂鼓的女修行者（橙子）；对于自我存在的意义毫无自觉的空泛系统（式）；和上述两者搏命争斗，为了争夺圣杯而陷入艰苦战斗的英雄；《空之境界》描写的，也许就是这样的故事。但是奈须磨菇却大胆地推翻掉包含教育小说到传奇小说在内的故事常识。

我如此断言的根据，可以从下面橙子对荒耶说的话中窥探到："你虽然说人类是活着的污垢，但你本人却不可能那样生活，连想要边承认自己丑陋、没有价值地苟活下去都做不到。如果不认定自己特别，不认定只有自己才能拯救这衰老的世界，仿佛就无法继续存在。"

人之所以寻求真实的世界和真实的自我，只不过是因为无法忍受这个鄙陋的世界而已。而这份连忍受都做不到的软弱，催生出"真实的世界就是我自己"这种没有根据的概念。只要相信这种倒错的观念，就能成为无敌。现实中的弱者在一瞬间就会转变成观念上的强者了。

得知这个秘密的橙子，因而不再执著于"根源漩涡"。拥有织这个杀人鬼替代人格的式，她的情况也和橙子相当类似。"式"就是"式神的式。数式的式。只能去完美解决被决定的事情的系统。拥有无数的人格，道德观念也好常识也好，都被写入了人格的空虚的人偶。"

即使是讨厌人类的式，也没有办法无视倾心于自己的少年的存在。虽然如此，式还是与少年保持距离。如果接受干也的心情，被设计成抽象系统的自己，就只剩下崩坏一途可走。

为了避开自我的破绽，遭到追赶的式袭击了干也。可是凶器没有送进那位少年体内。"如果你消失了——我也只能跟着消失。"于是式选择自己跳向汽车而身受重伤。等到式从昏迷状态醒来时，已经失去了那一晚的记忆；而体内的交换人格"织"也消失了。

就像是和只知道杀人的织的死亡作交换，式得到了"直死之魔眼"。

"万物都有其破绽。人类自然不用说，而包含大气、意志甚至连时间都有。我的眼睛呢，'看'得到万物之死。"式能够看见万物的死之线这种不可视的境界。得到"直死之魔眼"的少女，化身为破坏和杀戮的超人。

以托马斯·曼的《托尼奥·克律格》作为典型，后世许多教育小说都在故事中描写市侩的父亲和坚持理想的儿子的对立场面。这个架构在《空之境界》中，转化为荒耶宗莲（非常）和黑桐干也（平常）的对立关系。能力属于"非常"这一侧的橙子和式，则是在价值观上肯定"平常"的中立角色。

话说回来，抛开理想主义的观念性倒错的作者，反而能够接纳平庸的世俗之理。在故事的尾声，式在干也这位少年的面前说了下面这段话：

平淡无奇，平稳无碍的人生。

但是如果能够在社会上这样生活的话，那并非是一种理所当然的生活方式。

不与任何事物产生争执，不对任何人带有憎恨地活着是不可能的。

大部分的人并不是出于自己的愿望要过那样的生活。想要成为特别的存在却无法实现，这种形式才是真正的平凡人生。

所以说——从一开始就打算过这样生活，比任何事情都要来得困难。

这样一来，本身就是"特别"的存在。

式的身上存在着异于织的第三人格。干也第一次邂逅的那位少女，就是式体内联系着"根源漩涡"的第三人格。干也之所以被这位少女所吸引，也是因为干也并非和超越性的欲望无缘吧。在故事最后，式的第三人格再一次单独出现在干也面前。

——再见了，黑桐。
她这样说道，他什么都说不出口。
——我真笨。明天又不是见不到。
她这样说道，他什么都说不出口。

能够再次相会的是第一人格的式，而不是第三人格。"根源漩涡"，也就是"神"在少年面前现身了一瞬间，随即又消失了。但是"他什么都说不出口"。他一直站着"什么都"说不出口，这种极致的被动性大概就是干也这个人的"行"吧。主动去获取神的领域，这种事情他办不到。因为这是荒耶宗莲的道，是观念倒错的道。

人类只能等待神明降临。但即使这是唯一可行的手段，人类还是无法忘却"根源漩涡"。荒耶宗莲跟黑桐干也的对立，不在于非常与平常、理想和现实，或是特别跟平凡。而是在面对真实世界与真实自我时，选择了两种不同的态度和道路而产生的对立冲突。

无法容忍虚伪的世界跟虚伪的自我，不由得去追求"真实"的倒错观念，在名为二十世纪的世界大战与大量杀戮时代中终结了。不，即使到了二十一世纪的今天，在自我探询、灵疗法和心灵主义的流行潮流之中，依旧一点一点地产生了无数的荒耶微粒。

虽然真实的自我并不存在，但我们还是不可免俗地去追求真实的自我。因此，双重束缚或许是我们这个时代的宿命，但是果敢地对此起而反抗，就是本作的写作原由了。

图书在版编目（CIP）数据

空之境界.下／（日）奈须蘑菇著；郑翠婷译. —上海：上海文艺出版社，2015

ISBN 978-7-5321-5772-3

Ⅰ.①空… Ⅱ.①奈…②郑… Ⅲ.①长篇小说－日本－现代 Ⅳ.①I313.45

中国版本图书馆CIP数据核字（2015）第132964号

KARA NO KYOUKAI
© KINOKO NASU 2008
All rights reserved.
Original Japanese edition published by KODANSHA LTD.
Publication rights for Simplified Chinese character edition arranged with KODANSHA LTD. through KODANSHA BEIJING CULTURE LTD. Beijing, China.

责任编辑：秦　静
特约策划：李　殷
装帧设计：汪佳诗

图字 09-2015-415 号

空之境界　下
［日］奈须蘑菇　著
郑翠婷　译
上海文艺出版社出版、发行
地址：上海绍兴路74号
电子邮箱：cslcm@publicl.sta.net.cn
新华书店经销　山东德州新华印务有限责任公司印刷
字数130千字　开本889×1194毫米 1/32　印张10.5
2015年9月上海第1版 2018年3月第13次印刷
ISBN 978-7-5321-5772-3/I.4602　定价：48.00元